최한기의 모험 2

−금척을 찾아서

최한기의 모험 2

초판 1쇄인쇄 2022년 5월 25일
초판 1쇄발행 2022년 5월 27일

저 자 최홍
발행인 박지연
발행처 도서출판 도화
등 록 2013년 11월 19일 제2013-000124호
주 소 서울시 송파구 중대로34길 9-3
전 화 02) 3012-1030
팩 스 02) 3012-1031
전자우편 dohwa1030@daum.net
인 쇄 유진보라

ISBN | 979-11-90526-81-4 *03810
ISBN | 979-11-90526-79-1(세트)

정가 13,000원

도화道化, fool는
고정적인 질서에 대한 익살맞은 비판자,
고정화된 사고의 틀을 해체한다는 뜻입니다.

최한기의 모험 2

-금척을 찾아서

최홍 장편소설

도화

서문

혜강惠岡 최한기崔漢綺는 조선시대 후기에 생존했던 철학자이자 실학자, 과학사상가이다. 오랜 전통의 성리학이 지배하던 시대에 기학氣學이라는 독창적인 학문 체계를 수립했고, 생전에 1,000여 권의 책을 저술한 것으로 알려져 있는 학자이기도 하다. 하지만 그의 삶에 대해서는 별로 알려진 것이 없다. 또한 우리 역사상 가장 많은 저서를 남긴 것으로 알려져 있지만 실제로 전해지고 있는 것은 90여 권뿐이다.

불과 40년 정도 터울인 다산茶山 정약용의 행적과 명성에 비하면 그야말로 천양지차였다고나 할까. 그러나 최근 들어 이건창의 '혜강 최공전崔公傳' 등 그의 행적에 대한 자료들이 발견되고, 그의 사상이 새롭게 각광을 받게 되면서 학자들에 의한 많은 연구가 이루어지고 있다.

혜강이 그동안 빛을 보지 못한 이유로는 여러 가지를 들 수 있을 것이다.

먼저 그가 관직에 나가지 않고 평생 재야의 선비로만 남아있었던 점, 경기도 개성에서 살다가 한양으로 이주하여 당시 주류를 이루고 있던 사대부들과 교유관계가 적었던 점, 가문의 세勢가 변변치 않았던 점 등 외에도 그가 워낙 책에 빠져 지낸 탓으로 자신을 드러내고 기회를 잡는데 소홀했을 수도 있다.

그러나 뭐니 뭐니 해도 가장 큰 이유는 그의 사상 때문이 아니었는가 한다.

그저 경전經典만을 뒤적이며 배타적이고 편협함만 키운 유학자들에게 혜강의 이질적인 경험론과 인식론, 그리고 기氣 철학 등이 받아들여질 리 없었을 것이다. 그저 시대의 이단이라고 치부해버리고 상대하려 하지도 않았던 게 결과적으로 오랫동안 그늘 속에 묻혀 빛을 못 보게 되었던 게 아닌가 한다. 당연히 혜강의 다방면의 개혁론도 현실에 적용되지 못했다.

여기에 혜강의 삶 자체가 또한 커다란 수수께끼였다.

그는 평생 관직에 나가 본 적이 없다. 그렇다고 별다른 경제활동을 한 것도 아니다. 그저 집안에 정자를 지어놓고 읽고 쓰며, 틈틈이 동네 아동들이나 좀 가르쳤을 뿐이다.

그런데도 그는 살림을 꾸리고, 2남 5녀라는 많은 자식들을 길렀으며, 당시의 지배층이나 가능했을 정도의 중국의 많은 서적들을 소유하기도 했다. 갖가지 희귀 서적들은 물론이고, 새로 나온 신간들도 어김없이 그의 손길을 거쳤다. 그 때문에 빨리 새로운 문물과 지식을 접하여 자신의 사상에 적용시켰겠지만, 당시 조선의 실정으로 볼 때 세도가가 아닌 바에야 과연 얼마 정도나 이러한 삶이 가능했을까.

그뿐만이 아니다. 1836년에는 뜬금없이 중국 북경의 인화당仁和堂이라는 출판사에서 기측체의氣測體義라는 책을 간행하기도 했다. 요즈음에도 중국에서 책을 출간하기가 쉽지 않은 노릇인데, 당시 한양에 거주하는 평민이 어떻게 북경 유명 출판사에서 책을 간행했단 말인가. 학자들도 이에 대해 명쾌한 해답을 내놓지 못하고 있다.

학문을 하는데 경제적 안정은 필수적인 요인이라 할 수 있다. 혜강이 생애를 통해 많은 책을 발간하고, 오랜 연구 끝에 자신만의 독창적인 사상을 내세우기까지는 튼튼한 재력이 뒷받침되었기 때문에 가능했을 것이다. 그런데 어떻게 해서 그만한 경제력을 가지게 되었는지에 대해서는 알려져 있지 않다.

가장 흔한 추측으로는 원래 집안에 재산이 많았던 게 아닌가 하는 것인데, 기록에 의하면 그의 집안은 개성에서 송상松商 등으로 번성했던 집안도 아닌 것 같다. 내내 한미한 집안이었다가 증조부 대에 와서 무과武科 급제로 입신하였고, 이어 부친에 이르기까지 내내 무관 집안으로 행세했다. 그렇다고 고위 관직에까지 이르지도 못했다. 어느 모로 보나 큰 재산을 형성할 여건이 갖추어지지 않았던 것이다.

혜강의 장남 최병대崔柄大는 문과文科에 급제하여 고종高宗 임금의 시종侍從까지 지낸 것으로 알려져 있다. 그러나 그 후로 집안에서 이렇다 할 인물이 배출되지 못했다. 이러한 여건도 혜강의 사상이 오랫동안 빛을 보지 못했던 원인이 될 수 있을 것이다.

필자는 혜강의 기철학과 실학사상에 심취하면서도 내내 그의 의문들에 대한 해답의 실마리조차 발견할 수 없었다. 다른 학자들도 마찬가지인 모양이어서, 혜강의 사상 등에 대해서는 비교적 왕성하게 연구 실적을 남기면서도 이러한 의문들에 대해서는 별다른 언급을 하지 않고 있다.

그런데 언젠가 충북 지역의 한 소도시를 여행할 때였다. 우연히도 어느 고서점 옆을 지나게 되었는데, 참새가 방앗간을 그냥 지나치지 못한다고 발길이 자연스레 서점 쪽으로 향했다. 서점은 조그마했고 서가도 3개밖에 되지 않았으나, 필자는 무심코 이 책, 저 책들을 뒤적이다 문득 눈에 띄는 책들을 발견했다.

표지는 오래되어 많이 해졌고 서자書字들도 희미해져 있었으나, 두 권의 책을 비교해 보면서 나는 곧 책들의 제목을 짚어낼 수 있었다.

浿東遊錄 一, 浿東遊錄 二

패동은 혜강의 또 하나의 호號가 아닌가. 최한기는 혜강 외에도 패동, 명남루明南樓, 기화당氣和堂 등의 호를 가졌던 것으로 알고 있다. 명남루나 기화당은 그가 지었던 정자에서 비롯된 듯한데, 패동의 의미는 쉽게 알 수 없었다. 그러다 후에 어느 책에서 개성 부근의 예성강禮成江을 예전에는 패동이라 부르기도 했다는 것을 알게 되었다.

이러한 유래를 알게 되었기에 패동이라는 호는 혜강과 함께 선명한 기억으로 남아 있었던 것이다.

혹시나 하고 조심스레 낡은 책장들을 넘겨 가던 필자는 곧 책들이 혜강의 저서임을 알게 되었다. 내 한문 실력이 책장의 전문들을 해독할 정도는 되지 못했으나, 누구에 의해서 쓰여진 것인지, 어느 곳을 여행하고 쓰여진 것인지를 파악하는 것은 그리 어렵지 않았다.

필자는 흥분을 억누르며 다급하게 책값을 치르고 서점을 나와 곧바로 평소 알고 지내던 한문학자 임 선생에게 전화를 걸어 도움을 요청했다. 그 이후 꽃 피는 봄에서 낙엽 지는 가을까지 내내 임 선생과 붙어 앉아 두 권의 책 전문을 번역해 냈다.

책은 일기日記체로 되어있었고, 분량이 만만치 않았다. 또한 고문古文도 많이 섞여 있어서 해독하기 쉽지 않은 곳도 많았다.

그러나 이 책에는 앞에서 열거했던 혜강 생애의 의문들을 상당 부분 해소해 줄 수 있는 얘기들이 수록되어 있었고, 당시 조선 사회가 당면한 과제들을 파악해 볼 수 있는 소중한 내용들도 있었다. 게다가 유학을 바탕으로 학문의 길을 걸었던 선비가 어떻게 해서 기철학과 실학 쪽으로 경도하게 되었는지를 살펴볼 수 있는 과정들도 포함되어 있었다.

또한 금척金尺이라는 우리 고유의 신비로운 사물에 얽힌 사연들과 그 실체를 알게 되는 계기를 부여하기도 해서, 임 선생과 필자는 번역한 원고를 출간하기로 합의를 보았다.

다만 적잖은 공을 들여 일기체는 서술체로, 고문들은 원문의 뜻을 그대로 살린 현대문으로 바꿔 독자에게 편의를 제공했음을 알려 드린다.

차례

제2부 청나라로 향하다

제2부
청나라로 향하다

해적을 만나다

파도는 잔잔했고 맑은 날씨가 계속되었다. 바람은 약한 동남풍이었는데, 선주船主인 노인이 돛을 약간 비틀자 바람을 제대로 받아 불룩해진 채 순조롭게 나아갔다.

승사열도崍泗列島 지역을 지날 때는 자그마한 구름들이 군데군데 솟아있었다. 그러나 멀리 나오자 그나마도 사라지고 설익은 배 껍질 색깔의 바다만이 망망하게 펼쳐져 있었다. 바다 색깔이 이처럼 청갈색을 띠는 건 양자강에서 흘러나오는 황토빛 강물 때문이라고 했다.

노인은 키를 붙잡고 있었고, 그 옆에서 스무살을 갓 넘긴 것으로 보이는 젊은 친구는 계속 노를 젓고 있었다. 조금이라도 더 배를 추동시켜 시간을 단축시키려는 속셈이리라. 노인은 별일 없이 이 추세대로만 간다면 사흘이면 육지에 다다를 수 있을 것 같다고 했다. 이제 하루 하고도 반나절이 지났으니 지금까지의 시간 정도만 더 지나면 육지에 다다를 수 있을 것이다. 비록 낯선 땅에 생소한 풍물이었지만 막막하다거나 두렵지는 않았다. 전혀 생각지도 않게 먼 길을 돌아 배에 타고 있는 이 순간까지 마치 어떤 도움의 손길이 계속 주위에 있는 것처럼 느껴졌기 때문이다. 이런 상태로라면 아직도 아득하게만 느껴지는 북경北京까지의 여정도 그리 어렵지 않게 주파할 수 있을 것 같았다.

갑자기 뒤쪽에서 사람 소리가 들렸다. 무심코 고개를 돌려 바라보자 한 마장은 떨어져 보이는 거리에 배가 한 척 떠 있었고, 갑판에 한 사람이 서서 양 팔을 크게 흔들고 있었다. 우리가 앞쪽만 보고 가느라고 뒤쪽에 배가 다가오는지 모르고 있었다. 키를 붙잡고 있는 노인에게, 무슨 요구사항이 있는 것 같으니 배를 멈추는 게 어떠냐고 하자 노인은 아무 말 없이 청년에게 빨리 노를 저으라 했다. 계속 반응이 없어 재차 말을 꺼내자 노인은 나를 빤히 바라보며 그냥 가는 게 좋을 것 같다고 했다. 그러나 낯선 배는 곧 다가왔다. 낡고 허름했지만 처음 볼 때보다 커서 우리 배의 2배나 되는 것 같았다. 갑판 위의 사내는 커다란 목소리로 외쳤다.

"혹시 식수 남은 것 좀 있거든 주시오. 우리 어제부터 물이 다 떨어져서 죽을 지경이오."

우리 모두 노인만 바라보았다. 처분만 기다린다는 의도였다. 노인은 마지못해 노를 젓던 청년에게 식수 1통만 가져다주라고 지시했다. 청년은 선실에서 식수통을 들고 나왔고, 상대편 배에서 식수통을 받기 위해 배를 가까이 대는 순간 갑자기 선실 문이 열리며 사내들이 뛰쳐나왔다. 모두 3명이었고 손에는 도끼며 쇠갈쿠리 같은 것들을 들고 있었다. 그들은 우리 뱃고물 쪽으로 날아들었다.

동용은 재빨리 선실로 뛰어가 장검을 들고 나왔다. 졸지에 당한 일이라 우리들은 어찌할 바를 모르고 있는데, 동용과 해적으로 보이는 장정들은 서로 무기를 겨누며 팽팽한 기싸움을 벌이고 있었다. 선주 노인이 마뜩찮은 표정을 짓던 속내를 알 것 같았다. 비어있던 갑판은 순식간에 살벌한 기운으로 가득 찼다.

"원하는 게 뭐냐?"

노인이 거친 목소리로 외쳤다. 평소 이런 놈들을 어떻게 상대해야 하는지 잘 알고 있는 듯한 어조였다.

"가진 것을 다 내놓아라. 목숨만은 살려주마."

그러자 이번에는 동용이 커다랗게 소리쳤다.

"우리 가진 것 없다. 관청 일로 상하이에 가는 일인데 무엇이 있겠느냐. 목숨이 아깝거든 빨리 비켜라!"

"좋다. 그럼 해보자."

험상궂은 인상의 사내가 쇠갈쿠리를 휘두르며 덤벼들었다. 잽싼 동용의 검이 춤을 추자 쇠갈쿠리는 곧 바다로 날아갔다. 나머지 두 사내는 그 기세에 눌려 앞으로 나서지 못하고 뒤쪽에서 무기만 부여잡고 있었다.

쇠갈쿠리 사내가 견디다 못해 바다로 뛰어들자 뒤쪽의 도끼와 철봉을 든 두 사내가 앞으로 나섰다. 그런데 그때 상대편 선실에서 또 두 사내가 뛰쳐나왔다. 한 사내는 도끼를 들고 있었고, 또 한 사내는 작살 같은 것을 들고 있었다. 청년은 재빨리 노를 들어 올려 맞섰으나 두 사내는 능숙한 동작으로 갑판을 박차고 우리 배로 뛰어 넘어왔다. 나는 곧 선실로 뛰쳐 들어갔다. 그러나 무기로 쓸만한 것은 없었고, 노인은 구석에서 두 손으로 머리를 감싸 안고 있었다. 문득 동용의 봇짐에 있는 표창鏢槍이 생각났다. 그러나 어찌된 일인지 봇짐이 보이지 않았다. 당황한 사이에 나는 도끼를 휘두르며 선실로 들어온 사내에게 멱살을 잡히고 말았다. 사내는 나를 선실 밖으로 끌고 갔다.

노는 바닥에 팽개쳐져 있었고, 청년은 작살을 든 사내에게 제압당해 있었다. 내 멱살을 잡은 사내는 곧 팔뚝으로 내 목을 휘감았다.

"칼을 버려라!"

사내는 앞쪽을 향해 카랑카랑한 목소리로 외쳤다. 칼을 휘두르며 두 사내들을 고물 끝으로 몰아붙이고 있던 동용은 힐끗 돌아보더니 당황한 기색이 역력했다. 내 머리 위에 도끼가 겨눠져 있었던 모양이었다. 목을 휘감은 사내의 팔뚝은 마치 무쇠처럼 단단하여 꼼짝도 할 수 없었다. 동용의 난감한 표정을 파악한 사내는 도끼날을 내 정수리에 대며 다시금 칼을 버리라고 소리쳤다. 나도 뭐라 할 수 없어 우물쭈물하고 있는 사이 동용은 칼을 갑판에 내던졌다. 그러자 고물 끝에 있던 사내들 중 하나가 잽싸게 집어 들었고, 다른 두 사내들은 동용의 양 팔을 하나씩 붙잡아 비틀었다. 모두 익숙한 솜씨들이었다.

우리는 완전히 제압당한 채 사내 둘은 선실로 향했다. 선실 문을 열고 들어선 사내들은 선실 구석구석을 다 들추고 뒤집었다. 그러나 옷가지와 빈약한 쌀자루, 물통 같은 것뿐 별다른 게 없었는지 욕설을 내뱉으며 발끝에 걸리는 대로 걸어찼다. 그들은 또다시 우리를 협박하여 모두 선실 안으로 몰아넣은 뒤 밖에서 문을 잠궈버렸다. 그런 뒤 담배를 피며 뭔가 자기들끼리 얘기를 나누는 것이었다. 창문으로 이러한 모습을 바라본 동용과 나는 가슴을 쓸어내리는 한편 의아하기 그지없었다. 우리 봇짐은 어디로 갔을까…

곧 그들은 담배를 내던지고 침을 뱉으며 자기들 배로 향했다.

"에이, 재수도 더럽게 없군."

"그러게 말야. 하릴없이 품만 팔았군. 없게 보이는 놈들은 처음부터 상종하지 말았어야 하는 건데…."

마지막 두 사내는 분이 안 풀리는지 칼과 도끼로 돛줄과 돛대를 잘라버리고, 노도 바다에 던져버린 뒤 자기들 배로 건너갔다. 비로소 안도의 숨을 내쉬고 실내를 둘러보자, 노인이 두 팔을 머리에서 떼어 무릎 위에 얹은 채 우리를 바라보고 있었다.

"우리 봇짐은 어디로 갔을까요? 여기 안쪽에 두었는데…."

동용이 다급하게 묻자 노인은 말없이 천장을 가리켰다. 청년이 물통을 엎어놓고 올라가 천장의 판자를 한쪽으로 밀자 힐끗 우리의 봇짐이 보였다. 천장과 지붕 사이에 공간을 만들어 그 속에 귀중한 물품을 숨기다니… 과연 노인다운 지혜였다.

"이 바다에서는 지금도 이런 도적질이 가끔씩 벌어진다오. 그래서 먼저 봇짐을 몰래 옮겨 놓았지. 특별히 현청에서 사람이 오기도 해서 소중한 물건이라고 짐작했었소."

그러자 동용이 양손을 털며 내뱉었다.

"우리 짐이 그대로 있다니 다행입니다. 만약 짐까지 가져갔더라면 나 혼자서라도 저놈들 배로 건너가 죽든 살든 결판을 냈을 것입니다."

아무튼 나는 몰래 숨을 길게 내뱉었다. 만약 그렇지 않고 은자며 홍삼 등을 다 뺏겼더라면 어찌 되었을까 하고 생각하니 등줄기가 다 서늘해지는 느낌이었다. 만리타향에서 빈손뿐이라면 어떻게 하겠는가. 누구에게 하소연하겠는가. 동용과 청년은 문으로 달려가 어깨로 문을 부딪치며 문을 열려 하고 있었다. 그나저나 저 도적들은 과연 어떤 족속들이란 말인가. 저들이 과연 부모의 핏줄을 타고 생겨난 것들이란 말인가. 사람이 있는 배의 돛대를 꺾어버리고 노까지 던져 버리다니…. 성질의 악랄함에 치가 떨렸다.

출입문이 열리지 않자 청년이 둥근 창문을 회전시켜 열고 가까스로 밖으로 나가 문을 열어서 우리 모두는 갑판으로 나왔다. 비록 시간적으로 오래되지는 않았지만 선실에 갇혀있다 밖으로 나오니 살 것만 같았다. 그들에게 어떤 일을 당할지 몰라 숨죽이며 있어야만 했던 탓이리라. 나는 노인과 얘기를 시도했다.

"저것들은 도대체 어떤 족속입니까?"

"지금의 해적들 중에 왜구들은 별로 많지 않습니다. 역대 왕조들이 대대적으로 해금정책을 강화한 데다 거리도 멀어 많이 사라졌지요. 그 후로는 해안지대의 빈민들이나, 내륙에서 먹고살기 힘들어 바다로 몰려나온 사람들이 주축을 이루었습니다. 그들은 왜구들이 하는 짓을 그대로 따라 하다 저렇게 악독해졌지요.

일부 밀수업자들이나, 장사하다 실패한 자들도 저들과 손잡고 도적질을 벌입니다. 그래도 상당히 없어진 편인데, 아직도 남아 휘젓고 다니는 저들 때문에 골치가 아프지요."

노인은 담담하게 얘기를 이어갔다. 그들이 탄 배는 이미 한참 떨어진 곳에서 돛을 펄럭이며 가고 있었다. 내가 그동안 알고 있던 바다는 실상 바다의 일부분에 불과했던가. 폭풍으로, 해류로, 풍랑으로, 게다가 해적까지 출몰하는, 인간의 생존과 직접적으로 연관되어 있는 위험한 바다이기도 했던 것이다. 그나저나 앞으로 어떻게 해야 한단 말인가. 돛도 없고, 노도 없고, 식수마저도 동나 버렸는데 어떻게 육지에 다다를 수 있단 말인가… 마치 생전 처음으로 바다를 바라보던 때처럼 막막한 느낌이었다.

"큰 걱정 안 해도 됩니다. 오늘내일 사이로 수가 생길 테니 조금만 참으시면 될 겁니다. 여기는 외해外海가 아니고 내해內海여서 간간이 배가 지나다니니 그들에게 도움을 요청할 수 있습니다."

그러다 또 해적 패거리나 만나면… 하는 생각이 스치기도 했으나 노인의 어조가 상당히 안정적이어서 일단 긍정적으로 생각해 보기로 했다.

만 하루가 지났다. 그동안 다른 배들은 멀리 수평선 근처에서만 간간이 보일 뿐 가까이 지나치지는 않았다. 노인이 낚시질로 몇 마리 고기를 낚아 허기는 가까스로 해결할 수 있었으나 물이 문제였다. 날씨도 맑아 목마름은 더욱 심해지는 듯했고, 마음도 초조해졌다. 소나기라도 시원하게 한차례 지나가면 좋으련만 구름은 남쪽 하늘 아래쪽에만 길게 걸쳐 있었다.

"조금만 더 기다려 보고, 정 배들을 못 만나면 마지막 수단이라도 쓰십시다. 바닷물을 끓여서 수증기로라도 물을 만들고, 선실 도리라도 뜯어서 노를 만드는 수밖에 없지요."

노인은 여전히 담담한 어조로 늘어놓았다. 하기야 긴 세월들에 부대끼면서 이런 일을 한두 번 겪어봤을 것인가. 그저 대수롭지 않은 듯한 어조는 나와 동용에게 도리어 위안이 되었다.

서양 배의 선원들

그러나 잠시 사라지는가 했던 초조와 불안은 또다시 파고들었다. 물도 물이었지만, 돛도 없고 노도 없이 출렁이는 바다 위에 흔들리고만 있는 신세여서 박탈감은 더욱 더 심할 것이었다. 입안이 바싹바싹 타면서 차츰 이러다 끝나는 게 아닌가 하는 절망감도 엄습했다. 이때 이물 쪽 뱃전에 앉아 망연히 바다만 바라보고 있던 청년이 갑자기 소리쳤다.

"저기 배가 보입니다!"

바라보니 정말 멀리 자그마한 섬 뒤에서 그림처럼 배 한 척이 나타났다. 그런데 배가 좀 이상했다. 이제까지 보아오던 어선들과는 달리 길고 커다란 데다 돛도 여러 개가 달려 있었다. 마치 기둥들에 흰 빨래들을 널어놓은 것 같았다. 우리는 선실에서 옷가지며 돛 조각 등을 들고나와 그쪽을 바라보며 함성을 지르고 흔들어댔다. 소리는 물론, 흔드는 동작도 보일지 의문이었지만 우리는 젖 먹던 힘까지 다해 소리를 지르고 옷가지 등을 흔들어댔다.

얼마나 지났을까. 멀리서 배가 방향을 트는 게 보였다. 돛들이 내려지고 선수船首를 우리 쪽으로 향하는 것이었다. 우리는 뛸 듯이 기뻐하며 서로를 얼싸안았다. 동용과 나는 노인 옆으로 다가갔다.

"그런데 배가 좀 이상하군요. 처음 보는 모습인데요."

"양인洋人들 배입니다. 멀리 서쪽 지역에서 오지요. 우리는 그들을 잘 보지 못했지만, 그들은 우리를 먼저 보았을 것입니다. 그들은 망원경이라는 기계가 있어 멀리 있는 것도 가까이 볼 수 있지요."

"그런데 왜 그들이 여기까지 배를 몰고 나타났을까요?"

"무역을 한다지만 진짜 목적은 아편을 팔기 위해서지요. 원래는 광둥廣東 지역에서만 거래했었는데, 지금 그쪽에서 단속을 엄격히 하니까 여기 항저우杭州 부근까지 올라온 것일 겁니다."

아편… 어느 땐가 들은 적이 있다. 양귀비 열매로 만든 마약이라고. 원래 약재로 쓰였으나 환각 성분이 있다는 게 알려지면서 마약으로 사용되게 되었다고….

"그런데 저 배가 왜 우리 쪽으로 오고 있을까요? 정말 우리를 구원해주러 오고 있는 걸까요?"

"글쎄, 그건 잘 모르겠습니다."

배는 점차 가까이 다가왔다. 배는 길이가 40척 정도는 되어 보였고, 세 개의 돛대가 있었다. 내려진 흰색 돛들은 바람에 펄럭이고 있었고, 그 사이로 많은 밧줄들이 드리워져 있었다. 우리는 계속 옷가지며 돛조각을 흔들어댔다. 이윽고 말소리가 들릴 때쯤 되어서야 흔드는 것을 멈췄다. 갑판 위에는 과연 서양 사람들이 줄지어 서서 우리들을 바라보고 있었다. 키들이 크고, 머리털은 갈색이고 피부는 하얬으며, 얼굴은 작고 코들이 컸다.

"어디 배인가?"

뜻밖에도 중국 말이 튀어나왔다. 청년이 있는 힘껏 외쳤다.

"청국 승사현 어촌 배입니다. 고기잡이 중에 해적들을 만나 식수며 식량을 모두 빼앗겼습니다. 좀 도와주십시오. 굶어 죽기 직전입니다."

그러자 그들은 자기들끼리 얘기를 나누더니 다시 말을 던졌다.

"왜 돛대며 노가 없는 거요?"

"해적들이 쫓아오지 못하게 없애버렸습니다. 그래서 오도 가도 못하는 형편입니다."

그러자 그들은 다시금 자기들끼리 얘기를 나누더니 곧 밧줄로 엮어진 나무사다리가 갑판 위에 나타났다. 얼굴 아래쪽이 수염으로 뒤덮인 선원 한 사람이 사다리를 펴서 뱃전 아래로 늘어뜨렸다. 그러면서 배도 밀어붙여 곧 양쪽 배는 가까이 밀착되었다. 위쪽에서 양인들이 손짓으로 올라오라는 신호를 보냈다. 우리는 잠시 의견을 교환한 뒤 나와 동용이 올라가기로 하고, 노인과 청년은 아래에서 받기로 했다.

나는 재빨리 선실로 가서 은자와 금편 몇 개를 호주머니에 집어넣었다. 공짜로는 안될 것 같은 생각에서 협상을 벌일 생각이었다. 청년이 사다리 아래쪽을 단단히 붙잡아 고정시켰고, 나와 동용은 조심조심 밧줄로 엮어진 나무토막들을 딛고 위쪽으로 올라갔다. 갑판 위에 다다르자 밑에서 보기와는 또 달라 현기증이 일 지경이었다. 갑판 위에 널브러진 밧줄들, 여기저기 놓여있는 처음 보는 물건들, 대형 상자들을 포개놓은 것 같은 선실….

색색의 헐렁한 반소매 옷을 입은 양인들은 팔짱을 끼거나 입에 커다란 담배 같은 것을 문 채 호기심 어린 눈길로 우리를 바라보았다. 사다리를 내려준 수염쟁이가 다시 물었다.

"그래, 해적들에게 얻어맞거나 하지는 않았소?"

"그러지는 않았습니다. 우리가 있는 것을 주지 않거나 하지는 않았으니까요."

수염쟁이는 동용의 말을 처음 듣는 말로 양인들에게 통역을 했다. 중국 말을 할 줄 아는 사람은 그 하나뿐인 듯했다.

"그래 물과 먹을 것 외에 뭐가 더 필요하오?"

이때 나는 동용의 옆구리를 찌르며 돛대와 노를 만들 나무도 얘기해보라 했다. 동용은 그대로 전했고, 나는 품속에서 은자를 꺼냈다. 동용은 힘을 얻어 얘기를 이어갔다.

"우리가 거저 달라는 건 아닙니다. 어느 정도 대가는 드리겠습니다."

양인들은 은자를 보고는 시선이 달라지며 나를 빤히 쳐다보았다. 웬 거지들을 만났느냐 했다가 제대로 상대해야겠다는 생각이 드는 모양이었다. 수염쟁이는 나를 유심히 바라보다 입을 열었다.

"이 사람은 왜 말을 하지 않소? 높은 사람이라 그러오?"

내가 동용보다 나이도 들어 보이고 뭔가 달라 보이는데, 아무 말도 안 해 이상했던 모양이었다. 동용은 통역을 하면서 내 눈치를 살폈다. 모두 나를 주시하고 있었다. 이때 문득 내 머릿속에서 차라리 조선인이라고 하는 게 나을 것 같다는 생각이 스쳤다. 그들이 평소 상대하는 청국인이 아닌 이국異國 사람이라 하면 왠지 함부로 대하지 않고 좀 더 대우를 받을 것 같은 생각이 드는 것이었다. 나는 그들과 동용을 번갈아 바라보며 말을 꺼냈다.

"그래서가 아닙니다. 사실 우리는 조선이라는 나라 사람입니다. 항해 중에 풍랑을 만나 여기까지 떠밀려 온 것입니다."

잠시 후 양인들의 눈은 휘둥그레졌다.

"그래요? 우리도 조선이라는 이름을 들어본 적이 있소. 일본 위쪽에 있는 나라라 했지. 그래, 청국 말을 몰라서 가만히 있었던 게로군."

양인들은 잠시 자기들끼리 얘기를 나누는 것이었다. 얘기는 한동안 지속되었는데, 눈치가 우리 요구를 거부하려고 상의하는 것 같지는 않았다. 이윽고 자기들끼리 합의점을 찾았는지 수염쟁이가 우리 쪽으로 얼굴을 돌렸다.

"좋소. 당신들이 필요한 것은 다 드리겠소. 그러나 은자는 필요 없소."

우리는 의아한 눈길로 그들을 바라보았다.

"대신 우리 심부름을 좀 해주면 되오. 자, 선실로 들어가서 얘기를 나눕시다."

그들은 우리를 끌고 선실로 들어갔다. 곧 우리 탁자 앞에는 이것저것 먹고 마실 것들이 놓여졌다. 우리는 다급한 나머지 그쪽으로 먼저 손이 갔다. 문득 우리 배의 노인과 청년 생각도 스치는 것이었다.

"배에 남아있는 사람들에게는 별도로 보내도록 할 테니 마음 놓고 드시오."

그들이 우리에게 요구하려는 것은 무엇일까, 청국 사람도 아닌 우리들이 그들에게 해줄 게 무엇이란 말인가, 하고 내심 따져보면서도 나는 자꾸만 탁자 위로 손이 갔다. 우리 동작이 멈추기를 기다렸다가 그들은 얘기를 꺼냈다.

"이제 어느 쪽으로 돌아갈 생각이오?"

"육지로 해서 돌아갈 생각입니다. 어차피 바다 쪽으로 돌아갈 수는 없습니다."

"우리도 그리리라 짐작했었소. 육지 쪽이라면 여기서 항주로 직접 가는 게 좋을 것이오. 항주에는 경항운하京抗運河라 하여 북경까지 뚫려있는 운하가 있기 때문이오. 육지에 비해 빠르고, 편하고, 경치도 훨씬 낫소."

"그렇다면 그쪽으로 택해야겠지요."

그러자 수염쟁이는 헛기침을 한 번 한 후에 목소리를 가다듬어 얘기를 꺼냈다.

"항주로 간다면 우리 심부름 하나 해주시오. 뭐 어려운 건 아니고, 사람을 찾아 우리 편지만 전달해 주면 되는 일입니다. 그 일만 해준다면 아까 얘기했던 그쪽 요구사항을 다 들어드리겠소."

"좋습니다. 어차피 가는 길인데 그 정도라면…. 더구나 우리에게 큰 도움을 주시는데…."

수염쟁이는 우리 얘기를 통역으로 주위 사람들에게 알렸고, 그들은 반색을 하며 동작을 취하기 시작했다. 선실에는 선장으로 보이는 뚱뚱한 사내와 수염쟁이만 남았다. 선장은 뭐라 빠른 어조로 얘기했고, 수염쟁이는 곧 통역을 했다.

"편지를 전할 사람은 항주에 사는 왕리산이라는 행수行首입니다. 항주에 내려서 사람들에게 물어보면 어렵지 않게 찾을 수 있습니다.

단 지킬 것이 있습니다. 비밀입니다. 이 편지는 반드시 왕 행수에게만 전달되어야 하고, 편지 전달 사실을 누구에게도 얘기해서는 안 됩니다. 저 아래 배에 남아 있는 두 사람에게도 얘기해서는 안 됩니다. 할 수 있겠습니까?"

"어렵지 않을 것 같습니다. 그런데 왜 직접 전하지 않고 우리에게 부탁하는지요?"

"그럴 사정이 있습니다. 지금 우리 서양 사람들은 청국 항구에 입항이 금지되어 있고 배도 마찬가지입니다. 왕 행수는 우리와 가끔씩 거래하던 사람이고, 이번에도 장소를 정해 만날 날짜를 잡았는데 청국 사정으로 약속을 지키지 못하고 있는 것입니다. 그래서 우리 사정을 알리려는 것입니다. 그쪽은 청국 사람들과 생긴 것도 같고, 청국 말도 되니 항구 들어가는 데 별 어려움이 없을 것입니다."

"좋습니다. 우리에게 큰 도움을 주셨으니 우리도 돕도록 하겠습니다."

그러자 그들은 흡족한 표정으로 탁자 위에 봉서를 올려놓았다.

"사내들끼리의 약속입니다. 반드시 지켜주셔야 합니다."

우리는 일어섰고, 그들은 악수를 청했다. 갑판에 나오니 이미 물통과 식품 상자, 목재 등은 우리 배에 내려져 있었다. 우리가 줄사다리를 타고 배에 내려갔을 때 노인과 청년은 톱, 낫, 대패 등 연장을 꺼내 작업을 시작했다.

우리 배는 서쪽을 향해 운항을 계속했다. 다행히도 바람은 잔잔했고, 식수와 식료품이 충분해서 항해하는 데는 지장이 없었다.

양인들이 준 목재로 대충 다듬어 만든 돛대와 노도 제 역할을 다해 배가 움직이는데 충실한 힘이 되어 주었다. 그들은 우리에게 혜택을 베푼 뒤에도 우리 배를 항주만抗州灣 안쪽까지 데려다주기도 했다. 우리 뱃고물 쪽을 밧줄로 묶어 자신들 배에 매달고 만 하루 동안 항주 쪽으로 이동시켜 준 것이다.

멀리 서쪽 수평선에 선명하게 산들의 윤곽이 보이자 그들은 배를 멈추고 자신들의 배에 묶었던 밧줄을 풀었다.

"여기까지가 우리의 자유 항해를 할 수 있는 한계입니다. 여기서부터는 직접 가야 합니다."

그러면서 선장이란 자는 우리를 향해 오른손 손바닥을 힘 있게 펴 보였다. 약속을 지키라는 의미 같았다. 자기들이 할 만큼 했으니 우리도 대가를 치러야 한다는 압력이 담긴 동작이랄까….

오후는 곧 황혼으로 이어졌고, 또다시 바다는 주황빛 물결들이 뛰노는 멋진 장관이 펼쳐졌다. 주위로 간간이 배들이 지나갔고, 갈매기들은 행여 얻어먹을 거나 있나 하고 따라오며 우리 배 주위를 맴돌았다. 해거름 탓인지 동풍이 불어 우리는 돛을 올리고 동용과 청년을 쉬게 했다. 그동안 그들은 번갈아 가며 노를 저었던 것이다.

노인은 내게 우리 장죽과 비슷한 담뱃대를 권하며 담배를 피우자고 했다. 그러나 정작 피워 보자 연기는 쓰기만 해서 별다른 맛을 느낄 수는 없었다. 우리 어른들도 흔히 술은 아무거나 마실 수 있어도 담배는 아무거나 피울 수 없다고 했었다. 노인은 연거푸 몇 번 연기를 내뿜은 후 내게 시선을 돌렸다. 그리고는 팔뚝에 못으로 글씨를 썼는데, 검붉은 피부 탓인지 글씨가 희게 드러났다.

"양인들이 물건들을 주면서 뭐라 하던가요?"

나는 통역을 부탁하기 위해 동용에게 손짓을 했고, 그는 바로 달려왔다. 노인의 물음에 잠시 당황스러웠으나 나는 곧 천연덕스럽게 대꾸했다.

"별다른 얘기는 없었습니다. 그저 자기들이 도움을 줄 수 있는 형편은 되니 부담스럽게 생각지는 말라고 했습니다."

"그래요?"

노인은 믿지 못하겠다는 표정으로 쳐다보다 곧 말을 이었다.

"세상에 공짜가 어디 있습니까? 더구나 그들은 그저 돈만 벌기 위한 장사꾼들인데."

"아무튼 다른 얘기는 없었습니다. 망망한 바다에서 물과 음식이 없어 사람이 죽게 생겼는데 여유가 되면 좀 도와줄 수도 있는 거 아닌가요?"

"물론 옳은 소리지요. 그러나 그들이 아까운 목재를 선뜻 내준 것이나, 물과 음식의 양으로 볼 때 그저 흔한 도움으로 보기는 어려웠습니다."

나는 아무 말도 하지 않았다. 비록 노인이 배운 게 많은 것 같지는 않았지만 오랜 경험에서 우러나오는 지혜는 함부로 볼 수 없는 것이었다.

"그동안 나라에서는 저 아래 광둥성에서만 외국 배들의 출입을 허용하고 있었습니다. 그 이유는 원래 나라 자체가 대국이어서 외국과 상거래가 필요 없다고 생각했기 때문입니다. 또 하나는 외국 배들이 자주 출입하여 새로운 생각이나 문물들이 퍼지게 되면 인민들이 영명해져, 나라에서 다스리기 어렵게 된다고 생각했기 때문일 것입니다.

그런 데다 지금은 광동성에서도 외국 배들을 많이 단속하고 있습니다. 왜냐면 외국 배들이 아편 밀거래에 재미를 붙여 청국 대상大商들과 짜고 대규모로 아편을 들여오고 있기 때문입니다. 지금 아편은 밑바닥 서민층에서부터 저 위쪽 고관들에게까지 독버섯처럼 파고들고 있습니다. 자연히 사회는 병들고, 아편 대금으로 은자는 무섭게 빠져나가고 있지요. 이런 마당에 양인들 배가 항저우만까지 올라왔다는 게 이상하지 않습니까? 지금 광동성 아오먼(奧門; 마카오)이나 광주 지역에 뭔가 심상찮은 일들이 있을 겁니다."

나는 속내를 들킨 것만 같아 부끄럽기 그지없어 잠자코만 있었다.

"원래는 그들도 보통 장사치들이었습니다. 우리는 원래 땅덩어리도 크고 인구도 많은 대국이라 외국 장사치들이 너나없이 군침을 흘리던 곳이지요. 그런데 세상이 개화되면서 멀리 구라파에서 양인들이 몰려오기 시작했습니다.

그들은 커다란 배에 별 희귀한 물건들을 잔뜩 싣고 왔지만, 청국에서는 쉽게 장사를 허락하지 않았습니다. 세상이 변하는 줄 모르고 전통 방식으로만 사느라 필요성을 느끼지 못하는 데다, 외국이라면 그저 야만적이고 못사는 나라라는 생각이 깔려 있기 때문입니다. 그렇지만 멀리서 배에다 물건을 잔뜩 싣고 왔는데 그냥 싣고 가게 할 수는 없고 해서 광동성 지역만 열어준 것입니다. 그것도 관에서 감시 감독하는 조건으로 말입니다.

그러니 양인들은 불만이 클 수밖에 없지요. 다른 나라들은 자유스럽게 장사를 하게 하는데 유달리 청국만 닫아걸고 꼬장꼬장하게 구니 말입니다. 그래서 수차례 조정에 사정하기도 하고, 뒤쪽으로는 몰래 크고 작은 밀거래를 하기 시작했습니다. 관리들에게 뇌물을 찔러주기까지 하며 말입니다. 아편 밀수는 그럭저럭 지나칠 문제가 아닙니다. 곧 나라에 커다란 우환이 될 겁니다."

"왜 사람들이 아편에 그렇게 빠져들게 되었습니까?"

"생활고 때문이지요. 인구는 급격히 느는데 경작지는 별로 늘지 않아 늘 생활고에 시달리는 데다, 부패한 관료들의 가렴주구에 지친 서민들이 쉽게 빠져들었습니다. 이후로 아편의 마약 효과가 소문이 나면서 병사, 관리들에게까지 번지게 되어 사회 전체로 확산되었지요.

그러면서 시중의 돈들이 아편 사는 데로 대거 빠져나가니 세금을 낼 여유들이 없어 조정도 절절매게 된 겁니다. 그래서 여러 대책들을 강구하고 있다고 들었는데, 아까 저 배가 항저우만까지 나타난 건 광둥성 주쟝(珠江) 하구에 뭔가 심상찮은 일이 벌어지고 있다는 증거입니다. 영국 배들이 광저우(廣州)에서 아편을 못 팔아먹게 생겼으니까, 월남을 돌아서 곧장 대만 쪽으로 향해 항저우만까지 왔을 것입니다."

"그 배들이 그저 보통 장삿배일 가능성은 없습니까?"

"그럴 일은 별로 없습니다. 아편이 이문이 많이 남는 데다, 가까운 인도(印度)라는 나라에서 가져오기 때문입니다. 또한 보통 장삿배들은 항저우만까지 오는 것을 꺼려합니다. 무지막지한 해적들 때문인데, 실상 장사치들은 청국 관원들보다 해적들을 더 두려워합니다."

거무죽죽한 피부에 반백의 머리털, 굵게 주름진 얼굴 등은 그저 바다 위에서 풍파에 시달리며 모진 세월들만 이어 온 것처럼 보였지만, 놀랍게도 그는 남쪽 바다의 사정을, 그것도 본토의 사정과 결부시켜 꿰뚫고 있었다.

　나는 노인이 늘어놓는 얘기들에 크게 공감하면서도 한편으로는 궁금증을 떨치지 못하기도 했다. 저런 지식은 노인의 남다른 지혜에서 비롯된 것인지, 아니면 바다를 끼고 나이 좀 먹으면 자연스레 습득하게 되는 것인지 가늠하기가 힘들었기 때문이다.

　"지금 청나라는 말기 증상을 보이고 있습니다. 당연히 사회 기강이 무너지면서 도처에서 농민 반란이 일어나고 있습니다. 여기에 아편은 불붙는데 부채질 하고 있는 격이지요.

　선생이 양인들의 배에서 어떤 얘기들을 나눴는지 모르고, 내가 꼭 알아야 할 이유도 없겠지만 이것만은 분명히 얘기해두고 싶습니다. 선생의 양심에 따르라는 말입니다. 청국은 가까운 이웃 나라이고, 양인들은 먼 지역에 사는 야만인 같은 사실은 중요하지 않습니다. 글줄 좀 읽은 서생답게, 한창나이의 젊은이답게, 옳다고 생각하고 부끄럽지 않다고 생각하는 대로 행동하라는 것입니다."

　노인은 마치 내 속을 환히 들여다보고 있는 것만 같았다.

　나는 또다시 혼란스러워졌다. 그러나 곧 나는 배가 항주에 닿기까지는 생각하지 않기로 했다. 이런 결심은 어떤 두려움까지 느껴지는 노인이 바로 옆에 있기 때문이기도 했다. 그나저나 왠지 모를 서글픔 같은 게 치밀어 올라 나는 시선을 들어 먼바다를 바라보았다. 지금 조선의 사정도 청국과 별반 다를 바 없었기 때문이다.

　왜 왕조는 흥망성쇠를 반복하는가. 결코 고정불변할 수는 없는 것일까. 인간 세상의 본질이 원래 그렇게 생겨먹었기 때문인가. 마치 생명을 가진 생물들처럼 왕조도 생겨나서 번성하고, 쇠락했다가 망해 사라질 수밖에 없는 것인가…

　뜬금없이 떠오르는 이러한 생각들은 배가 포구에 다다를 때까지 내
내 이어졌다.

항주에 다다르다

동용과 나는 강을 곁에 두고 길게 이어져 있는 둑길을 따라 걸었다.

하루 일을 마친 남정네들은 둑 위에 앉아 강 쪽을 바라보며 담소를
나누기도 하고, 돗자리를 펴놓고 술자리를 벌이기도 했다. 강을 메우
고 있는 배들의 갑판 위에서도 사정은 비슷했다. 가끔씩 불을 유독 환
하게 밝힌 배들 위에서는 기녀妓女로 보이는 여자들이 춤을 추며 노래
를 부르기도 했다. 허리춤에 매달려 있는 색색의 장신구들은 바쁘게
흔들거리면서 악기를 두드리는 것 같은 소리들을 터뜨렸다. 주위의
남자들은 박수를 치고 따라 부르기도 하며 흥겨워했다.

둑길 안쪽에 늘어선 누각들은 주로 2층으로 되어있었고, 음식점,
술집, 찻집 등이 주류를 이루고 있었다. 커다란 음식점들은 이미 사람
들이 들어차 시끌벅적한 소음들이 길바닥까지 쏟아져 나왔다. 간간이
술집 앞에서는 진한 화장에 위아래가 한 통으로 된 옷을 입은 여자들
이 간드러진 목소리로 호객행위를 하기도 했다. 문득 어느 책에선가

읽었던 치파오[旗袍]라는 옷이 바로 저것이구나 하는 생각이 스쳤다.

걷다 보니 군데군데 강을 건너는 다리도 나왔는데, 우리처럼 평평한 다리가 아니고 무지개 같은 둥근 모습의 다리였다. 아래쪽도 반원형으로 되어있어서 배들이 그 아래로 왕래하고 있었다.

우리는 항주杭州에 내리자마자 일단 관청에 신고부터 하는 게 급선무라고 생각하고 물어물어 항주부 북쪽 관문에 다다랐다. 수문장은 키가 크고 사나운 눈매의 중년 남자였으나 우리 얘기를 귀 기울여 듣고, 주산도 승사현주의 소개장까지 보여주자 곧 친근한 표정을 띠며 고분고분해졌다.

"외래인들은 순무부巡撫府를 거쳐 지침을 받아야 합니다. 그러나 오늘은 이미 해가 저물었으니 여기서 주무시고, 내일 아침에 우리 관원과 함께 출발해 주시기 바랍니다."

한참 후 우리에게는 숙소가 배정되었고, 쌀과 몇 가지 찬거리가 주어졌다. 그러나 우리 심사는 이미 들떠 있어 잠자리나 끼니 해결 정도에 구애될 바가 아니었다. 숙소에 행장을 풀고 곧바로 나섰다. 황혼이 깃든 항구는 이미 별천지가 펼쳐지고 있었기 때문이다.

바다로 흘러드는 강어귀에는 수많은 배들이 몰려들고 있었고, 배들 위로 세워진 돛대며 장대들은 마치 거대한 대나무 숲을 보는 듯했다. 강의 양쪽에 늘어선 누각들에서는 형형색색의 등이 켜지고 눅눅하게 퍼져 있는 음식 냄새 속에서 각종 소음과 악기 소리 등이 허공에 울려 퍼지고 있었다.

"대단하군요. 이런 세상이 있는 줄 몰랐습니다."

정신없이 눈길을 던지던 동용이 이윽고 말을 꺼냈다.

"오늘 보는 것은 그나마 일부에 불과할 것이네. 항주는 예로부터 번화하고 아름다운 고을이어서 가까운 거리에 있는 소주蘇州와 함께 '하늘에 천당 있고, 땅 위에 항주, 소주 있다'고 했다네. 내일쯤 밝은 하늘 아래서는 그야말로 다른 세상이 펼쳐질 것일세."

이리저리 정신없이 걷다가 어느새 허기가 몰려온 우리는 식당을 찾았다. 어딜 가나 조용한 곳은 없을 것 같아 가까운 곳을 찾아 구석진 곳에 자리를 잡았다.

상상하기도 힘들 만큼 화사한 밤 풍경에 눈은 호사를 했지만 내 머리 속에서는 내내 의문이 떠나지 않고 있었다. 그동안 여기저기서 듣기로는 지금 청국도 망조가 들어 서민들은 가난과 궁핍으로 힘겨운 세월들을 보내고 있다 했는데, 이곳 항주의 물정은 전혀 달랐기 때문이다.

얼핏 보기에도 사람들은 행복에 겨워 보였고, 길거리에는 사치와 향락이 넘치고 있었다. 이런 괴리를 어떻게 설명해야 하는가. 그야말로 항주는 소주와 함께 강남 제일의 고을이어서 세태에 물들지 않기 때문인가. 아니면 내가 그저 드러난 겉모습만 보고 있기 때문인가.

종업원이 다가와 생각은 끊겼고, 우리는 벽에 쓰여진 것을 보고 그저 짚이는 대로 면麵 요리를 시켰다. 대국인들이 국수를 좋아한다더니, 별별 국수 이름이 다 있었다. 곧 커다란 접시에 국수가 가득 담겨져 나왔는데, 위에는 새우며 조갯살 등이 떠 있었다. 우리는 다시금 벽을 보고는 우리가 시킨 게 해선면海鮮麵이라는 것을 알았다. 해산물로 만든 면 요리인 때문인지 입맛에도 잘 맞았고, 우리는 술까지 곁들였다. 오랜만에 맛보는 화사함과 해방감 때문이었는지 제법 많은 술을 마셨다.

이윽고 한창때가 지난 탓인지 식당 안은 빈자리가 늘어갔다. 다소 한가해진 덕분인지 주인이 우리 곁에 다가왔다.

"여기 분들이 아닌 것 같습니다."

동용이 통역하며 자기 옆자리 의자를 빼 앉을 것을 권했다. 주인은 호기심 어린 눈길로 우리를 훑어보았다. 원래 외래인들을 좋아하는 모양이었다.

"멀리 조선이라는 나라에서 왔습니다."

"조선이라… 얘기는 들었습니다. 황해 저편에 있다는 나라 아닙니까? 귀한 손님들이 오셨군요. 더구나 말까지 통하니…"

주인은 반가운 기색으로 자리를 고쳐 앉으며 동용이 따라 주는 술을 받아 마셨다.

"항저우는 원래부터 나라 안팎에서 각양각색의 사람들이 다 모여드는 곳이지요. 물산이 풍부하기도 한데다가, 운하를 통해 북경까지 닿을 수 있는 곳이기 때문에 장사치부터 나라 간 중대사를 치르러 온 사람들까지 모두 여기를 찾아듭니다. 저는 식당을 하고 있지만 그런 사람들을 상대하고 전혀 다른 세상 얘기들을 듣는 것을 큰 낙으로 삼고 있습니다."

우리는 곧 허물없는 사이가 되어 얘기들을 두서없이 주고받았다. 등鄧 씨라는 성을 가진 그는 어떻게 여기까지 오게 되었느냐는 등, 어떤 길로 돌아갈 생각이냐는 등 꼬치꼬치 묻기도 했다. 우리가 해적에게 붙잡혀 목숨이 위험할 뻔했다는 얘기를 듣고는 혀를 끌끌 차며, 무슨 과실주를 한 병 내기도 했다. 얘기 도중에 문득 왕 행수에 대한 생각이 떠올랐다.

"혹시 왕리산이라는 행수에 대해 아십니까?"

"알다마다요. 항저우에서 손꼽히는 부자 아닙니까? 왜 그러십니까?"

"장사를 크게 한다는 소문을 들어서 한번 만나보고 조선의 인삼 거래에 대해 얘기를 나눠볼까 합니다."

"그 사람이 인삼 취급한다는 얘기는 들어보지 못한 것 같은데… 조선의 고려 인삼이 귀중품이라는 소문은 들었지만 그 사람과 장사를 하려면 정신 바짝 차리고 해야 할 겁니다. 평판이 그다지 좋지 못한 사람이기 때문이지요. 돈 되는 일이라면 물불 가리지 않고 덤벼들고, 관원들을 매수하여 관청 일을 도맡기도 했습니다. 항저우부 관원들도 그를 함부로 하지 못합니다. 조정의 실력자들과 줄을 대고 있기 때문이지요. 우리야 그런 능력이 없어서 이렇게 식당이나 하며 사는지 모르겠지만, 아무튼 그 사람은 치부致富와 관련된 일에는 비상한 자질을 가진 사람입니다."

우리는 다른 소재로 화제를 돌려 좀 더 얘기를 나눈 후 식당을 나섰다. 초저녁보다는 불빛도 많이 사라졌고 인적도 뜸해져 있었다. 우리는 술도 좀 깰 겸 해서 한쪽 둑 위에 자리를 잡고 앉았다.

"어떻게 하는 게 좋을까? 내일이라도 곧 관청에 불려갈 것 같은데, 이 봉서 얘기를 꺼내야 하나 말아야 하나."

"글쎄요. 저도 뭐라 말씀 못 드리겠습니다. 양인들이 저희들을 많이 도와주고, 또 비밀을 지키겠다고 약속까지 하셨는데…."

"그렇지만 여러모로 생각해 보건대 이 봉서에는 뭔가 불순한 내용이 들었을 가능성이 커. 양인들의 생각지도 못했던 친절이나 왕리산이라는 인물의 행적으로 봐서도… 일이 잘못되어 우리가 그들의 흑막에 휘말려 들기라도 한다면 우리는 목적 달성은 고사하고 영영 조선으로 돌아가지 못할 수도 있어. 좀 더 신중히 생각해 봐야겠어.”

다음 날 아침 항주부 관원이 와서 한 장의 서류를 내밀었다.

먼저 상부에 보고를 해야 하니 여기 나열되어 있는 항목대로 서술해 달라는 것이었다. 이미 주산도 승사현에서 1차 신고절차를 겪어 짐작하고 있었으므로 곧바로 숙소에 마련되어 있는 붓과 벼루를 잡아 써 내려갔다. 이번에는 서체를 안진경顔眞卿체로 하기로 했는데, 항주에 큰 족적을 드리우고 있다고 알려져 있는 소동파蘇東坡가 그의 서체를 즐겨 썼다고 하기 때문이다.

나는 승사현 현주에게서 이미 문장력이 가지는 위력을 경험했기 때문에 정성을 다해서 질문에 대해 써 내려갔다.

그리고 말미에 승사현 현주의 소개장을 가지고 있다는 사실도 덧붙였고, 항주에 대한 소문은 조선에도 널리 알려져 선비들이 가장 여행하고 싶은 고도古都로 삼고 있다고도 했다.

나는 글을 마무리하고 다시 한번 훑어본 뒤 봉하려 하다가 문득 뭔가 미진한 느낌을 지울 수 없었다. 잠시 생각을 거듭하던 나는 항주에 대한 지식을 아는 대로 피력하기로 했다.

약 400년 전 조선 관리 최부崔溥라는 사람이 역시 폭풍에 표류하여 복건성福建城까지 떠밀려 왔다가 갖은 우여곡절 끝에 귀국해서 표해록漂海錄이라는 책을 썼는데, 그 책 중에 항주, 소주를 거쳤던 내용도 있어서 항주에 대한 약간의 지식은 갖고 있다는 것과, 항주 지주知州를 지냈던 소동파, 역시 항주 자사刺使를 지냈던 백거이白居易 등의 시문詩文은 조선 선비들에게서도 절찬을 받으며 널리 읽히고 있다는 것, 남송南宋의 충신 악비岳飛는 주자학을 숭상하고 충효를 높은 덕목으로 삼는 조선에서도 촉한의 관운장과 함께 널리 회자되고 있다는 것 등도 덧붙였다. 악비 얘기를 특별히 덧붙인 것은 항주가 남송의 수도였기 때문이다.

관원은 한쪽에서 기다리고 있다가 내 답신 봉서를 받아가지고 갔는데, 이틀 뒤에나 기별이 있을 테니 잘 준비하고 있으라 했다. 일단 이틀간의 자유는 얻은 셈이었다. 관청에서 우리가 조선 표류민이라는 것을 정식으로 인정하게 되면 그때부터 관리 대상으로 여겨져 관원의 통제를 받아야 할 것이기 때문에 자유스럽게 행동하기가 쉽지 않을 것이었다. 우리는 이른 점심을 챙겨 먹고 말로만 듣던 서호西湖를 찾아 나섰다.

길들은 번듯하고 깨끗하게 치워져 있었고, 화사한 옷으로 치장한 사람들의 얼굴은 화색이 좋고 넉넉해 보였다. 그러나 시장은 각양각색의 사람들로 북적거리고 지저분하고 소란스러웠다. 노점상들은 별의별 것들을 다 팔고 있었으나, 일반 상점에는 값비싼 물건들이 가득 진열되어 있어 그저 바라보고만 다녀도 부자가 된 듯한 느낌이었다.

사람들은 친절했다. 분명히 자신들의 말투와 동용의 말투는 달랐음에도 두말없이 묻는 것에 대해 정성껏 대답해 주었다. 고맙다고 하면 '별말씀을', '아닙니다' 등의 대꾸도 잊지 않았다. 우리는 반 시진 가량을 걸어 서호에 도착했다.

서호가 눈 앞에 펼쳐지는 순간 우리는 자신도 모르게 감탄사가 터져 나왔다. 호수가 마치 바다를 보는 것처럼 드넓게 펼쳐져 있었기 때문이다. 호수가 끝나는 곳에는 야트막한 구릉들이 길게 이어져 있었고, 한쪽에 반듯하게 이어져 있는 제방 위에서는 버드나무의 늘어진 가지들이 끝없이 너울거리고 있었다. 물결은 햇빛에 잔잔하게 반짝였고 몇 척의 배가 한가롭게 떠다녔다. 그야말로 속세를 한참 벗어난 느낌이어서, 당대 최고의 시인 묵객들이 왜 항주 서호를 자주 찾았는지 알 것만 같았다. 그러나 항주가 서호라는 호수만 있었더라면 그처럼 식자들 사이에서 각광을 받지 못했을 것이었다. 중국에는 천하절경이라는 곳이 부지기수일 것이기 때문이다.

옛적 오월국吳越國과 남송의 수도이기도 해서 많은 문화적 유산들이 남아있는 데다가, 비단, 차 등을 비롯한 여러 물산들이 풍족해서 강남에서도 손꼽히는 풍요의 지역이라는 사실 등이 사람들을 끌어들이는 요인이 되었을 것이었다.

문화도 재력이나 권력 등을 기반으로 해서 꽃이 피고 융성해 왔다. 생존의 기본적인 요건들이 해결이 되고, 작업에 대한 보상이 보장되어야만 마음껏 나래를 펴고 몰두할 수 있기 때문이리라. 그래서 시인 묵객들은 능력을 십분 발휘할 수 있는 곳을 찾아들고, 그들은 그 지역을 가꾸고, 단장하고, 빛나게 하는 것이다.

서호가 월나라 미인 서시西施와 관련되었다는 설화, 소제춘효蘇堤春曉, 삼담인월三潭印月, 곡원풍하曲院風荷 등 이른바 '서호 10경'이라는 명칭도 그들에 의해 지어졌을 것이었다. 명나라와 청나라 고관들이 퇴직 후 노후를 보내기 가장 선호하는 곳이며, 청의 건륭제乾隆帝

등도 즐겨 찾았다던 항주… 그 이유는 이처럼 여러 요인들이 복합되었기 때문일 것이었다.

생각이 여기까지 미치자 문득 내가 몸담고 있는 조선이 생각났다. 청국에 비하면 손바닥처럼 좁은 나라, 그러면서도 국력이나 재력이나 뭐 하나 제대로 튼실한 게 하나 없는… 그러다 보니 문화적인 측면도 당연히 뒤처질 수밖에 없는 것이다.

우리는 발길 닿는 대로 한참이나 걷다가 오후 늦게야 숙소로 돌아왔다.

다음날 오전에 어제 왔던 관원이 숙소로 다급하게 찾아왔다.

"신시申時까지 관아로 출두해야 합니다."

"어제는 이틀 뒤에 기별이 있을 것 같다고 해서 그렇게 알고 있었는데요."

"올린 글 중에 뭔가 중요한 내용이 있는 것 같습니다. 아마도 순무巡撫를 직접 대면하게 될 것 같습니다."

우리는 지시에 따르겠다고 하고, 관원은 반드시 시간을 지켜달라고 당부하며 돌아갔다. 우리는 잔뜩 긴장하며 정성을 들여 세수하고 새 옷을 꺼내 손질을 했다. 관아로 가게 되면 조선과 마찬가지로 동헌東軒 같은 곳에서 수령이 위엄 있게 앉아 있고, 아래 양옆으로 관원들이 도열해 있는 채 꼬치꼬치 심문을 당하게 될 것임이 쉽게 연상되었기 때문이다. 그러나 그보다 더 중요한 사실은 이곳 항주부에서 잘못 보이면 수천 리 운하길 행도 막혀버려 북경행이 좌절되어 버릴 수 있기 때문이었다. 그야말로 첫 관문에서 되돌려져 다시 주산도 승사현으로 내쫓길 가능성도 충분히 있을 것이다.

오후, 우리가 다시 한번 서로의 차림을 점검하고 시간에 맞춰 출두하려 하고 있을 때 관원이 찾아왔다. 그런데 뜻밖에도 그는 관아가 아니라 운하 주변의 한 찻집으로 가자고 하는 것이었다.

"나도 왜 갑자기 변경되었는지는 모르겠습니다. 순무께서 지시하신 것이라 그대로 따를 뿐입니다."

관원을 따라 들어간 곳은 예상과는 달리 고급스러운 음식점이었다. 2층 실내는 화려한 집기들로 꾸며져 있었고, 둥근 창틀의 격자창으로는 운하가 내려다보였다. 평시에는 차를 팔고, 식사 때는 음식을 팔기도 하는 곳인 모양이었다.

한쪽 방에서 순무는 의자에서 일어서기까지 하며 우리를 반갑게 맞아 주었다. 수염이 무성한 50대 중반의 중후한 모습이었다. 곁에는 야무진 눈매의 시종 한 사람이 재빠른 눈길로 우리를 훑어보았다.

곧 찻잔이 놓여지고 뜨거운 물이 담긴 주전자에는 마른 연녹색의 찻잎이 부어졌다. 치파오를 입은 아리따운 아가씨는 주전자의 뚜껑을 닫고 몇 번 흔든 후 내려놓고 주방 쪽으로 다가갔다. 잠시 후 다시 주전자를 들고 다가온 아가씨는 찻잎이 담긴 주전자의 뚜껑을 열고 뜨거운 물을 부은 후, 잠깐 동안 두 손으로 주전자를 감쌌다가 들어 올려 순무의 잔에부터 따르기 시작했다. 유연하고 익숙한 솜씨였다.

"이 차가 항주의 명물 롱징차龍井茶라는 것이지요. 시후西湖 주변에서 생산되었다고 해서 흔히 '시후 롱징차'라 부른답니다. 차는 찻잎의 품질도 좋아야 하지만 우려내는 물도 좋아야 제 맛을 낼 수 있지요. 이 식당에서는 호포천虎跑泉이라는 샘의 물을 길어다 쓰는데, 차 맛을 가장 잘 살리는 물이라 해서 흔히 항주 쌍정雙井으로 불린답니다."

찻잔을 들어 입에 대보니 과연 찻잎의 향기가 싸하게 스몄고, 차 맛도 은은하게 입 안에 휘감겼다. 그러나 나는 잔뜩 긴장된 탓에 제대로 된 차 맛을 음미해 볼 여유가 없었다. 조선으로 말하면 지방 관찰사觀察使 격인 절강성浙江省 순무가 왜 하찮은 조선 표류인을 관청에서 만나지도 않고 찻집으로 불러냈는지에 대해 온 정신이 쏠려 있었기 때문이다.

"보내준 답문은 잘 읽어보았습니다. 참 서체나 글솜씨가 대단하시더군요. 조선에 인재가 많은 줄은 알고 있었지만 이렇게 귀한 분을 직접 대면하게 되어 반가웠습니다."

"과찬이십니다. 그저 과거시험 준비하느라고 책권이나 좀 읽은 것뿐입니다."

그러자 순무는 헛기침을 하고 목소리를 낮췄다.

"그런데 내용 중에 해적들에게 다 빼앗기고 나서 양인들에게 도움을 받았다고 했는데, 어떻게 도움을 받았습니까?"

"지나가는 배도 없어 갈증과 허기에 시달리다가 가까스로 멀리 있는 양인들 배를 발견했습니다. 저희가 손을 흔들어 도와 달라 했더니 다가와서 기꺼이 물과 음식들을 나눠주었습니다. 목재도 주어서 돛대와 노도 새로 만들었습니다."

"그랬군요. 배는 어떻게 생겼던가요?"

"뱃전이 높고 길이는 40척은 돼 보였습니다. 돛대는 3개나 되었고, 백포로 된 돛들은 군데군데 매달린 채 바람에 부풀어 있었습니다."

그러자 순무는 잠시 생각에 잠겼다. 그의 의도가 바로 양인들과의 접촉 사실이라는 것을 알아차리자, 나는 또다시 그들과 약속한 봉서 얘기를 꺼내야 하나 말아야 하나 하는 갈등에 휩싸였다. 잠시 후, 고개를 든 순무는 정색을 하고 물었다.

"양인들이 그저 그렇게 도와주기만 하던가요? 다른 얘기는 없었습니까?"

나는 대꾸를 하지 않고 시선을 외면한 채 고개를 숙였다.

"그 배는 장사치 양인들 배입니다. 원래 장사치들은 이해관계에 밝은 사람들이지요. 자신들이 도와주고 혹시나 뭘 부탁하지나 않았는지 해서 묻는 것입니다."

더 이상 다그치지는 않겠다는 순무의 의도가 읽혔다. 나는 다시 한 번 더 생각한 후 시종을 좀 물려달라고 부탁하자 순무는 곧바로 눈짓으로 내보냈다.

나는 품속에서 봉서를 꺼내 탁자 위에 올려놓았다.

"이게 양인들이 제게 도움에 대한 대가로 부탁한 것입니다. 항주의 왕리산이라는 행수에게 전달해 달라고요."

순무는 놀라는 표정으로 신음소리를 가까스로 삼키는 듯했다. 그러나 묵묵히 입을 닫고만 있었다.

"단 누구에게도 얘기하지 말고 왕 행수에게 직접 전해달라며 준수 서약까지 요구해서 약속하고 말았습니다. 당시 우리 사정은 너무 절박했고, 스스럼없이 도움을 준 그들이 너무 고마웠기 때문입니다."

순무는 시선을 외면한 채 생각에 잠겼다. 순무의 침묵은 계속되었고, 안절부절 못한 나는 동용과 몰래 시선을 교환했다. 이윽고 순무는 가라앉은 목소리로 말을 꺼냈다.

"봉서를 다시 품속에 넣으십시오. 그리고 왕 행수에게 찾아가서 그대로 전달하십시오."

"예, 옛?"

"생명의 은인 같은 사람들에게 서약까지 했다하니 이렇게 털어놓는 것만으로도 고마울 뿐입니다. 구태여 개봉하지 않아도 그 안에 어떤 얘기가 들어있는지 알 것 같습니다."

과연 노련한 순무다웠다. 그러나 편지 내용까지 알 것 같다는 것은 무슨 얘기인가···.

"양인들의 배가 뱃전이 높다는 것은 아래쪽에 커다란 창고가 있다는 것입니다. 그러면서도 항주만에서 머뭇거리며 여기 포구에 들어오지 못하고 있는 것은 그 창고 안에 불순한 물품이 쌓여 있다는 것입니다. 바로 아편이지요."

순무도 우리가 탔던 배의 노인과 같은 추측을 하고 있었다.

"아편은 원래 진통제나 설사약 등으로 쓰이는 약초였으나 마약의 효능이 알려지면서 널리 퍼지게 되었지요. 특히 당장의 고통이나 시름을 잊기 위해 서민층을 중심으로 수요가 급증하자 간악한 영국인들이 이 세태를 이용해 대량으로 들여오기 시작한 겁니다. 원래 영국은 통상을 위해서 우리와 접촉했습니다. 영국은 식민통치하는 인도印度에 동인도회사東印度會社를 갖고 있었기 때문에 우리와 상대하기에 유리한 조건들을 갖추고 있었습니다.

영국은 세계 각국을 돌면서 장사로 재미를 보고 사는 나라여서 우리에게서도 큰 이문을 바라고 접근했겠지요. 그러나 우리 차茶라는 커다란 복병을 만난 겁니다. 그들이 우리에게서 수입해 간 품목들은 차,

도자기, 면綿 등이었는데 이 중에 차가 영국인들에게 크게 인기를 끌면서 도리어 커다란 손해를 보게 된 겁니다. 원래 우리 땅은 수질이 좋은 데가 많지 않아 차 음료가 많이 발달한 곳이지요. 또한 성격들도 느긋해서 차를 음미하면서 담소를 즐겨 차 문화가 많이 발달한 곳이기도 합니다. 이처럼 고도로 세련된 차 맛에 영국인들이 열광하게 되면서 도리어 적자가 심해지자 이를 타개하기 위해 생각해 낸 게 바로 아편이었습니다.

인도는 원래 아편 생산지였고, 동인도회사는 우리 광동성과 오래전부터 상거래가 이루어지고 있었기 때문에 아편을 들여오기도 수월했습니다. 영국인들은 아편의 거래도 정상적으로 하지 않고 밀수를 택했습니다. 원래 우리 조정에서는 외국과 통상할 때 사무역私貿易은 불허하고, 공행公行이라고 해서 조정에서 허가를 받은 상인 단체를 통해서만 거래를 하게 하고 있습니다. 세금도 징수하고, 불순한 물품에 대해 통제를 가하기 위해서지요.

그런데 공행들이 부과하는 통관 세금이 만만치 않을 뿐만 아니라, 부패한 관원들을 무마하기 위해 뇌물을 먹이는 등 절차들도 까다롭기 때문에 밀수라는 방법을 택한 겁니다."

"그럼 저희들을 도와주었던 양인들 배도 바로 그 밀수선이란 말입니까?"

"그렇습니다. 배 꼭대기에 깃발이 걸려있지 않던가요? 자 내가 그림을 그려 보일 테니 맞는지 보십시오."

순무는 주인장에게 백지와 붓을 달래더니 먼저 ＋자를 그리고, 그 사이로 직선들을 하나씩 죽죽 그어 모두 8개의 선이 되게 했다.

"맞습니다. 바로 그런 모양의 깃발이 걸려있었습니다."

"그 깃발은 바로 영국 국기입니다. 그들이 밀수를 많이 하는 줄은 알고 있었지만 여기 항주까지 올라올 줄은 생각 못 했군요. 월남越南에서 광동 쪽으로 가지 않고 비율빈(比律賓: 필리핀)을 거쳐 곧바로 여기까지 온 듯합니다. 항주, 소주는 인구도 많은데다 북경과도 물길이 통하기 때문에 시장도 큰 시장이라고 생각했겠지요."

"무서운 사실이군요. 저는 국가끼리 무력 침탈만 무서운 것으로 알았는데, 통상에서도 이러한 일들이 벌어지는군요."

"앞으로 더 무서운 일들이 벌어질 겁니다. 지금과 같은 속도로 아편이 번져 나가면 백성들의 돈이 고갈되어 언젠가는 나라 살림이 거덜 날 것입니다. 영국 상인들과 거래는 보통 은으로 이루어지는데, 벌써부터 은값이 금값이 된다는 소문이 퍼지고 있지요. 아편의 폐해는 그뿐만이 아닙니다. 중독이 되면 사람을 나태하게 만들고 심신을 병들게 하여 결국 폐인이 되게 합니다. 이런 폐인들이 득실거리면 농사고, 관청이고, 군대고 뭐 하나 제대로 되겠습니까?"

"정말 엄청난 얘기들이군요. 그런데 왜 조정에서는 무력을 사용하여 그들을 물리치지 않는 겁니까?"

"밀수라는 은밀한 방식으로 팔고 있기 때문입니다. 지금 조정은 나약하고, 관청들도 부패해서 사사로운 밀수 행위까지 단속할 능력이 없습니다. 해당 관원들도 단속보다는 뇌물에 눈이 어두워 그저 모르는 척 하고 있는 거지요."

"잘 알겠습니다. 듣고 보니 지체 높으신 순무께서 미천한 저를 찾으신 이유도 알 것 같습니다. 제가 어떻게 처신해야 순무님 뜻을 따를 수 있을까요?"

순무는 찻잔에 남은 차를 마저 마시고, 잠깐 나를 바라본 후 이내 빙그레 웃음을 띠며 말을 이었다.

"왕 행수를 만나 그대로 봉서를 전달하십시오. 위기에 처해서 큰 도움을 받고, 전달해 주겠다고 약속을 했다 하니 약속은 지켜야지요. 그다음은 우리가 알아서 하겠습니다."

어떻게 알아서 하겠다는 말인가, 라는 말이 곧 입 밖으로 튀어나오려 했으나 순무가 직접 입을 열 때까지는 참기로 했다.

"어느 때나 세상이 활기를 잃고 망조가 들어도 거기에 기생하여 자기 것을 챙기면서 망조를 가속화 시키는 사람들이 있지요. 왕 행수는 바로 그런 사람입니다. 이런 사람들에게는 남들은 물론, 세상도, 나라도 다 필요 없고 그저 제 자신과 재산만 있으면 됩니다. 나는 이곳에 부임했을 때부터 이 사람에 대한 소문을 전해 듣고 꼬투리를 잡기 위해 벼르고 있었습니다. 자질도 나쁘지만 혼탁한 세상에 일벌백계의 효과도 크기 때문입니다. 그런데 생각지도 않게 조선 선비가 이런 기회를 마련해 주는군요."

"사실은 어제저녁 식당에서 식사할 때 저희들도 왕 행수에 대한 소문을 좀 들었습니다. 그래서 여러모로 궁리하다가 저희가 약속을 어기는 한이 있더라도 청국에 해를 끼치는 행위는 하지 말아야겠다는 생각에서…."

"잘 하셨습니다. 선생께서는 봉서를 그대로 왕 행수에게 전달하시고, 나는 편지에 대한 얘기를 듣지 않은 것으로 하겠습니다. 그러면 선생은 남자로서 약속도 지킨 것으로 되지 않겠습니까? 내가 자리를 걸고 보장하는데, 이 건으로 선생에게 피해가 가는 일은 절대 없을 것입니다."

순무의 나이답지 않은 진지한 눈빛과 열정적인 모습, 정도正道의 구현에 대한 집념 등은 내게 깊은 인상을 남겼다. 비록 잘 알아들을 수는 없는 말이었지만 어조도 호소력이 있어 뭐든 힘껏 도와주고 싶은 마음이 들게 하는 것이었다.

봉서의 전달

다음 날, 아침을 챙겨 먹고 우리는 곧바로 왕 행수의 집을 찾아 나섰다. 항주의 유력 인사여서 집을 찾는 것은 어렵지 않았으나 서호 옆에 위치해 있어서 한참을 걸어야 했다. 기와지붕과 담장이 있는 대문은 여느 저택과 별반 다를 게 없어 보였으나, 사람이 지키고 있어 쉽게 들어갈 수 없었다. 문지기는 우리의 방문 목적을 꼬치꼬치 물어 기록한 후 사람을 안으로 보냈고, 잠시 후 허락이 떨어졌다며 문을 열어 주었다. 집안에 들어서자 전혀 다른 세상이 펼쳐졌다.

드넓은 정원에는 갖가지 정원수와 기암괴석들이 배치되어 있었고, 그 사이로 개울들이 띠를 이루고 있었다. 한쪽에는 석조로 된 인물상도 보였는데 무장한 차림이나 날카로운 눈매 등으로 봐서 유명했던 장군 상인 듯했다. 개울이 끝나는 곳에는 수련睡蓮의 둥근 잎들이 그림처럼 떠 있는 대형 연못이 있었고, 물속에는 갖가지 물고기들이 한가롭게 노닐고 있었다. 특이한 것으로는 연못의 가운데에 놓여있는

壇단에 자그마한 정자가 있다는 것이었다. 정자 주변에는 모두 나무들이 심어져 있었고, 꽃을 피우고 있는 것도 있었다. 그러나 이러한 정원이 여기만은 아닌 모양이었다. 왜냐면 본채 뒤로 담이 처져 있고, 문이 있어 그 안쪽이 내보였기 때문이다.

"놀랍군요. 마치 어느 나라 궁궐에 온 것만 같습니다."

동용은 귀에 대고 속삭이듯 말했다.

그러나 나는 씁쓰름하기만 했다. 그저 여느 정원들처럼 구경만 하기 위해서 왔다면 뛰어난 경관 등을 그대로 받아들일 수 있었을 것이다. 그러나 이 화려함이 만약 한 사람의 탐욕과 부정 위에 만들어진 것이라면… 중국의 역사를 보면 그런 사례들이 비일비재하기 때문에 나는 그저 착잡한 심경일 뿐이었다.

우리는 안내자의 뒤를 따라 정원의 길을 지나 그리 크지 않은 별채로 들어갔다. 본채가 가까이 있는 것으로 봐서 아마 손님을 맞는 객실 같은 곳인 듯했다. 그러나 막상 안으로 들어가니 생각과는 영 딴판이었다. 진한 고동색의 탁자와 의자들이며 고풍스러운 가구들이 잘 정돈되어 있었고, 벽에는 산수화, 서예, 족자 등이 걸려 있었다. 우리는 중앙에 있는 둥근 탁자에 앉았다.

"손님이 찾아오셨다구?"

문을 열고 들어서는 왕 행수는 두툼한 몸매에 코 밑에 팔자수염을 기르고 있는 중년 사내였다. 우리를 유심히 살피며 반대편 자리에 앉았다.

"주산에서 오신 분들이라구요?"

우리는 여기까지 오게 된 경위, 양인들의 배를 만나 도움을 받고 봉서 전달의 부탁을 받게 된 사정 등을 비교적 소상하게 늘어놓았다. 얘기 도중에 차가 나와 얘기가 잠시 끊기기도 했는데, 그윽한 차 향기는 오히려 마음을 놓이게 하여 순조롭게 얘기를 마칠 수 있었다. 차를 마시면서 묵묵히 내 얘기를 듣기만 하던 행수는 내가 품속에서 봉서를 꺼내 건네자 앞뒤로 유심히 바라보았다. 그러다 나를 빤히 바라보았다.

"설마 누구 딴 사람에게 얘기한 건 아니겠지요?"

"얘기할 사람도 없습니다. 생판 모르는 낯선 땅에 와서 누구에게 이런 얘기를 하겠습니까?"

"봉서에 손댄 흔적은 없는 것으로 봐서 믿기로 하겠습니다. 그나저나 큰일하셨습니다. 이전에도 가끔 먼 타국의 고기 잡는 어부들이 풍랑을 맞아 절강성까지 떠밀려 온다는 얘기를 들었고, 그중에는 조선 사람도 있다는 얘기를 들었습니다."

행수는 봉서를 조심스럽게 뜯은 후 눈썹을 가지런히 하며 읽기 시작했다. 우리와는 좀 떨어져 있는 데다 지질紙質도 두꺼워서 안심하는 모양이었다. 그러나 나는 편지 위로 드러난 그의 눈썹이 씰룩이며 뭔가 긴장하는 듯한 분위기를 분명히 느낄 수 있었다. 읽기를 마친 행수는 신중한 동작으로 편지를 접어 봉투 안에 집어넣으며 생각에 잠기는 듯했다. 나는 왠지 모르게 불편하기만 하여 빨리 자리를 벗어나고만 싶었다. 이윽고 행수는 고개를 들어 우리를 건너다보았다.

"왼쪽에 계신 분은 나이도 더 젊은 듯한데, 어떻게 중국말을 그렇게 잘하시오?"

"만주지역 청국과 국경부근에서 살았습니다."

"오른쪽 분은 문사인 듯한데, 왼쪽 분은 전혀 다른 느낌입니다. 무예 수련 좀 하신 분 같습니다."

"원래 취미가 있어서 좀 배웠습니다. 참, 그런데 올 때 보니 정원에 어떤 무장武將 석상이 있는 것을 보았습니다. 누구를 만들어 놓은 겁니까?"

그러자 행수는 빙긋이 웃음을 머금었다.

"혹시 삼국지라는 소설을 읽어 보셨소?"

"예?… 옛?"

행수의 뜻밖의 질문에 동용은 당황했다. 그러나 곧 대꾸했다.

"예, 읽어봤습니다. 유비와 조조, 제갈량 등이 나오는 소설 아닙니까?"

"그 소설에서 제일 마음에 드는 사람이 누구였습니까?"

"관우 장군이었습니다."

나는 제갈량이라고 말하고 싶었으나 동용이 먼저 대답해버려 그저 잠자코 있었다.

"그 석상이 바로 관우 장군입니다. 하하, 우리는 취향이 비슷하군요. 소중한 심부름을 해주셨고, 취향이 비슷하니 나도 선물을 하나 하겠습니다. 단, 선물을 받고 누구에게도 내게서 받았다는 얘기를 해서는 안 됩니다."

그러면서 왕 행수는 시종을 시켜 자그만 막대 같은 물건 2개를 가져오게 했다. 깔끔하게 만들어진 막대형 상자들을 열자 한쪽에서는 붓이, 다른 쪽에서는 은장도銀粧刀가 나타났다. 내게는 붓을, 동용에게는 은장도를 선물하려는 듯했다. 막상 받아보니 은장도는 칼날에

섬세한 문양이 새겨진 고급스러운 것이었다. 자세히 바라보니 문양은 둥근 원圓 안쪽에 삼각형이, 삼각형 안쪽에는 칼이 새겨져 있었다.

"어때 마음에 드십니까?"

"붓이나 칼 모두 귀한 물건인 것 같습니다."

"모처럼 먼 데서 오신 귀한 손님이니 특별히 드리는 겁니다."

왕 행수는 식사 한 번 대접하는 게 도리지만 바쁜 일이 있어서 그러지 못한 게 유감이라며 악수를 청했다. 곧 왕 행수는 문을 열고 사라졌고, 우리는 안내원에 의해 정문으로 인도되었다.

오후 신시申時 때에는 뜻밖에도 두 남정네들이 방문했다. 그들은 순무와 형님 아우 하는 사이로, 우리 얘기를 들었다며 반갑게 악수를 청하는 것이었다.

"이역만리 조선에서 표류해 왔다니 어떤 사람들인지 궁금하기도 하고, 또 순무가 선생의 글을 보여줬는데 서체나 문장력이 예사롭지 않아서 한번 만나보고 싶었습니다."

"저야 동북방에 위치한 소국의 서생일 뿐인데, 대국의 문사들과 비교가 되겠습니까?"

"나라가 크다고 해서 반드시 필력도 뛰어난 것은 아니지요. 실제로 간간이 북경에서 전해지는 조선의 서책 중에는 깜짝 놀랄만한 글들도 있었습니다."

이렇게 시작된 우리의 대면은 곧 화제가 시詩, 서書, 화畫로 이어졌고, 사면팔방으로 뻗어 나갔다. 고담준론高談峻論으로 이어져 통역이 어려울 때는 필담筆談으로 해결하였다. 서로 식견을 갖추고 있으니 눈빛만으로 통하는 경우도 있었다.

아무튼 생판 낯선 이국에서 얘기가 통하는 사람들을 만난다는 것은 반가운 일임에 틀림없었다. 더구나 그들은 관청에 몸담고 있는 관리도 아니었고, 왕 행수와 같은 부호도 아니었다. 연배도 비슷한 데다, 그저 아무 얘기나 나눌 수 있는 편한 상대였기에 반가움은 더욱 컸을 것이다.

우리의 화제는 곧 소식과 백거이에 집중되었다. 비록 시대는 다르지만 그들은 당대唐代 뿐만 아니라 중국 역사를 통틀어서도 손꼽히는 문필가였던 데다, 두 사람 모두 항주와 서호에 특별한 관련을 맺고 있기 때문이었다.

"두 문호 모두 인품이나 관직 생활 측면에서도 모범적인 삶을 살았지요. 그래서 후세인들에게까지 존경을 바치는 겁니다. 특히 고달픈 서민들의 삶에도 많은 애정을 기울였는데, 서호의 소제苏堤와 백제白堤가 그 증거입니다."

"저도 들은 적이 있습니다. 소제는 소식이 쌓은 제방이고, 백제는 백거이가 쌓은 제방이라고 해서 불렀다는 것을…."

"모두 백성을 사랑하고 서민들의 아픔을 공감하게 되면서 이뤄진 공사들이지요. 흔히 수령으로 오면 민생은 외면하고 풍류나 즐기다가 임기나 채우고 가기 일쑤인데, 두 사람은 문사 출신이면서도 오히려 농민들의 가뭄이나 홍수 문제들에 달려들어 그 해결책으로 제방을 쌓은 것입니다. 그 결과 서호의 물을 조절할 수 있어서 농사일에 큰 도움이 되었을 뿐만 아니라, 호수의 미관도 개선되고 식수로도 많이 쓰이게 되었다고 합니다."

나는 두 문호文豪의 삶이 부럽기만 했다. 흔히 이름 깨나 있는 문사들일수록 호방한 기질로 현실을 무시하거나 등한시하여 관직 생활을 제대로 하는 경우가 드문데, 그들은 세인들의 칭송을 받을만한 업적을 남기기도 했던 것이다. 무엇이 그들을 그런 길로 이끌었을까? 성장기의 집안의 분위기 덕분이었을까?

흔히 한지漢紙에 물 스미듯 어린 시절에 보고 들은 것은 곧바로 머릿속에 젖어 든다고 한다. 그러면서 성격을 형성하고, 인생관이 세워질 것이다. 만약에 유생儒生들의 주장대로 원래부터 사람 안에 모든 것이 갖춰져 있었다면 왜 시인들의 삶이 천차만별이었으며, 맹모孟母는 자식을 위해 세 번이나 이사를 감행했겠는가.

아무튼 두 중년 사내들은 박식하기도 했고, 얘기하기도 즐겨하는 듯했다. 무엇을 하는 사람들인지, 혹은 무엇을 했던 사람들인지 궁금하기도 했지만 스스로 얘기를 꺼낼 때까지는 묻지 않기로 했다.

"자 우리 자리 좀 옮기기로 합시다. 먼 데서 귀한 손님이 오셨으니 여기 진미珍味는 한번 맛봐야 하지 않겠소? 나가서 동파육東坡肉에 고량주 한 잔씩 걸치고 해질녘에 서호에 가서 뇌봉탑雷峰塔 노을이나 감상하도록 하십시다."

두 사람은 자리를 떨치고 일어났고, 우리는 숙소 관리인을 찾아 자리가 정해지는 대로 장소를 얘기해 주겠다고 한 다음 따라나섰다.

두 사람은 우리를 서호 주변의 한 음식점으로 데리고 갔다.

창밖으로는 호수가 고요하게 펼쳐져 있었고, 버드나무들이 길게 드리워진 둑방 길에는 한가롭게 사람들이 오가고 있었다. 우리가 풍경에 취해 있는 사이 두 사람은 주인장을 불러 이것저것 주문을 했다. 나는 문득 생각이 나서 물었다.

"동파육이란 소동파의 이름을 따서 지어진 것이라 들었습니다."

"소동파가 만든 고기 요리라고 해서 붙여진 이름이지요. 돼지고기로 만든 요리인데, 항주의 대표적인 음식으로 많은 사람들이 즐겨 찾습니다."

"대 시인의 이름을 딴 음식이 있다니 신기하군요."

"여기에는 그럴만한 사연이 있습니다. 소식(蘇軾: 소동파의 본명)은 늘그막에 항주에서 지주知州를 지냈는데, 그때 흉작 등으로 피폐해진 서민들의 삶에 큰 관심을 기울여 여러 선정들을 베풀었다 하오. 그 대표적인 치적이 소제蘇堤의 축조지요. 그래서 우리 최대 명절인 춘절春節에 주민들이 감사의 표시로 돼지고기를 바쳤는데, 소식은 청백리답게 그 고기들을 자신의 방식대로 요리해서 다시 주민들에게 되돌려주었답니다. 그런데 이 고기 맛이 크게 인기를 끌게 되면서 동파육이라는 이름을 얻게 되었고, 그 사연과 함께 면면히 이어져 오늘날까지 내려온 것입니다."

"놀랍군요. 사람 이름을 딴 음식이 수백 년 동안이나 이어져 올 수 있다니."

"비단고기 맛뿐만은 아니겠지요. 소식이라는 위인과 결부된 사연이 있고, 우리 중국 사람들이 가장 좋아하는 고기 또한 돼지고기여서 그렇게 이어져 올 수 있었겠지요."

이윽고 커다란 접시에 야채에 얹힌 동파육이 수북이 담겨져 왔다. 구수한 내음과는 달리 첫맛은 좀 느끼하고 달기까지 해서 생소했었으나 곧 익숙해졌다. 고량주까지 곁들이자 제맛이 돌아온 듯하여 자신도 모르게 젓가락질이 바빠졌다.

두 사람은 이러한 우리를 흐뭇하게 바라보다가 자기들끼리 얘기를 주고받기도 했다. 바쁘게 먹어대는 우리를 촌뜨기 같은 놈들이라고 흉보는 게 아닌가 하고 염려되기도 했으나, 오히려 원래 손님 대접하기를 좋아하는 기질이 있는 듯했다. 이윽고 그들은 헛기침을 하며 우리 쪽으로 시선을 돌렸다.

"요즘 조선이라는 나라는 형편이 좀 어떻습니까? 백성들이 잘 먹고 잘살고 있소?"

뭐라고 답해야 하나, 난감했지만 사실대로 말할 수밖에 없었다.

"건국한 지 4백 년 하고도 50년이 지났습니다. 왕조라는 게 생명체와 같아서 오래되면 노쇠하기 마련인 모양입니다. 조정이건 백성들 살림살이건 사정이 녹록지 않습니다."

"그래도 대단한 나라요. 한 왕조가 450여 년이나 지속되다니. 우리 보시오. 수많은 나라들이 명멸했지만 300년이 넘는 나라도 손으로 꼽을 정도요. 지금 청국도 개국한지 200여 년밖에 안 되었지만 이미 망조가 들었소. 조정은 무능하고, 관가는 썩어 빠졌으며, 서민들은 농사를 포기하는 사람들이 늘어 가고 있습니다. 여기 항주는 혼탁한 물 위에 뜬 기름 같은 곳이지요."

나는 짐짓 모른 체하고 얘기를 던져보기로 했다.

"조선에서는 대국이 천하가 통일되고 나라가 안정되어 백성들이 생업에 전념하고 있는 것으로 알고 있었는데, 그게 아니었던 모양이군요."

"실정은 전혀 다르오. 원래 만주족들은 유목생활을 하면서 자기들끼리 싸움박질이나 일삼던 야만인들이었소. 이 야만인들이 뭉쳐서 명나라가 노쇠한 틈을 타 나라를 빼앗긴 했지만, 드넓은 천지와 수천 년의 역사를 지닌 대국을 어떻게 다스렸겠소?

바로 공포정치요. 말도 안 되는 것들로 트집을 잡아 많은 유식한 사람들을 잡아 죽이고, 서로 감시하고 고발하게 하여 입을 다물게 했던 거요. 또한 책들도 뭔가 마음에 안든다 싶으면 강제로 수거해 불태워 버리고 자기들에게 불리한 역사는 마음대로 뜯어고쳐 버렸소. 이러니 책권깨나 읽었다는 식자들은 몸을 사리느라고 새롭고 과감한 발상이나 시책을 내놓지 못하는 거요. 그저 옛날 서적이나 뒤적이면서 비슷한 얘기만 늘어놓거나, 조정에서 시키는 것만 하며 세월을 때우고 있소.

게다가 전쟁 없이 평화로운 시절만 계속되니 인구수가 대폭 늘어나는데, 경작할 토지는 별로 늘지 않아 백성들이 개개의 몫이 적어지니 빈궁해질 수밖에 없는 거요. 이럴 때 외국과 무역이라도 활발히 하면 숨통이 트여질 수 있소. 그런데 타국 오랑캐들과 무역은 필요 없다고 모든 항구를 닫아걸고 광동성 한 군데만 열어서, 그나마 조정에 허락을 받은 사람들만 상거래를 하게 하니 얼마나 답답한 노릇이오. 지금 청국은 전망이 없소."

"이 사람 또 시작이구만. 우리 세태 얘기는 하지 않기로 하지 않았어? 밤낮 떠들어 봐야 달라지는 것도 없는데 뭐하러 또 꺼내? 그러다 누가 또 걸고넘어지면 어쩌려고 그래."

"모처럼 외지인을 본 김에 답답한 심정 토로 좀 해야겠네. 먹물 좀 들었다는 사람들이 배가 기울어가는데 팔짱 끼고 관망만 하고 있다는 것도 문제가 있는 거야. 아무튼 이대로 계속된다면 청국은 망할 수밖에 없소. 내부의 적들뿐만 아니라 외부의 적들도 문제요. 지금 키 크고 희멀쑥한 양인들은 통상이니 뭐니 하다가 말이 먹히지 않으니까 항구들을 집적거리고 있지만, 우리가 언제까지나 거부만 한다면 달리 나올 것이오. 왜냐면 그들의 문명이나 기술은 우리를 훨씬 뛰어넘고 있기 때문이오. 그들을 그저 오랑캐니 야만인이니 하고 대수롭지 않게 여겼다가는 언제 큰코다칠 때가 있을 것이오."

"그렇다면 선생께서는 나라를 위해서 어떤 방안들이 강구되어야 한다고 생각하시는지요?"

"지금 식자들 사이에서는 2가지 방안이 논의되고 있소. 하나는 새로운 제도를 도입하고 인재들을 발굴해서 나라를 바로 세워보자는 방안으로, 이를 추진하려는 사람들을 경세파經世派라 하오. 다른 방안은 어차피 청국의 정세는 더 이상 희망이 보이지 않으니 갈아엎고 새로운 나라를 세워야 한다는 거요. 주로 동남부 서민들을 중심으로 이런 추세가 일고 있습니다. 그들은 나라가 망조가 든 원인이 야만족들 통치 때문이라고 믿고 있소. 지금은 산발적으로 움직이고 있지만 이들이 함께 뭉치게 된다면 자칫 조정에 커다란 위협이 될 수도 있소. 그런데도 왕실은 지금도 그저 환관과 여인들에게만 둘러 싸여 세상이 어찌 되고 있는지 모른단 말이오."

옆에 있는 사내가 참다못해 입에 손을 갖다 댔다.

"그만 좀 해. 밤낮 얘기해 봐야 그게 그거니 얘기하지 말자니까. 더욱이 외지인에게 이런 얘기를 늘어놓는 것은 누워서 침 뱉기 아닌가."

"아닙니다. 잘 들었습니다. 사실 우리나라에도 참고할 수 있는 좋은 얘기들입니다. 사람 사는 세상이 다 거기서 거기지 얼마나 다르겠습니까?"

옆자리의 사내가 마침내 자리에서 일어섰다.

"자, 우리 골치 아픈 얘기 그만하고 나가서 호수 바람이나 쐽시다. 그리고 뇌봉탑이나 구경합시다. 뇌봉탑의 노을은 서호 10경에 꼽힐 만큼 볼만한 정경입니다."

우리는 밖으로 나와 둑방길로 향했다.

세상 물정을 아는지 모르는지 호수는 하늘을 담아 푸르고 아름답기만 했고, 한껏 성성한 나뭇가지들은 무성한 잎새와 꽃들을 피워내고 있었다. 길을 따라 걷다 보니 얼마 전의 답답한 머릿속도 어느새 말끔해지는 듯했다.

"저기 보이는 탑이 뇌봉탑입니다. 옛적 오월국 왕이 왕비가 출산하자 그를 기념하기 위해 세운 탑이라고 합니다."

호수 서쪽 완만하게 잦아드는 능선 위에 탑은 삿갓 형태의 지붕을 이고 우뚝 서 있었다.

"그런데 실제 탑에 전해지는 전설은 전혀 다른 내용이지요. 한 편의 소설 같습니다. 옛적 남송南宋 때 허선이라는 젊은이가 있었는데, 어느 비 오는 날 서호에서 우연히 백 낭자라는 여인을 만나 사랑에 빠진 뒤 결혼까지 하게 되었답니다. 그런데 법해라는 승려가 허선에게, 백 낭자가 사람이 아니라 오래 묵은 뱀이 신통력으로 사람으로 변신한 것이라고 알려 줍니다. 충격을 받은 허선은 낭자를 버리기로 마음먹고, 법해가 시키는 대로 백 낭자가 잠을 잘 때 커다란 발우로 덮어버리자 낭자는 뱀으로 화하여 발우 속에 갇히게 됩니다. 그러자 법해는 발우를 그대로 뇌봉사雷峰寺 자리로 가져와서, 그 위에 탑을 쌓게 하여 뱀이 영원히 갇혀 있도록 한 게 뇌봉탑이 되었다고 한답니다.”

“상당히 비극적인 얘기군요.”

“어떻게 생각하십니까? 법해라는 승려는 일종의 요괴 같은 뱀으로부터 젊은이를 구제해야겠다는 생각에서 고해바쳤을 것입니다. 그의 행위가 옳았다고 생각하십니까?”

“글쎄요. 옳고 그름을 따지기에 앞서 잘했다고는 생각지 않습니다. 뱀도 영장靈長이라 할 수 있는 사람이 되기 위해 오랜 시간 공을 들였을 것이고, 사람이 된 이상 남녀 간의 애정을 누리고 싶어서 결혼까지 했을텐데 그 꿈이 무참히 깨져 버렸군요.”

“법해라는 중이 요괴로부터 선량한 젊은이를 보호하기 위해 부득이 취한 행위라고 생각지는 않으십니까?”

“그렇게 생각지는 않습니다. 사악한 뱀이 진정 허선이라는 젊은이를 해치고자 했다면 왜 결혼까지 했겠습니까. 우주 만물이 능력의 차이는 있을지언정 자격의 차이는 있을 수 없다고 생각합니다. 뱀도 분명 존재할 이유가 있기 때문에 세상에 나왔을 것이고, 상대가 비록 같은 뱀이 아닌 사람이라고 하더라도 애정을 나눌 자격은 있는 겁니다. 더구나 일반인이나 유학자도 아닌 승려가 그런 일을 벌였다는 게 더욱 이해가 되지 않는군요. 불교에서는 천지여아동근天地與我同根이요, 만물여아일체萬物與我一體라고 하지 않았습니까?”

“원래 유교에서도 만물의 생성과 소멸을 기氣의 취산聚散에 의한 것이라 했습니다. 다시 말하면 만물의 근원은 같은 것이라는 얘기지요.

송나라 때 장재張載가 한 말입니다."

그러자 내내 침묵만 지키고 있던 또 한 사내는 박수를 치며 끼어들었다.

"하하, 사실 이 문제로 우리는 몇몇 문사들과 여러 차례 논쟁을 벌이기도 했습니다. 그러나 견해가 서로 달라 어떤 결론에 이르지는 못했습니다. 아마도 영원히 결론이 나지 않을지는 모르지만, 타인의 생각을 살필 수 있다는 것만으로도 충분히 재미는 있습니다."

우리는 어느덧 뇌봉탑에 다다랐다. 그러나 입구에는 '出入禁止'라는 팻말이 붙어 있었고, 멀리서 보기와는 달리 낡고 허름하기만 했다.

"희한한 일은 이 뇌봉탑이 효험이 있다는 소문이 퍼져서 많은 사람들이 찾아와 빌고, 만지고 하다가 급기야 벽돌을 하나씩 빼다가 집으로 가져가기도 했습니다. 게다가 누가 특별히 지키고 보수도 하지 않으니 이렇게 낡고 허름한 모습이 되어버린 것이지요. 원래는 탑 내부로 들어가 계단을 통해 꼭대기에 올라갈 수 있고, 거기에서는 서호와 항주를 한 눈에 내려다볼 수 있었다는데 아쉽기만 합니다. 지금도 사람들이 계속 찾아오니 언젠가는 탑이 무너질 것입니다. 처음 탑을 쌓을 때 법해라는 중이 '탑이 무너지면 백사白蛇가 세상에 나올 것이다'라고 했다는데, 불행한 백사를 위해서는 무너지는 게 오히려 다행인지도 모르지요."

중국의 기와 조선의 기

어느덧 하늘은 퇴색하기 시작했고 곧 황혼이 찾아왔다. 우리는 주홍빛 하늘을 배경으로 우뚝 서있는 뇌봉탑의 처연한 아름다움을 취한 듯 바라보며, 서호 10경의 하나로 명명된 뇌봉석조雷峰夕照의 의미를 다시금 되새겼다. 내가 시재詩才를 갖추지 못한 게 안타깝기만 했다.

우리는 다리가 피곤하기도 하고, 저녁때가 되어 출출하기도 해서 다시 식당을 찾기로 했다. 낮에 그들에게 신세를 져서, 어차피 우리도 한번 사는 게 예의일 것 같기도 했다. 그러나 내게는 또 다른 속셈이 있기도 했다.

우리는 생선 요리가 좋을 것 같다고 뜻이 모아져, 두리번거리다 이윽고 한 식당을 발견하고 찾아갔다. 그러나 그들은 막상 자리를 잡고는 생선찜이나 구이 대신 면 요리를 시켰는데, 조선식으로 말하면 해물칼국수라고나 해야 할 것 같았다. 생선요리는 다양하게 있었지만, 그들은 우리가 낼 차례라는 것을 감안하여 일부러 싼 것을 시킨 것 같기도 했다. 나는 곧 기회를 봐서 얘기를 꺼냈다.

"아까 송나라 장재가 만물의 근원을 기라고 했다고 하셨는데, 실상은 그 훨씬 전에 장자莊子나 순자荀子 등도 같은 얘기를 하지 않았습니까?"

"맞습니다. 원래 중국에서 기는 근원 또는 본체, 질료 등으로 불렸지요. 그러나 그저 존재만 하는 정태적靜態的인 게 아니고, 부단히 운동 변화하며 만물을 생성하고 변화시키는 동태적動態的인 실체로 파악했습니다. 그러나 기론氣論은 심오한 존재론적 가치에도 불구하고 현실과는 직접적인 관련성이 적어 다른 학문처럼 체계적이고 왕성하게 발전하지는 못했습니다. 장재는 잊혀지고 있던 기를 되살린 것이지요.

"유교의 영향도 컸겠지요."

"그렇습니다. 한나라 무제武帝가 동중서董仲舒의 건의를 받아들여 유학을 통치 이념으로 삼은 후부터 기 사상의 발전이 저해됐다고 생각됩니다. 유교는 원래 현실적이고 인간 본위여서 위정자들이 집권에 필요한 제도 구축에 적합한 사상입니다. 그런데다 세상이 복잡해지다 보니 유교도 점차 교조화, 경직화되어 가서, 기 같은 자연을 위주로 한 사상은 발붙이기 힘들게 되기 마련이었지요. 그러나 위진남북조魏晉南北朝 시대로 접어들면서 유학의 권위나 가치도 달라지게 되고, 그동안 잠재되어 있던 여러 사상들이 다시 힘을 얻게 됩니다.

이러한 사조는 수나라, 당나라 시대까지 이어지면서 기 사상도 편승하여 발전하게 되지요. 여러 교파에서 기를 수용하여 원용함으로서 영역도 확장하고 나름대로 발전을 이룰 수 있었습니다.

불교는 선禪에서 기를 끌어들여 기식氣息 조절이니, 신기神氣 정화 등의 수행 방법이 생겨나게 되었지요. 도교도 단공수련鍛工修鍊이니, 내단內丹수련 등의 기를 다스리는 수련방식을 발전시켰습니다.

유교도 기존의 원기론(元氣論: 기 일원론)이 폭을 넓히고 발전을 이루게 되었습니다."

"그러나 그러한 풍조는 기의 기능적 측면에 치우친 것 아닙니까? 기가 존재론적 의미에서 본격적으로 연구되기 시작한 것은 송나라 장재 이후라고 봐야겠지요?"

"그럴 것입니다. 기 사상에 대해서 상당한 식견을 가지고 계시군요. 우리도 한때 기에 심취한 적이 있어 나름대로 식견은 좀 있는 편입니다. 그는 정몽正夢이라는 저서를 통해 '기 본체론'을 주장했지요. 기가 응집하면 물物이 생기고 확산하면 물物이 사라진다. 그러나 그 기는 무無가 되는 게 아니라 태허太虛의 기의 세계로 복귀할 뿐이다…

그의 주장은 당시의 '리理 본체론', '심心 본체론', '성性 본체론' 등과 논쟁을 거듭하며 사고 수준이 향상되고 적잖은 공감을 얻기도 했지요. 그러나 주희朱熹의 주자학(朱子學. 性理學 또는 程朱理學이라 불림)이 등장하면서 다시 쇠락의 길을 걷게 됩니다.'

"조정에서 주자학을 관학官學으로 삼았기 때문이겠지요."

"그렇습니다. 원나라는 주자학을 국시國是로 삼고 과거 시험의 표준 답안으로 삼았습니다. 또한 명나라도 주자학을 사회 통제의 이념으로 삼았습니다. 조정에서 주자학을 통치의 이념으로 삼으니 자연히 정치화 되고 교조화 될 수밖에 없었지요. 때문에 다른 학문들, 즉 장재의 기 본체론이나, 육구연陸九淵의 심 본체론, 호굉湖宏의 성 본체론

등은 잊혀지고 지지부진해지고 맙니다.”

“주자학은 명나라가 망하게 된 원인이라고 비판 받기도 했다면서요?”

“그렇습니다. 오랫동안 관학으로 군림하면서 이론 중심의 허망한 지식으로 빠져 들었기 때문이지요. 학문이 생동성이나 기능성을 잃으면 죽은 학문이 되고, 그런 학문들은 나라 발전을 저해하게 됩니다. 중국 대륙을 차지하고 있던 명나라가 겨우 만주지역이나 차지하고 있던 유목인들에게 허무하게 무너진 것은 여러 가지 원인이 있겠지만, 주자학도 한 가지 원인이라고 할 수 있습니다.”

“그렇지만 청나라도 여전히 주자학을 채택하지 않았습니까?”

“통치의 필요성 때문이겠지요. 소수의 부족들이 거대한 한족漢族들을 상대하려면 아무래도 오랫동안 의식세계를 지배해 왔던 주자학과 손을 잡지 않을 수 없었을 것입니다. 청나라 초기 일부 학자들은 명나라 패배를 거울삼아 경세치용經世致用 사조를 제기하기도 했지만, 여전히 조정을 장악하고 있는 주자학의 위세 앞에서는 미풍 정도에 불과했습니다.

당연히 기 분야도 힘을 쓸 수가 없었지요. 초기에 왕부지王夫之가 중국의 전통적인 유물사상과 음양오행설에 근거하여 ‘세계의 실체는 기’라는 기 본체론을 주장하였으나 새로운 국면을 만들지는 못했습니다. 그저 장재의 기론을 되살리는 정도였습니다. 그러나 중기에 들어서면서 또다시 사회의 많은 문제들이 노정되고, 서양의 과학기술이 전래됨에 따라 기에 대한 인식이 달라졌습니다. 서양의 광학光學이나 천문학, 물리학, 지리학 등의 새로운 학문은 전통의 기 개념에 많은 충격을 가했고, 범위를 대폭 확장시켰습니다. 차후로도 이런 추세는 계속될 것이며, 기 본체론이 제대로 된 학문으로 발전하여 꽃필 때가 올 것 같습니다."

물론 그들의 얘기 중에는 내가 알고 있는 것도 없지 않았으나, 중국의 기 사상의 역사를 일거에 파악하게 해준 것은 커다란 수확이었다. 이번에도 마치 누군가가 일부러 인도하여 그들을 만날 수 있게 해준 것 같았다.

그들과 헤어져 돌아오는 길에 문득 우리의 기 사상에 대해 떠올려 보았다. 조선에서 기를 본격적으로 연구의 대상으로 삼은 사람은 중종中宗 시절의 화담花潭 서경덕이었다.

그는 기는 눈에 보이지는 않으나 우주에 가득 찬 실재하는 존재라 했고, 정지해 있는 게 아니라 계속 운동하고 변화하는 것이라 했다. 모든 실체는 물론 인간 정신의 능력까지도 기가 모여凝聚이루어진 것이며, 기가 흩어지면 소멸이 오나 기는 사라지지 않고 원래의 모습으로 되돌아간다고 했다.

그는 리理도 기 밖에서 따로 존재하는 게 아니라 기가 변화하는 과정에서 나타나는 질서라 했다. 즉 리가 기에 선행하는 게 아니라 기에 종속되어 있을 뿐이라고 과감한 주장을 펼쳤던 것이다.

그런데 왜 우리는 조선시대에 들어서서, 그것도 중반기가 되어서야 기 사상이 생성되게 되었을까. 중국처럼 뛰어난 학자들이 많지 않아서였을까, 아니면 백가쟁명百家爭鳴의 풍토가 마련되지 않아서였을까. 아마도 불교와 유교 때문이 아니었을까? 불교와 유교가 고려와 조선을 지배하는 이념이 되고 교조화되면서, 다른 사상이 발붙이지 못했던 것인지도 모른다. 그러다 성리학이 리理의 권위를 너무 강조하고 들자, 도리어 이에 대한 반발로 기의 존재에 대해 관심을 가지기 시작한 게 아니었을까.

퇴계退溪 이황은 당연히 화담의 주장을 수용할 수 없었다. 그가 생각하는 리는 기보다 먼저 있고 우위에 있는 것이며, 기를 통제하는 것이었기 때문이다. 그에게 기는 자연스럽다기 보다는 인간의 욕구와 의지가 결부된 것이었다. 그래서 방치할 경우 질서가 문란해지고, 리의 본체마저 흐리게 되는 결과를 초래한다고 생각했다.

율곡栗谷 이이는 리와 기가 별도로 있는 게 아니며[理氣一元論], 실체와 내재하는 원리로 기와 리를 파악했다. 그는 화담의 기 사상의 독창성과 심오함을 높이 평가하면서도, 기와 리를 혼동하여 기를 리로 인식한 오류를 저질렀다고 비판했다. 리는 변함이 없지만 기는 분화, 작용, 교섭하는 과정을 거친다. 때문에 리와 기가 한 몸인 본연지기本然之氣도 오류가 생길 수밖에 없는데, 리는 인간의 비판과 수정을 거쳐 고유한 상태로 되돌릴 수 있다고 했다. 그는 기를 리와 대립시키지 않고, 기의 동향과 추이에 대한 사유의 능력을 함양시키려 했다.

녹문鹿門 임성주는 화담의 기론을 그대로 이어받은 기학자이다. 그는 우주를 거대한 생명력의 흐름으로 보고, 각각의 존재는 우주적 생명을 나름대로 구현하는 개성으로 보았다. 그래서 만물의 기질이 그대로 본성이며, 본성은 각각의 형체에 상응하는 활동운화의 발현 방식으로 여겼다. 리도 다양한 형태를 띠고 변화한다고 본 것이다.

기질은 리의 실현을 방해하는 부정적인 요소가 아니라고 주장했다. 퇴계의 많은 학문적 성과에도 불구하고 기론氣論에 있어서는 화담이나 녹문에 더 공감이 갔었다. 기를 인간과 결부시키는 것은 납득하기 힘들었기 때문이다.

아무튼 서양의 자연과학이 기의 범위를 대폭 확장시켰고, 기 본체론이 꽃필 때가 올 것이라는 중국인들의 주장은 많은 공감이 갔다.

심야의 추적

다음 날에도 문사들의 방문은 이어졌다. 낯선 땅에서 온 이방인에 대한 호기심도 있겠지만, 보다 근본적인 이유는 내 문장력과 서체에 대한 관심 때문인 듯했다. 풍요로운 생활 기반과 자유분방한 기질 속에서 가장 중요한 가치는 문장과 학문인 듯했다. 그들은 시를 얘기했고, 공양학公羊學을 얘기했다.

항주 출신으로 북경에서 관직에 몸담고 있지만, 시와 개혁사상으로 오히려 명성을 얻고 있는 공자진龔自珍의 시를 써서 보여주기도 했다. 어떤 이는 내가 항주부에 제출한 신고서의 일부를 초록한 것을 보여주기도 하며 존경의 빛을 보이기도 했다. 그러나 내게는 공양학이나 공자진은 모두 생소한 명칭들일 뿐이었다. 다만 어제와는 달리 현실 문제를 주로 얘기 하던 중에 나온 것이어서 나는 좀 더 알아봐야겠다고 한쪽에 힘주어 기록해 두었다.

밤에 우리는 일찍 잠자리에 들었다. 낮에 여러 사람들을 상대한 탓인지 저녁을 먹고 나자 피곤해서 밖에 나다니고 싶지 않았기 때문이다.

그런데 한밤중에 누군가가 우리를 깨우는 것이었다. 눈을 떠보니 엊그제의 그 관원이었다. 깜짝 놀라 벌떡 일어나며 어찌된 일인지 묻자, 그는 지금 바로 옷을 갖춰 입고 전당강錢塘江으로 가자는 것이었다. 어리둥절한 우리에게, 강변에 지금 한 척의 배가 대기하고 있고 순무도 그쪽으로 가고 있는데 우리를 데리고 오라고 했다는 것이었다.

급히 옷을 챙겨 입으면서 나는 재빨리 머리를 굴려 보았다. 자시子時도 넘은 야심한 시간에 전당강으로 배를 타고 간다니. 전단강은 항주를 가로질러 항주만 바다로 흘러드는 강이다. 그렇다면 순무는 바로 이 밤에 왕 행수의 밀수 현장을 적발하려는 것일까?

밖에는 허름한 마차 한 대가 대기하고 있었고, 우리가 타자마자 곧바로 출발했다. 동용과 나는 긴장된 눈빛을 교환하며 마음을 다잡았다. 마차는 털썩거리면서도 곧 강변에 다다랐다. 이쪽 강변은 집들이 없어 캄캄하기만 했고, 멀리 강 위쪽으로만 집인지 배인지 간간이 불빛들이 보이고 있었다.

마차가 다가가자 배에서 횃불을 든 사람이 갑판으로 나왔다. 마차에서 내린 우리는 사다리를 타고 뱃전으로 올랐고, 곧바로 선실로 들어가자 순무가 두 팔을 벌려 우리들을 맞았다.

"오시느라 수고하셨소. 야심한 밤중에 미안합니다."

"아닙니다. 우리가 도움이 될 일이라면 어떤 것이든 괜찮습니다."

순무는 우리를 자리에 앉히고 차를 권했다.

"엊그제 선생이 왕 행수 집에 찾아간 후로 우리는 사람을 놓아 몰래 집 주변을 감시했습니다. 행수 수하들이 분명히 양선의 무리들과 접선할 것이라 생각했기 때문입니다. 마침내 오늘밤 자시가 되자 일단의 무리들이 행수네 집을 나와 강 쪽으로 향하는 게 포착되어 긴급한 연락을 받고 이렇게 출발 준비를 갖추게 된 겁니다."

"바다에서 아편 밀수 현장을 덮칠 생각입니까?"

"그럴 수도 있지요. 그러나 그 말고도 또 다른 생각이 있기 때문에 행수 무리를 추적하려 하는 것입니다."

이때 선실 문이 열리며 누군가가 소리쳤다.

"순무님, 신호가 옵니다!"

밖으로 나가보니 과연 강 저 위쪽에서 한 개의 횃불이 자그맣게 원을 만들며 돌고 있었다.

"행수 무리 배들이 출발했다는 신호지요. 우리는 여기에서 쥐 죽은 척 있다가 배들을 몰래 뒤따라가면 됩니다."

설명을 하는 사람은 횃불을 들고 배로 우리를 안내하고, 선실 문을 열고 알리던 자로, 나중에 알고 보니 군수郡守라고 불렸다. 그런데 왜 순무나 군수같은 성省의 고관들이 이처럼 직접 나서는 것일까? 그것도 야심한 밤중에…

우리는 다시 선실로 들어왔다. 그러나 나는 또 한 가지 의문을 떨칠 수가 없었다. 순무가 왜 이 자리에 우리를 불러냈을까. 우리가 아니라도 항주부에는 병사며 관원들이 얼마든지 있을텐데 꼭 우리가 있어야만 할 이유가 있을까? 그러나 긴장된 순간에 묻기도 뭐하여 순무가 직접 얘기하기까지 참기로 했다.

"여기 전당강은 항주의 중심부를 가로지르는 젖줄과 같은 강으로,

구불구불 휘어지며 흐르는 강이라고 해서 절강浙江이라고도 합니다. 절강성이라는 명칭은 바로 이 강에서 비롯된 이름이지요. 이 전당강은 바다와 만나면서 조수潮水 장관을 만들어내는데, 흔히 '천하제일의 조수'라고 불립니다. 드넓은 바다의 조수가 좁은 강어귀로 몰려들면서 강물과 부딪쳐 하늘로 치솟고, 산이 무너지는 것 같은 굉음을 내질러 감탄을 금치 못하게 합니다.

전당강 주변은 고대로부터 이 거센 조수 때문에 피해가 커서 대비책을 세우기도 했습니다. 아는지 모르겠지만 월륜산月輪山에 세워진 육화탑六和塔은 조수를 진정시키고자 세운 탑이지요. 육화라는 명칭은 불교의 화합과 친목을 도모하는 방식인 육화경六和敬에서 비롯되었는데, 아마도 자연과 인간이 서로 피해주지 말고 조화롭게 살자는 뜻에서 세운 탑인 듯합니다.

그런가 하면 항주를 수도로 삼았던 오월국의 태조 전류錢鏐는 조수와 정면으로 맞붙어 극복하기도 했답니다. 주위에서 조수가 단순한 자연 현상이 아니라 악귀 같은 존재가 심술을 부리는 것이라고 하자, 1년 중 조수가 가장 큰 때인 8월 18일에 휘하 궁수들을 동원하여 조수를 향해 화살을 퍼부어 댔답니다. 그 덕분인지 조수가 한동안 잠잠해져 방조제를 쌓아서 피해를 많이 줄일 수 있었다고 합니다.

이 방조제의 명칭이 전당錢塘이고, 전당강이라는 이름도 여기에서 유래된 것이라고 합니다."

듣기에 재미는 있었지만 왜 순무는 직접 상관도 없는 내게 이런 얘기들을 해주는 것인가. 내가 가진 긴장감을 다소나마 완화시켜 주려는 것일까. 머리를 굴려 봐도 감을 잡기가 힘들었지만 내색은 할 수 없어 잠자코만 있었다. 이때 선실의 문이 다급하게 열렸다. 또다시 군수였다.

"저 앞쪽에 왕 행수의 배가 가고 있습니다."

갑판으로 나가보니 어둠 속에서 2척의 배가 하구 쪽으로 향하고 있었다. 우리가 탄 배도 노를 동시에 강물에 내려 힘차게 젓기 시작했다.

바다가 가까워지자 멀리 수평선 위에 초승달이 보였다. 하늘에는 별들이 가득 퍼져 있어 금방이라도 후루룩 떨어질 것만 같았다. 해풍도 삼삼하게 불어, 이런 상황만 아니라면 돌덩이처럼 둔한 사람이라도 저절로 싯귀詩句 몇 개쯤은 터져 나올 것 같았다. 하지만 지금 심정은 어떤 상황이 전개될지 몰라 불안하기만 했다.

"오늘 밤 바다 위에서 한바탕 접전이 벌어지는 것은 아닐까요?"

동용도 비슷한 심정이었는지 낮은 목소리로 얘기했다.

"글쎄, 순무의 속셈이 뭔지 모르겠어. 어찌 됐든 싸움이 벌어진다 해도 우리에게 나서라고 하지는 않을 것 같네. 무기 같은 것을 얘기하지 않는 것을 보니."

"그래도 각오는 하고 있어야 할 겁니다."

순무는 조금 전과는 달리 선수船首 쪽에서 말없이 바다만 바라보고 있었다. 저 앞쪽에서 왕 행수의 배들은 계속 어둠을 헤치며 나아가고 있을 것이었다.

이윽고 머지않은 곳에서 바다 위로 많은 불빛들이 보였다. 양인들 배의 불빛일 것이었다. 갑자기 노를 젓던 두 사내가 일어서더니 순무에게로 다가갔다. 잠시 동안 순무와 사내들은 얘기를 주고받더니 곧한 사내가 바다로 뛰어들었다. 풍덩 소리와 함께. 또 다른 사내도 곧 뛰어들었다.

우리는 놀라 자신도 모르게 순무에게로 다가갔다. 이 밤중에 사람이 바다에 뛰어들다니… 그러나 순무는 대수로운 일이 아니라는 듯이 웃어 넘겼다. 한쪽에 있던 군수도 다가왔다.

"하하, 그래 여기까지 와서 자살이라도 하는 줄 아셨습니까?"

"그렇지 않다면 심야에 왜 갑자기 바다로 뛰어듭니까?"

동용의 통역이 채 끝나기 전에 내게 한 생각이 재빨리 스쳤다.

"혹시 저 배들을 염탐하러 가는 것 아닙니까?"

"그렇습니다. 양인들 배와 왕 행수 배 사이에 거래 현장을 확인하러 가는 것입니다."

"그렇지만 위험하지 않을까요? 이 밤중에, 거리도 만만치 않은데."

"걱정 안 해도 됩니다. 두 사람 다 수영의 달인인데다 소 오줌보를 차고 있으니까요."

소 오줌보라… 말린 오줌보에 공기를 채워 넣어 사람을 뜨게 하는 것이란 말인가. 그게 과연 어느 정도나 버티게 해줄 수 있을까?

"하지만 순무께서는 아편 밀수 때문일 거라고 하지 않으셨습니까? 그런데 구태여 현장 확인까지 할 필요가 있을까요?"

"처음에는 단순히 아편이라고 추측했었지요. 그러나 몰래 살펴본 왕 행수 측의 배의 규모를 보고 다른 가능성도 있을 수 있다고 생각하게 되었습니다."

"다른 가능성이라니요?"

"좀 있으면 알게 될 겁니다."

순무가 더 이상 얘기하기를 꺼리는 것 같아 동용과 나는 다시 우리

자리로 돌아왔다. 우리 배는 더 이상 전진을 멈추었다. 사위는 어둠에 잠기고, 바람 타고 파도소리만 나지막이 철썩이는 가운데, 바다 저쪽 양인들의 배에서 밝혀진 불빛들을 바라며 나름대로 상상의 나래를 펼쳐 보았다.

얼마나 지났을까? 갑자기 아래쪽에서 고함소리가 들렸다. 그러자 순무와 군수의 몸놀림이 빨라졌다. 우리도 엉겁결에 선수 쪽으로 다가갔다. 바다 위에 떠 있던 두 사내는 군수가 내려준 밧줄을 타고 곧바로 갑판 위로 올라왔다. 그들은 소 오줌보들을 떼어놓고, 가쁜 숨을 몰아쉬며 머리와 얼굴의 바닷물을 훔쳐댔다. 순무는 그저 묵묵히 그들의 말을 기다렸다.

"깜짝 놀랄 일이더군요. 큰일 났습니다."

"아편 거래가 아니었던가?"

"아편이라면 차라리 다행이지요. 그들은 대포를 거래하고 있었습니다."

"대포라고?"

모두 엉겁결에 소리쳤다. 그러나 순무는 오히려 담담했다. 어느 정도 짐작하고 있었던 모양이었다.

"수고했다. 무사히 돌아와 줘서 고맙다. 선실로 들어가서 옷들 갈아입고 좀 쉬도록 해라."

두 사내는 선실로 향했고, 우리는 순무의 얘기를 기다렸다. 그러나 그는 잠자코 있다가 이윽고 말을 꺼냈다.

"두 사람도 선실로 들어가시오. 군수와 나는 여기에서 좀 더 생각을 정리해봐야 할 것 같소."

순무는 침착함이 몸에 배인 사람 같았다. 아니면 오랜 경륜의 덕분이랄까. 어조에서나 몸짓에서나 별다른 동요도 느껴지지 않았다. 그 모습은 마치 내일 당장 세상의 종말이 온다 해도 끄떡없을 사람처럼 보였다.

우리는 선실로 들어가지 않고, 원래 있던 선미로 갔다. 답답한 선실보다는 해풍을 맞으며 밤하늘을 바라보는 갑판이 훨씬 나을 것 같았기 때문이다. 동용은 심각한 어조로 늘어놓았다.

"참 충격적인 일이군요. 아무리 부자라지만 사인私人이 대포를 구입하다니요. 그것도 서양식 대포를. 어디에 쓰려는 것일까요?."

"심상치 않은 일이야. 아마도 순무는 그 내막을 알고 있을 걸세. 그가 얘기해 주는 것을 기다리는 수밖에….."

곧 노가 물살을 가르는 소리가 들리고, 배는 움직이기 시작했다. 이윽고 선수 쪽의 순무가 우리를 불렀다. 다가가니 순무는 고개를 돌리지도 않고 말을 꺼냈다. 눈길로 어둠 속의 왕 행수의 배를 쫓고 있는 모양이었다.

"어느 정도 짐작했었는데, 틀리지 않았소 그려."

"왜 저들을 나포하지 않는 겁니까?"

"위험한 일이오. 저들은 숫자도 우리보다 많을 뿐만 아니라 무기를 갖고 있을 것이기 때문에 어떤 일을 당할지 모릅니다. 더구나 여기는 바다요."

"하지만 대포가 상대방의 수중에 들어가면 위험하지 않습니까?"

"대책을 강구해 봐야지요."

순무는 잠시 말을 멈추었다.

"도대체 왕 행수는 왜 서양 대포를 사들이는 것일까요? 장삿속입니까, 아니면 무슨 딴 의도가 있는 것일까요?"

"아직 뭐라 답변을 드리지 못하겠소. 좀 더 살펴봐야 할 것 같습니다."

나는 뭔가 또 묻고 싶었으나 갑자기 잘 생각이 나지 않았다.

"참, 지난번에 왕 행수 집에 찾아갔던 일에 대해 말씀해 줄 수 있겠소?"

뜻밖이었으나 나는 생각나는 대로 왕 행수 집에 찾아가 봉서를 전달했던 과정을 순서대로 얘기했다. 그러나 은장도를 받았다는 얘기는 하지 않았다.

"혹시 방 안에 용 그림이 걸려 있지 않던가요?"

"용 그림은 없었고, 용자龍字를 용의 모습으로 쓴 커다란 족자가 하나 걸려 있는 것을 보았습니다. 참 특이했습니다."

순무는 고개를 돌리더니 나를 정면으로 바라보았다.

"정원에 관우 조상彫像이 있는 것, 집안에 용의 족자가 있는 것은 서로 연관이 있습니다. 하나의 사실을 적시하기 위한 증거들이지요."

"어떤 사실을 적시하는 것인지요?"

"왕 행수가 바로 어떤 비밀결사와 관련이 있다는 것입니다. 그가 양인들로부터 대포를 구입한 것은 장삿속이 아니라는 얘기이기도 하지요."

"비밀결사라니요?"

그러자 순무는 다시 헛기침을 해 목소리를 가다듬은 후 말을 꺼냈다.

"서민들의 비밀 결사 단체입니다. 천지회天地會, 삼점회三占會, 첨제회添弟會, 백련교白蓮敎, 용화교龍華敎 등 여러 단체들이 있지요. 관우는 그들이 흔히 숭배를 바치는 대표적인 인물입니다. 또한 그들은 자기들끼리만 통하는 상징들이 있는데, 용의 문자나 그림이 그중의 하나입니다."

나는 충격을 가까스로 삼키며 되새겨 보았다. 그랬었군, 그래서 은장도를 주면서 자기에게 받았다는 얘기를 하지 말라고 한 것이었군. 은장도에 있는 무늬도 거저 새겨져 있던 건 아닌 모양이군…

"그런 증거들이 있는데 왜 관청에서는 그동안 모른 체하고 있었는지요?"

"몰랐겠지요. 비밀결사는 지극히 비밀스런 조직이어서 외부에서 그 내막을 알기가 쉬운 노릇이 아닙니다. 또한 왕 행수 집은 크다고 해도 사사로운 개인 집인데다, 그가 중앙 조정과 줄이 닿아 있어서 우리로서도 함부로 찾아가거나 수색할 수 있는 게 아닙니다. 그 자신도 외부 사람이 집에 오는 것을 극히 꺼린다고 합니다. 나는 이곳으로 오기 전에 다른 지방에서 비밀결사와 관련된 사건을 처리한 적이 있어서 그들의 내막을 어느 정도 아는 편입니다. 왕 행수가 비밀결사와 관련되어 있다면 예사로이 보아 넘길 일은 아닙니다."

"왜 그렇습니까?"

"그들은 이단이고 반항적인 서민들의 단체로, 힘을 길러 관청에 대항하거나, 하시라도 반란을 일으킬 의도를 갖고 있기 때문입니다. 또한 자신들의 조직을 유지하기 위해 불법 행위들을 서슴없이 저질러 관가의 골칫덩이가 되기도 하지요.

봉기의 처음 시작은 원나라 말기였습니다. 몽골족의 폭정에 숨을 죽이고 있던 한족들이 원나라가 부정부패와 권력투쟁으로 망조가 들자 백련교白蓮教라는 불교 비밀결사를 결성하여 조정에 반기를 들었습니다. 이들은 후에 홍건적紅巾賊이 되기도 하여 결국 몽골족을 몰아내고, 한족의 나라인 명나라를 세우기도 합니다. 명 나라를 건국한 주원장朱元璋도 백련교 출신이었지요.

백련교는 일종의 불교 이단 교파로, 말세가 도래하면 진공가향眞空家鄕이라는 곳에 거주하는 무생노모無生老母가 미륵불을 내려 보내 교도들을 구원한다는 종교적 이상을 담고 있습니다.

이에 반해 다른 비밀결사는 민간인들끼리 서로 상호부조를 하고 힘을 갖기 위해 결성한 것입니다. 근래에 나라 실정이 쇠락의 기미를 보이자 또다시 여러 비밀결사 단체들이 생겨났습니다. 이들이 표면상으로는 반청복명反淸復明이라 하여 만주족 지도층을 몰아내고 한족의 나라를 세우자는 것이었지만, 실제로는 생활고 때문에 조정과 관가에 불만을 가진 세력들이 생존의 차원에서 결성한 것입니다. 이들은 조직을 결성해서 범죄를 저지르고 관청을 습격해 이득을 얻습니다. 언젠가는 아예 대규모 세력으로 조정에 반기를 들게 될지도 모릅니다.

"그런데 왕 행수는 왜 그들과 함께 하려는 것일까요? 오히려 조정 편에 서야 자신의 자리를 지키는 데나 돈벌이에 더 이롭지 않을까요?"

"뭔가 이유가 있겠지요. 먼저 생각해 볼 것은 청조淸朝에 강력한 반감을 가진 사람들이 있다는 것입니다. 원래 한족들은 자신들만이 문명화된 민족이라는 우월감이 강해 주변 민족들을 오랑캐니 야만인이니 하며 멸시했습니다. 동이東夷, 서융西戎, 남만南蠻, 북적北狄이라는 호칭들이 그 증거입니다. 그런데 그렇게 무시하던 만주족의 지배를 받게 된데다, 청 조정에서 왕권의 확립을 위해 한족 식자층에 이런저런 탄압을 가하자 불만과 반감이 계속 누적되어 온 것이지요. 특히 북경에서 멀리 떨어진 장강(長江: 양자강) 이남에 그런 세력들이 포진해 있습니다.

다음으로 생각해 볼 것은 흔히 부유한 자들일수록 세태에 민감하다는 것입니다. 재산과 권위를 계속 유지하려면 세상 돌아가는 형편에 발 빠르게 대응해야 하지요. 그래서 세력의 추錘가 기우는 곳에 곧장 달라붙기도 하고, 경우에 따라서는 몰래 양다리를 걸쳐 만약의 경우에 대비하기도 합니다."

얘기를 들으면서 도대체 이 순무라는 사람의 정체가 궁금해지기도 했다. 그는 한족일까, 아니면 만주족 출신일까. 명색이 한 성省의 순무라는 사람이 왜 선비들처럼 이런 얘기들을 서슴없이 늘어놓는 것일까.

"더구나 항주, 소주 이쪽은 원래 수준들이 높은 곳인데다, 청조가 들어서면서 반감을 가진 북경의 식자층이 많이 내려와 자리 잡은 곳이기도 하지요. 그래서 타 지역보다도 조정에 대한 반감이 심한 지역이기도 합니다. 왕 행수의 의도를 아직 확실히는 모르겠습니다. 그가 누군가의 부탁을 받고 서양 대포를 들여오는 것인지, 아니면 직접 항주성을 공략하려는 심산인지 모릅니다. 그러나 어찌 됐든 피해는 관가 쪽이 입을 테니까 대비를 해야 할 것입니다."

순무는 거침이 없었다. 우리가 이방인이라고 부담이 없어서일까. 아니면 얘기를 늘어놓으면서 충격을 가라앉히고 대비책을 생각해 보려는 것일까.

어둠 속에서 우리 배는 앞쪽 한참 떨어진 왕 행수의 배들을 계속 따라가고 있었다. 바람은 별로 없었으나 물살이 만만치 않은 탓인지 노를 젓는 선원들의 신음소리가 간간이 터뜨려졌다. 이윽고 어둠 속에서 왕 행수의 배가 멈추어 섰다. 나루터에서 한 마장이나 올라간 적막한 곳으로, 강둑에는 횃불을 든 장정들이 대기하고 있었다.

순무와 군수는 묵묵히 횃불 속에서 대형 상자들이 차례로 하역되는 현장을 지켜보았다. 대포로 보이는 기다란 상자들은 한 배에 4문씩 총 8문이었으며, 커다란 사각형의 상자들도 함께 들려 나왔다.

"저 사각형 상자들 속에는 화약이나 포탄이 들어있을 것입니다. 북경서 몇 번 본 적이 있지요."

동용이 낮은 소리로 중얼거렸다. 대포들이 다 부려지자 어둠 속에서 마차들이 나타났다. 마차는 모두 4대였다. 이때였다. 갑자기 군수가 누군가를 부르자 선실에서 한 사내가 뛰쳐나왔다. 그의 손에는 활이 들려 있었고, 화살 끝에는 불꽃이 타고 있었다.

"쏴라!"

명령이 떨어지자 화살은 곧바로 허공으로 솟아올랐다. 불꽃이 정점에 다다랐다 떨어지려하는 순간 어둠 속 사방에서 와! 하는 함성과 함께 다급한 발자국 소리들이 터뜨려졌다. 순무가 미리 매복시켜 놓은 병사들인 모양으로, 창칼을 번득이며 횃불을 향해 달려들었다. 그러자 왕 행수 측 장정들도 예상하고 있었다는 듯 허리춤에서 칼들을 뽑아들고 민첩하게 움직였다. 병사들 중 우두머리가 커다란 소리로 외쳤다.

"너희들은 포위되었다. 순순히 아편을 양도하고 명령을 따르라!"

그러자 키가 큰 장정 하나도 앞으로 나서며 소리쳤다.

"아편이라니, 아닌 밤중에 무슨 잠꼬대냐? 남의 일에 참견 말고 집에 가서 잠이나 자라!"

병사들은 대형 상자들을 아편으로 알고 있었는데, 장정의 받아치는 기세가 만만치 않았다. 그저 끝날 것 같지는 않았다.

"나리들 말을 듣는 게 좋다. 다 너희들을 위해서 하는 소리다."

"썩어빠진 병졸들이 무슨 개소리냐? 네놈들이야말로 우리말 듣고 집에나 가라!"

"쌍것들이 좋게 끝내려 했더니…"

우두머리가 칼을 치켜들고 "공격!" 하고 소리치자 병사들이 와! 하는 함성과 함께 달려들었다. 그러자 장정들도 칼들을 치켜들고 달려들었다. 횃불들은 바닥에 팽개쳐지고, 칼날들이 맞부딪치는 소리와 비명들이 파편처럼 튀어 나왔다. 나는 어떻게 처신해야 좋을지 몰라 안절부절못하고 있는데, 갑자기 동용이 내 어깨를 잡아끌었다.

"순무에게 가시지요."

"손에 들고 있는 것은 뭔가?"

"배에 있는 식용유입니다. 싸우는 틈을 타서 화약상자를 불살라 버릴 생각입니다."

"좋네!"

순무와 군수는 우리 얘기를 듣더니 깜짝 놀라는 것이었다.

"위험하지 않겠소? 우리 애들 시키겠소."

나는 힘주어 말했다.

"우리도 밥값을 하게 해주십시오. 이 친구는 대포를 아는 친구입니다."

"정 그렇다면 해보시오. 하지만 조심해야 합니다."

우리는 다급하게 뱃전에서 뛰어내렸다. 다행히도 가장자리 강물은 깊지 않아 우리는 수월하게 물가에 다다랐다. 비명소리들이 난무하며 싸움은 격해지고 있었고, 그쪽에 정신이 팔려 대포가 있는 쪽은 아무도 없었다. 허리를 굽히고 살금살금 다가가 어둠 속에서 사각형의 상자들을 찾아냈다. 내가 포개진 상자들을 바닥에 흩뜨려놓자 동용은 곧바로 여기저기 기름을 부어대고는 부싯돌을 쳐 헝겊에 불을 붙인 뒤 상자 위로 던졌다. 그리고 냅다 뛰었다.

"자, 이쯤 해서 바닥에 엎드리는 게 좋습니다."

바닥에 엎드리자마자 곧 고막이 찢어질 듯한 굉음과 함께 주위가 대낮같이 환해졌다. 폭발음은 계속 이어졌다. 싸우던 패들도 바닥에 납작 엎드려 있었다. 폭발이 멈추자 장정 패들은 다급하게 일어나더니 사방 어둠 속으로 흩어져 버렸다. 이윽고 우리가 자리를 털고 일어서자 어느 틈에 순무와 군수가 와 있었다. 그들은 우리에게 배로 돌아가 있으라고 하고는 병사들에게로 향했다. 곧 횃불들이 다시 들려졌고, 군수가 뭐라 설득하는 듯한 모습이 보였다. 이윽고 병사들은 대포들을 챙기며 갈 채비를 서두르기 시작했다. 그들이 돌아가는 모습들을 보고 우리는 배로 향했다.

왕 행수에게 납치되다

오전, 평소보다 좀 늦게 자리에서 일어난 우리는 아침 겸 점심을 먹으면서 소문을 접해 들었다. 순무의 병사들이 왕 행수를 체포하기 위해 그의 집으로 향했다는 것이었다. 예상은 했었지만 막상 듣고 나니 궁금증이 일어 견딜 수가 없었다. 동용도 마찬가지인 모양이었다. 결국 우리는 의기투합하여 식사를 마친 후 왕 행수의 저택으로 향했다.

저택의 주변에는 창과 칼로 무장한 병사들이 이중으로 에워싸고 있었다. 그러나 집안에서는 미동도 없었고, 한쪽에서는 어른 아이 할 것 없는 구경꾼들이 호기심 어린 표정들로 사태를 지켜보고 있었다.

"왕 행수는 대문을 열고 우리 관원들을 들여보내시오. 지금 시중에서는 집안에 서양 무기들을 들여놨다는 소문이 돌고 있소. 우리는 사실을 확인하기 위해 온 것이니 속히 대문을 열어 관가의 조사에 협조해 주기 바라오."

우렁찬 목소리의 주인공은 어젯밤 우리와 함께 있었던 군수였다.

무장 차림을 하고 있으니 기개가 늠름해 보였다. 군수는 또다시 반복했고, 여전히 반응이 없자 갑자기 장검을 빼 들었다. 장검이 허공으로 높게 치켜 들리자 일단의 병사들이 뛰어 왔다. 군수는 장검으로 저택의 대문을 겨누며 소리쳤다.

"부숴!"

그러자 병사들은 지체 없이 대문 앞으로 뛰어갔다. 한꺼번에 우르르 몰려가 부딪쳤으나 파열음만 났을 뿐 문은 그대로였다. 그러자 병사들은 대문 양쪽을 지키고 있는 석조 동물상들로 몰려갔다. 동물상을 들어 문을 부수려는 모양이었다.

이때였다. 갑자기 저택 안에서 쉭, 쉭 소리와 함께 뭔가 허공으로 날아오르더니 곧 '빠방!'하는 소리와 함께 터지면서 붉은 연기를 내뿜었다. 동시에 집 안팎에서 함성과 함께 장정들이 뛰쳐나왔다. 그들 손에는 창과 몽둥이들이 들려 있었다.

"폭죽으로 신호를 보내는군요. 구경꾼들 중에서도 패거리가 있는 줄은 몰랐는데요."

병사들은 갑자기 장정들에게 둘러싸인 꼴이 되었다. 그뿐만이 아니었다. 구경꾼들 쪽에서 자꾸만 사내들이 비어져 나왔다. 그들 손에는 몽둥이며 농기구 같은 것들이 들려 있었는데, 나잇살이나 먹어 보이는 중년 사내들도 보였다. 뜻밖의 사태에 병사들은 몸들을 밀착시키며 당황하는 빛이 역력했다. 그러나 군수는 동요 없이 소리쳤다.

"정당한 공무 집행을 방해하지 말라. 훼방을 놓는지는 즉시 체포하겠다. 폭력을 행사하는 자는 즉시 처단한다. 대문을 가로막고 있는 장정들은 빨리 해산하라."

그러나 대문 앞의 장정들은 끄떡도 하지 않고 도리어 몽둥이들을 치켜들었다.

"썩은 군대 물러가라. 우리 집안에 한 발자국도 들여놓을 수 없다."

"경고한다. 대문 앞의 장정들은 빨리 해산하라!"

"썩은 군대나 집으로 돌아가라."

군수가 칼을 치켜들고 대문을 향해 겨눴다.

"4열로 집합!"

병사들이 창병槍兵을 필두로 재빨리 4열로 모여지자 갑자기 때문 쪽에서 탕! 탕!하고 총소리들이 터져 나왔다. 이와 동시에 병사들에게 돌멩이 세례가 퍼부어졌다. 병사들의 전열이 흐트러지자 와! 하는 함성과 함께 앞 뒤쪽의 장정들이 몽둥이며 농기구 등을 들고 달려들었다. 순식간에 난장판이 벌어졌고 비명소리들이 터져 나왔다.

"어떻게 할까요? 저도 뛰어들까요?"

"그럴 것 없네. 자네 하나 더한다고 힘이 되지는 않을테니 가서 군수 옆이나 지키고 있게. 군수가 위험해지면 보호나 해주게."

군수도 뜻밖의 사태에 당황해하고 있었다. 민간인들이 몽둥이를 꼬나들고 관군에 달려들 줄은 생각지 못한 모양이었다. 치열한 육박전이 벌어졌고, 둔탁한 몽둥이 타격 소리와 비명이 난무하는 가운데 피를 쏟으며 하나둘씩 쓰러지기 시작했다. 병사들이 밀리고 있었다. 인원 자체가 중과부적인 데다가 육박전이 벌어져 무기도 제대로 사용할 수 없는 탓이었다. 한쪽에서 병사 하나가 말을 끌고 오자 군수는 재빨리 올라탔다.

"철수하라! 철수하라!"

병사들은 잽싸게 몸을 움직여 무리들에서 튀어 나왔다. 그리고 무리지어 군수의 말 뒤를 쫓아갔다. 그러자 장정들과 사내들은 비웃음을 터뜨리며 박수들을 쳐댔다.

"꼴좋다! 도망치기 하나는 잘하는구나!"

"서민 세금 처먹고 도망치는 것만 배웠냐?"

어느새 곁에 다가온 동용이 우려스러운 목소리로 물었다.

"보통 일이 아니군요. 평민들이 관군을 때려잡다니요."

"어떻게 될지 걱정이군. 순무가 이 사태를 그냥 넘기지는 않을텐데…"

"관군과 왕 행수 사이에 전면전으로 확대되는 것은 아닐까요?"

"그게 문제야. 그나저나 이래저래 우리 출발은 자꾸 늦어지게 생겼군."

이러다가 우리들이 과연 북경을 거쳐 제대로 조선으로 돌아 갈수나 있을지 하는 생각이 들자, 막막하기만 하여 자신도 모르게 한숨이 나왔다. 심정이 착잡하여 이대로 숙소로 돌아갈 마음이 나지 않았다. 그래서 어떻게 할까 망설이다 서호 부근에 가서 술이나 한잔하고 해거름 때나 돌아가기로 했다. 우리는 서호 쪽으로 향해 골목을 지나다 한 식당 앞에 발걸음을 멈추었다. 이층집이었는데, 서호가 내려다보일 것 같았고 식당 이름이 발길을 붙잡았기 때문이었다. 이름하여 '서시반점西施飯店'. 우리가 막 들어가려는 찰나 골목 입구에서 다급하게 마차 한 대가 다가왔다.

"네 놈들 게 섰거라."

벽력같은 호통과 함께 마차가 멈추었다. 그러자 뒤따라오던 장정

7~8명이 우리를 에워쌌다.

"왜들 이러시오?"

"네 놈들 조선 놈들 아니더냐. 더러운 배신자 놈들. 대가를 치러주겠다."

"우리가 뭘 배신했다는 거요?"

말하면서 마차 위에서 호령하는 사람을 보니 어딘가 낯이 익었다. 빨리 머리를 굴려 보다 문득 왕 행수 집 대문 앞에서 맞닥뜨렸던 생각이 났다. 문지기였다. 장정들은 살벌한 눈초리로 몽둥이들을 들고 에워싸고 있어서 우리도 서로 등을 대고 잔뜩 웅크리며 대응 태세를 갖췄다. 동용은 장검을 빼들고 칼끝을 장정들에게 겨누었다.

"순순히 마차 위에 올라타라. 반항해봐야 소용없다."

"못하겠소. 할 테면 해보시오."

우리가 눈에 쌍심지를 돋운 채 장정들을 휘둘러보고 있을 때 갑자기 머리 위에서 뭔가가 떨어졌다. 그물이었다. 순식간의 일이라 당황하며 허둥거릴 때 장정들은 재빨리 바닥에 있는 줄을 양쪽에서 잡아당겼다. 우리는 순식간에 그물 속에 묶여지고 말았다. 장정들은 잡아당긴 줄로 우리를 동여맸다. 익숙한 솜씨들이었다. 우리는 마차 안에 던져졌고, 곧바로 마차는 출발했다.

"미리 기미를 챘어야 하는 건데, 제 잘못이 큽니다."

"자책하지 말게. 이런 일에 이골이 난 사람들 같네."

"그나저나 우리를 어떻게 알아보았을까요? 사람들도 많았는데…"

나도 실상 그게 궁금했다. 그러나 잠시 후에 한 가지 가정이 떠올랐다.

"자네가 군수 옆에 있었기 때문이 아니었을까? 자네는 키도 크고 특별한 인상이어서 눈에 잘 띄는 사람이야. 우리가 왕 행수 집에 갔을 때 기억해 두고 있었을 수 있어."

"그 말씀이 맞는 것 같습니다."

그러나 동용에게 군수 옆에 있으라 한 것은 바로 나여서 은근히 자책감이 들었다.

"이렇게 잡아가는 것은 어젯밤 사태를 우리가 관청에 일러바쳤기 때문이라고 생각하는 것 같애."

"그러겠지요."

동용은 대수롭지 않은 듯 얘기했으나 말끝에 근심이 묻어 있었다. 이윽고 마차는 잠시 멈췄다. 뭐라 얘기하는 소리와 문소리가 나는 것으로 봐서 왕 행수 집 정문인 모양이었다. 곧 마차는 다시 움직이기 시작했고, 잠시 달리다가 다시 멈췄다. 앞자리의 문지기가 뛰어 내리는 소리가 들렸다.

"저 녀석들 이 창고 안에 집어넣어!"

동용과 나는 무심코 눈길을 교환했다. 어떻게 될 것인가 하는 불안이 동시에 스쳤기 때문이었다. 곧 왁자지껄 한 소리가 들리더니, 마차 문이 열리고 장정들이 달려들었다. 우리는 그들에게 들려 짐짝처럼 창고 안에 던져졌다. 그리고 문이 닫히더니 밖에서 자물쇠를 잠그는 소리가 들렸다.

바닥은 나무판자로 되어있었으나 벽은 사방이 벽돌로 되어있었고, 창들은 높은 곳에 조그맣게 나 있었다. 뭔가 음침한 느낌이 드는 방이었고, 특별한 목적으로 만들어진 것 같았다.

"그물을 풀어 볼까요?"

"그냥 이대로 있는 게 좋을 것 같네. 어차피 우리가 자유롭게 된다 해도 탈출은 불가능할테니 순순히 있는 게 나을 것 같아."

우리는 바닥에서 꿈틀거리면서 각자 생각에 골몰했다. 설마 죽이기까지야 하겠는가 하는 것에서부터 최악의 경우까지 고려해야 할 것 같은 생각이 스치기도 했다.

얼마나 지났을까? 바깥에서 자물쇠를 여는 소리가 들리더니 곧 문이 열렸다. 들어서는 사람들은 왕 행수와 4명의 장정들이었다. 2명의 장정들은 칼을 들고 있었고, 1명은 커다란 몽둥이, 또 1명은 기다란 채찍을 들고 있었다. 일순 등골에 오한이 스쳐 갔다. 장정 하나가 구석에 있는 의자를 가져와 왕 행수를 앉게 하고, 자기들은 좌우로 도열했다. 왕 행수는 담배를 꺼내며 말했다.

"그물을 풀어줘라."

채찍과 몽둥이를 들고 있던 장정들이 재빨리 달려들어 동여맨 줄들을 풀어 그물을 벗겨 냈다. 한 사내는 재빨리 동용의 장검을 챙겼다. 우리가 엉거주춤 있자 가슴팍으로 발길질이 날아왔다.

"무릎 꿇어, 이 새끼들아!"

우리가 무릎을 꿇자 왕 행수는 담배 연기를 내뿜으며 잠시 동안 건너다보았다. 나는 이럴 때일수록 오히려 대차게 나가야 한다는 생각이 스쳤다.

"우리한테 왜 이러시는 겁니까?"

"몰라서 묻는 거냐? 지난 번 여기 왔다가 나간 뒤에 순무에게 찾아가 고해바쳤지?"

"우리가 그럴 생각이었으면 처음부터 봉서를 들고 항주부에 찾아갔지 왜 행수님께 찾아 왔겠습니까?"

"순무의 지시에 따른 결과겠지. 현장을 잡으려고 모른 체하고 내게 보냈겠지. 순무는 그동안 내 꼬투리를 잡으려고 눈에 불을 켜고 있던 자다."

"봉서를 확인하지 않았습니까? 손을 댄 흔적이 없어 믿겠다고 하지 않았습니까? 봉서를 개봉도 하지 않고 그 안에 무슨 얘기가 있는지 어떻게 알겠습니까?"

"순무가 네 놈들 같은 줄 아느냐? 그 자가 괜히 그 자리까지 올라간 것 같애? 아무튼 이번 일로 나는 큰 손해를 보았고 우리 거사에도 차질을 빚었다. 전에도 양인들과 몇 번 거래가 있었지만 이런 일은 없었다. 이번 일은 순전히 네 놈들 때문이다. 뭐라 변명해도 소용없어. 저 놈들을 매우 쳐라!"

"아예 죽여버리지요. 그게 낫지 않겠습니까?"

"아니다. 순무와의 대전에서 쓸모가 있을지도 모르니까 죽이지는 말아라. 반쯤만 죽여서 천장에 매달아라."

또다시 우리에게 그물이 던져졌다. 그물이 그야말로 사람 죽이는 것이었다. 손발을 쓸 수가 없었다. 동용은 단말마의 외침을 터뜨렸다.

"행수 어른, 풍랑을 만나 떠밀려 온 외국인한테 이래도 되는 겁니까? 당신이 잘못해놓고 왜 우리에게 뒤집어씌우는 겁니까?"

행수가 의자에서 일어나 나가버리자 곧바로 발길질과 몽둥이찜질이 가해졌다.

"엄살을 피우고 적당할 때 졸도한 척하십시오."

동용은 비명을 내지르면서도 낮은 소리로 속삭였다. 그러나 동용의 충고를 생각할 겨를도 없이 몽둥이세례와 발길질, 채찍질이 쏟아졌고, 실제로 우리는 기절하고 말았다. 얼마나 지났을까. 나는 동용이 옆구리를 쿡쿡 찔러대 제정신이 돌아왔다. 막상 깨고 보니 여기가 어딘지 부터 궁금했다. 손은 뒤로 묶여 있었고 몸은 허공에서 오락가락하고 있었다.

"우리가 지금 저승으로 향하고 있는 건가?"

"아닙니다. 아직 이승이고 여기는 왕 행수 집 창고 안입니다."

그러고 보니 얼마 전의 일들이 하나둘씩 되살아났다. 그러나 벽 위쪽의 작은 창에서 들어오던 빛마저 사라져 실내는 컴컴하기만 했다. 몸 여기저기가 욱신욱신 쑤셔왔다. 몸 전체가 부풀어 오른 것 같았다. 생애를 통해 이처럼 얻어맞아 보기가 처음인 것 같았다.

"죽지 않아서 그나마 다행이군. 몸은 좀 어때?"

"저는 괜찮습니다. 생원님이 걱정되었는데 다행히 크게 다치지는 않으신 것 같습니다. 사람 몸은 어디 부러지지만 않으면 됩니다."

"몸이 흔들거려서 마치 구름 타는 기분이야."

"우리를 천장에 매달아 놨기 때문입니다. 이렇게 해두면 구타하기도 쉽고 도망치는 것도 막을 수 있어서 즐겨 하는 것 같습니다."

"이렇게 저녁을 보낼 생각을 하니 끔찍하군. 무슨 수가 없을까?"

"손을 뒤로 단단히 묶어놔서 꼼짝할 수가 없습니다. 살 방도를 찾아 머리를 짜내봐야 할 것 같습니다."

"그나저나 나를 따라와 고생이 심하네. 마포나루에서 내가 얘기를 꺼냈을 때 싫다고 거절하지 그랬어. 그랬더라면 이런 고통도 겪지 않았을 것 아닌가?"

"하하, 이 판에 농담하시는 겁니까? 그동안 보고 배운 게 얼맙니까? 사람이 한번 살지 두 번 삽니까? 하릴없이 100년 사느니 보다는 단 1년을 살더라도 굴곡 있게 사는 것을 택하겠습니다. 제가 요동지역 왕래할 때도 거저 왔다 갔다 하지는 않았습니다."

"그렇다면 다행이군."

우리의 화제는 잠시 끊겼다. 나는 머릿속에서 이 궁리 저 궁리를 다 해보고 있었고, 동용도 마찬가지인 모양이었다. 그러나 별다르게 신통한 수가 떠오르지 않았다. 뒤로 묶여 있는 손도 손이지만 그물 속에 있다 보니 몸도, 다리도 자유스럽지 못해 어떻게 해볼 수가 없었다. 문득 이곳에서 생을 마감한다면… 하는 생각도 스쳤다. 사실 우리 생사는 행수의 말 한마디에 좌우되는 파리 목숨인 것이다. 그는 하찮은 짐승 정도로나 생각하고 우리 처분을 결정할지도 모른다. 때문에 만약 이대로 끝난다면…

목숨이 아까워서가 아니다. 그동안 내가 많은 책들을 읽으며 생각에 생각을 거듭했던 사상들은 어떻게 되는가. 그저 한순간에 사라져 버리고 마는 것인가. 아무런 가치 없이, 그리고 흔적도 없이…

문득 이러한 자신에 웃음이 나왔다. 내가 세상을 바꿀 수 있으리라고 생각하는가. 아니면 어느 정도의 영향이라도 미칠 수 있으리라고 생각하는가. 나도 그저 지나가는 한 줄기 바람에 불과할 뿐이다. 내가 없어진다 해도 세상은 그대로 돌아가고, 자연은 똑같은 운행을 계속할 것이다. 나는 세상에 나와 잠시 깃들었다 사라지는 티끌같은 것이다….

이런 생각들을 하고 있자니 비참함이 잠시 가셔지는 듯했다. 비참함은 처음으로 맛보는 육신의 고통에서 비롯된 것이었다. 동용은 내가 침묵을 지키고 있자 심사를 달래주려는 듯 이런저런 얘기를 꺼내기도 했으나 그저 귓전에서만 맴돌 뿐이었다.

얼마나 지났을까. 갑자기 문 쪽에서 다급한 말 발자국 소리가 났다. 우리는 정신을 추스렸다. 곧이어 자물쇠를 둔탁한 것으로 내리치는 소리가 들렸고 문이 열렸다. 곧바로 횃불을 든 병사들이 들이닥쳤다. 그들은 그물을 붙잡은 뒤 단칼로 천장에 매달았던 줄을 베어냈다. 그리고 그물을 헤집어 우리를 끄집어냈다. 우리가 다리가 굳어서 잘 서지도 못하자 그들은 곧바로 들쳐 업고 문 쪽으로 향했다. 문 앞에는 말들이 대기하고 있었고, 우리는 말 위에 올려졌다.

동용은 금방 중심을 잡았으나 나는 장정들에게 구타당한 여파로 몸을 가누기가 쉽지 않았다. 하지만 병사들이 앞장서자 다짜고짜 고삐를 움켜쥐고 말 잔등 위에 엎드렸다. 후문 쪽으로 빠져나와 밤길을 달렸다. 어느 정도 내달리다 앞쪽부터 속도를 늦추며 숨을 고르자, 병사들은 얘기를 꺼냈다.

"우리는 항저우 결사대들입니다. 조선인들을 구해오라는 순무의 특별 지시가 있었습니다."

"우리가 저기 있는 것은 어떻게 알았습니까?"

"신고가 있었지요. 서호 옆에 있는 서시반점은 사실 순무 단골집입니다. 음식 맛이 좋다고 종종 들리는 곳이지요. 그런데 오후에 그 앞에서 왕 행수 부하들이 납치극을 벌이자 곧바로 신고해 버렸습니다. 순무는 그러잖아도 선생들의 동태를 염두에 두고 있던 차에 숙소에 기

별도 없고, 왕 행수의 부하에게 두 사람이 납치되었다 하니 조선인들이라고 감을 잡은 겁니다."

천운이라고 해야 할까. 하필 순무 단골집 앞에서 사건을 벌이다니…

"그렇지만 왕 행수 저택을 들어서기가 쉽지 않았을 텐데요."

"지금 행수 저택은 몇 사람 남지 않았습니다. 장정들이 반란군들과 함께 항저우성 앞에 집결하고 있지요. 그래서 후문으로 들어가서 문지기를 협박하여 선생들의 은신처를 알아낸 것입니다."

이윽고 우리는 항주성 동문에 다다라 성 안으로 향했다.

"지금 순무께서는 반란군에 대항하여 관문關門에서 병사들을 지휘하고 계십니다. 그래서 오늘밤은 힘들 것 같고, 내일 아침에 찾아뵙는 게 좋을 것 같습니다. 다만 무슨 일이 생길지 모르니 숙소만은 옮기라고 하셨습니다."

우리는 숙소에 도착해 서둘러 짐을 챙겼다. 병사들은 다른 집을 알선해 주고 고마움을 표시할 사이도 없이 곧바로 떠났다. 우리는 새 숙소의 방에 들어가기에 앞서 마루에서 잠시 숨을 골랐다. 단시간에 절망의 구덩이에서 이처럼 달라질 수 있다는 게 믿기지 않아 머리가 멍한 상태였기 때문이다. 동용과 나는 곰방대를 꺼내 담배를 채웠고, 동용은 부싯돌을 쳐서 불을 붙였다. 우리는 담배 연기를 내뿜으면서 한동안 말을 잊었다.

"왕 행수가 기어코 일을 저질렀군."

"저희들에게는 차라리 잘된 일인지도 모릅니다. 만약 행수와의 대전에서 뭔가 기여를 하면 순무도 우리를 인정하고 도와주려 하지 않

겠습니까? 앞으로 먼 길을 돌아 조선까지 가려면 든든한 배경 하나쯤
은 마련해두는 게 큰 도움이 될 수도 있을 것입니다."

확실히 그는 나보다 낙천적이었고, 앞을 내다보는 것도 나았다.

항주성에서의 접전

다음날 아침, 우리는 식사를 하자마자 곧바로 항주성의 관문으로 향했다. 몸은 아직도 여기저기 쑤셔대고 운신하기도 편치 않았지만 이것저것 생각할 겨를이 없었다.

주민들도 남녀노소 불문하고 관문으로 향했고, 불안한 눈빛으로 얘기들을 주고받았다. 바로 엊그제의 풍요롭고 화려하던 분위기는 순식간에 바뀌어 있었다. 길을 가다 한 노인이 대나무 끝이 날카롭게 깎여진 죽창을 들고 절뚝거리며 가고 있는 것을 보았다. 그 모습이 안쓰러워 나는 말을 걸었다.

"어딜 가시는 중이십니까?"

"반란군들이 항저우를 집어먹으려는데 어떻게 가만 있는단 말이요?"

"왜 갑자기 반란군들이 항주로 달려든 거지요?"

"반란군들이 항주를 노린다는 소문은 진작부터 있었소. 반란 세력의 거점인 푸젠성(福建城)이 가까이 있는 데다, 항주가 풍요로운 고을이다 보니 주변의 농민들이 위화감과 적개심을 많이 느꼈겠지요.

왕리산 행수가 이러한 그들의 동태를 파악하고 손을 내민 겁니다. 그들에게 평소 자금을 대기도 하고 무기들을 공급하기도 하면서 환심을 산 뒤, 며칠 전부터 전단강 상류 쪽에 숨어 있도록 하고 일부는 저택으로 불러들이기도 했답니다. 그런데 순무가 병사들을 동원하여 저택을 공격할 낌새가 보이자, 먼저 반란 세력들을 불러들여 선수를 친 것이랍니다.”

“그런데 순무는 그런 내막을 모르고 있었을까요?”

“감은 잡고 있었겠지만 은밀하게 이루어져 현장을 잡기 쉽지 않았겠지요. 관원들 중에도 왕 행수에게 매수된 사람들이 있어 알고도 모르는 척했을 수도 있고요. 지금 항저우 관아에도 왕 행수의 끄나풀들이 있습니다. 순무나 군수가 불쌍하게 느껴질 정도지요.”

문득 엊그제 심야에 왕 행수의 배들을 추적하던 일이 떠올랐다. 지체 높은 순무나 군수가 직접 나선 건 부하들을 믿지 못해서였을까? 행여 이쪽의 동태가 왕 행수 쪽에 새 나갈까봐…?

“도대체 왕 행수는 왜 반란을 일으키는 걸까요? 그는 대저택에, 엄청난 재산에, 부족함이 없는 사람 아닙니까? 그저 즐기기만 하며 살아도 될 텐데…”

“권력을 잡고 싶어서겠지요. 돈을 벌면 권력 탐하는 게 인지상정입니다. 자신이 항저우를 차지하면 다른 지역도 힘을 얻어 벌떼처럼 일어나리라고 생각한 모양입니다.

그 바람을 타면 성省 두세 개 정도는 차지할 수 있어 전국적인 맹주가 될 수 있다고 생각하는 모양입니다. 내가 아는 것은 거기까지입니다. 그의 깊은 속셈을 어떻게 알겠습니까?"

그런 야심을 가지고 있을 줄이야… 그러나 남의 나라 일인데 크게 신경 쓸 것까지는 없다는 생각이 들었다.

"근데 어른은 어떻게 이런 일들을 소상히 알고 있습니까?"

"나도 젊은 시절에 항저우부에 근무했었지요. 지금도 몇몇 노인들과 시시때때로 만나 항저우의 실정을 논의하곤 합니다. 우리 모임이 소문이 나면서 여기저기서 정보를 제공해 줍니다. 부담 없이 알려주니 관아에서도 모르고 있는 사실들을 알고 있는 경우가 많지요."

한편에서는 항주를 이용해 먹고 뒤집어엎으려는 사람들이 있는가 하면, 이처럼 꿋꿋하게 지키려는 사람들도 있다. 이래서 세상은 쉽게 변하지 않고 유지가 되는가 보다. 아무튼 다리까지 편치 않은 노친네가 죽창을 들고 현장으로 향하는 모습은 우리에게 많은 울림을 안겨 주었다.

우리는 어느덧 관문에 다다랐다.

관문 주위에는 많은 사람들이 몰려 있었다. 성벽 위에는 무장한 병사들이 도열하여 있었고, 사람들의 시선은 누각으로 향해 있었다. 누구를 기다리고 있는 듯했다.

이윽고 은빛 갑옷에 투구를 쓴 인물이 누각에 모습을 드러냈다. 병사들의 대장인 모양이었다. 그는 우렁찬 목소리로 말을 꺼냈다.

"여러분, 적군이 쳐들어왔습니다. 관권에 대항해 항저우를 뒤집어엎으려는 불순분자들이고 반란세력입니다. 그러나 우리는 충분히 싸워 이길 수 있습니다. 우리 관민이 함께 뭉쳐 대적한다면 충분히 우리 항저우성을 지킬 수 있습니다. 그러기 위해서는 여러분의 도움이 필요합니다. 먼저 각자 집으로 돌아가서 식량을 감추고 돌덩이들을 모으십시오. 다음으로, 집에서 쓰는 연장이나 농기구 등 무기가 될 만한 것들과 돌덩이들을 성벽 아래로 가지고 나오십시오. 부녀자들은 기름통을 있는 대로 들고나오십시오. 우리가 힘을 합하면 충분히 적들을 물리치고 우리 성을 지켜낼 수 있습니다."

대장이 불끈 쥔 오른편 주먹을 흔들어대며 열변을 마치자 사람들은 와! 하는 함성과 함께 박수를 치고 흩어졌다. 흉흉하고 불안하던 분위기는 곧바로 열기로 뒤바뀌었다.

우리는 순무의 행방을 쫓았다. 어젯밤 왕 행수 저택에서 목숨을 구해준 데 대한 감사 표시를 하고 싶어서였다. 이때 갑자기 위쪽에서 고함소리가 들렸다. 바라보니 군수가 우리를 부르고 있었다.

"두 분, 이리로 올라오십시오."

"우리가 올라갈 자격이 됩니까? 병사도 아닌데…."

"지금 자격을 따질 때가 아닙니다. 그러잖아도 순무께서 부르려고 사람을 보냈는데, 숙소에 없다고 했었습니다."

우리는 손을 들어 수긍의 표시를 하고 돌계단으로 향했다. 막상 누각 위에 올라서니 성내의 우람하고 고풍스런 건물들이 한눈에 바라다보였다. 다시금 사람들이 항주, 항주하는 게 빈말이 아니었음을 새삼 깨달았다. 반란군들은 10리 정도 되는 거리에서 기다란 띠처럼 펼쳐져 있었다. 말을 탄 기병들, 창과 총으로 무장한 장정들도 있었으나, 얼핏 보기에 무기도 제각각이며 대오도 안돼 있고 질서가 갖춰져 있지 않았다. 군수는 우리를 순무가 있는 쪽으로 데리고 갔다.

"어서 오시오. 그래 무사하셨다고요?"

순무는 악수를 청하며 반갑게 맞았다.

"순무님 덕분에 구사일생으로 살아났습니다."

"큰일 하신 분들인데 우리가 사람을 붙여 지켜드리지 못해 일이 터지고 말았습니다. 어디 다친 데는 없습니까?"

"병신만 안 되면 무사한 거지요. 그나저나 반란 무리들 중에 왕 행수는 보이지 않는 것 같은데요."

"무리들 뒤쪽에 있을 것입니다. 자기가 직접 관련되지는 않았다고 하고 싶어서겠지요."

"그런데 포진해 있기만 하고 아직 싸울 의사는 없는 것 같군요."

"지금도 계속 증원하고 있습니다. 얼마나 더 오게 될지 아직 예측할 수 없습니다."

그렇다면 성문을 열고 나가 선제공격을 하면 어떻겠느냐고 하고 싶었지만 꾹 눌러 참았다. 그들이 그런 전략을 왜 모르겠는가. 섣불리 얘기하다가 내 무식함만 드러날 것이다. 항주성의 병력이 부족하든지 해서 평지에서 전투를 벌일 형편은 못되는 지도 모른다. 잠시 후 군수가 어디에선가 구해 온 창을 내게 내밀었다.

"자, 두 분도 전투가 벌어지면 우리에게 협조해 주시기 바랍니다."

"우리도 원하던 바입니다. 적당한 자리를 찾아 우리 몫을 다 하겠습니다."

나는 받아든 창을 동용에게 권했고, 나는 그가 차고 온 칼을 택했다. 순무와 군수는 병사들을 독려하기 위해 성벽 위로 향했다. 우리는 돌계단을 내려왔다. 주민들 편에 합류하기 위해서였다.

항주성 주민들의 단결력은 놀라웠다. 어른 아이 할 것 없이 도끼, 삼지창, 쇠스랑, 삽, 죽창 등을 가지고 몰려들었고, 길가에서는 보이지도 않던 크고 작은 돌덩이들도 속속 모여졌다. 부녀자들은 기름이 담긴 통들과 갖가지 그릇들을 운반해 왔다.

오후에는 마차들이 가마솥과 쌀가마니, 장작들을 여기저기 부려 놓았다. 어른들은 돌들을 괴어 가마솥을 걸었고, 가까운 우물에서 물들을 길어오기 시작했다. 누가 특별하게 지시하지도 않는 것 같은데 모든 일은 손발을 맞춘 듯 순조롭게 진행되고 있었다. 동용도 바라보면서 감탄을 금치 못하는 모양새였다.

"대단하군요. 엊그제 보기에는 그저 먹고 마시는 것이나 좋아하고 사치를 즐기는 줄로만 알았는데…"

"이런 면이 있으니 항주가 오랫동안 번성하고 명성을 이어왔겠지. 항주 주민이라는 자부심도 있는 것 같아."

오후 늦게 주민들 사이에 반란군에 대한 소문이 돌기 시작했다. 반란군들이 순무 앞으로 항복을 종용하는 서신을 보냈다는 것이었다. 이번 사태의 책임은 민생을 도탄에 빠지게 해서 절망만을 안겨 준 항주 관아에 있으니, 고관들은 모두 물러나고 항주부를 자기들에게 넘기면 목숨만은 유지하게 해주겠다는 것이었다. 그렇지 않고 끝내 대항하면 항주성을 접수하여 관원들을 모두 처단하고, 대소의 누각들과 유흥가들을 모두 불태워 버리겠다고 했다 한다. 순무는 일소에 붙이고 서신을 그대로 봉투에 넣어서 돌려보냈다고 한다. 결전의 의지를 밝힌 것이다. 그러나 분위기는 더 뒤숭숭해졌다.

어둠이 깔리자 여기저기서 밥들을 짓느라 연기들이 피어올랐고, 사람들은 더 북적거렸다. 사내들은 모닥불을 피고 둘러앉았고, 여인들은 음식을 만드느라 바삐 움직였다. 어느 자리에선가는 밤에 반란군들의 기습이 있을지를 두고 내기를 벌이기도 했다. 아무튼 결전을 앞둔 주민들의 긴장된 모습들은 처음 보는 것들이어서 우리는 내심 흥미까지 느끼면서 여기저기를 돌아다녔다.

발걸음을 옮기다가 문득 내게 한 가지 생각이 떠올랐다. 설마 받아들여지랴 싶기도 했지만 일단 얘기는 꺼내 보기로 했다. 나는 동용과 함께 누각에 올라 순무를 찾았고, 누각에서 반란군들의 동태를 살피고 있던 순무는 반가이 맞았다. 우리에게 저녁은 먹었냐는 등 이것저것을 캐묻기도 했다. 나는 간직하고 있던 얘기를 꺼냈다.

"이런 방안을 한번 시도해 보는 게 어떨까요. 만약 저들이 밤중에 공격하려는 기미가 보이지 않는다면 격문을 여러 장 만들어서 저들의 막사 주변에 뿌려놓는 겁니다. 말하자면 내분을 촉발시키는 거지요."

"무슨 내용의 격문을 만든단 말이요?"

"왕 행수라는 인물의 실체를 밝히고 반란군들의 각성을 촉구하는 내용입니다."

순무는 잠시 생각하다 고개를 들었다.

"그 방안 생각 좀 해봅시다. 저쪽은 오후에도 인원이 증원되고 있었소. 그래서 야간 공격은 힘들 것 같소. 자기들도 진용을 갖춰야 하니까. 그렇지만 저들의 막사 주변에 격문을 살포한다는 일이 만만치 않을 텐데…"

"결사대라는 병사들이 있다고 하지 않았습니까?"

순무는 허공을 바라보며 생각에 잠겼는데 그 시간은 오래 가지 않았다.

"좋소! 한번 해봅시다. 어차피 이대로는 우리가 불리하여 승산을 장담할 수 없소. 그러니 다른 방안을 강구해 보는 것도 좋을 것 같소. 격문은 최 서생과 내가 만듭시다."

순무는 같이 있는 군수에게 결사대 차출을 지시했다. 그러자 옆에서 통역을 거들고 있던 동용이 갑자기 앞으로 나섰다.

"저도 결사대에 포함시켜 주십시오."

순무는 깜짝 놀라 바라보았다.

"거기는 외국 손님 아니오? 왜 위험한 작전에 끼어들려 하시오?"

"저는 나이도 젊고 웬만큼 무술 실력도 갖추고 있습니다. 또한 어제 밤에 왕 행수 창고에서 실컷 두들겨 맞아 복수하고 싶은 마음이 굴뚝 같습니다. 순무님께서 먼 타향에서 표류해 온 우리를 내치지 않으시고 보살펴 주시는데, 이런 식으로나마 보답을 하고 싶습니다."

순무는 군수를 힐끗 바라본 후 선선히 승낙했다.

"정 그렇다면 같이 하도록 하시오. 단지 작전 중에 어떤 일을 당하더라도 우리에게 책임을 묻진 마시오."

"그런 염려는 하실 필요 없습니다."

동용은 내게 다가와 다녀오겠다고 한 뒤 군수의 뒤를 따라 계단을 내려갔다. 순무는 시종에게 다량의 지필묵과 필사원筆寫員들을 준비시켰다. 나는 동용이 내 의견을 구하지 않고 결사대에 합류하겠다고 나선 데 대해 일말의 섭섭함을 금치 못했다.

순무는 만감이 교차하는 듯한 표정으로 멀리 반란군의 진지를 바라보았다. 그는 자신에게 닥치게 될 운명을 가늠해 보고 있는지도 모른다. 패전은 성주城主의 치욕이자 죽음뿐만 아니라 많은 주민들의 살상, 성 자체의 파괴로도 이어질 수 있기 때문일 것이다. 주변에서 횃불을 들고 있던 부하들도 이러한 순무를 방해하지 않으려는 듯 한쪽에 모여 자기들끼리 얘기를 주고받고 있었다.

지필묵을 가져오자 순무는 주위를 다 물리고 나와 탁자를 사이에 두고 마주앉았다. 나는 재빨리 붓을 들어 필담을 개시했다.

"지금 저 반란군들 중에 항주 사람은 얼마나 되는지요?"

"항주 사람은 왕 행수 집안의 가신이나 노비들뿐일 것입니다. 항주 사람들 자체가 원래 수준들이 높은 데다 왕 행수가 그다지 평판이 좋지 못하기 때문입니다."

"그렇다면 반란군들 대다수는 어떤 사람들이며, 왜 왕 행수와 손을 잡고 거사를 일으키려 하는 것인지요?"

"대다수는 절강성의 농민들이나 노동자들일 것입니다. 그들은 각박한 현실에 부대끼다 종교 단체의 유혹에 쉽게 넘어가 도처에서 세력을 형성하긴 했습니다. 그러나 막상 관군과 맞붙을 정도는 되지 못해 여기저기 유랑하고 있던 무리들일 것입니다. 왕 행수는 그들의 취약점을 파고 들어 자신의 편으로 끌어들인 것이지요."

"그렇다면 소속감이나 왕 행수에 대한 충성심이 그다지 높지는 않겠군요."

순무와 나는 여러 얘기들을 주고받은 후 마침내 격문을 완성하였다.

〈반란군들에게 고한다.〉

　나라가 작금으로 어려워 관민이 합심 협력하여 난관을 뚫고 나가도 부족할 이 시기에, 무리를 지어 관가에 반기를 들고 항주부를 장악하겠다는 것은 무슨 해괴한 음모인가.

　섣부른 시도로 항주부가 무너질 일도 없겠지만, 설사 항주를 차지한다고 해도 뜻한 바대로 여러분의 삶이 달라지지는 않는다. 오히려 혼란만 가중될 뿐이며, 항주부 주변의 모든 관군들의 표적이 되어 풍전등화 같은 신세가 될 것이다. 여러분이 떠받드는 왕리산 행수라는 인물은 새로운 세상을 보여줄 인재가 결코 아니다. 그는 천박한 인품에 욕심만 가득한 장사치 출신으로, 도박장과 사채놀이, 아편 밀수 등으로 거금을 만지게 된 졸부에 불과할 뿐이다. 이 사실을 잘 알고 있는 항주 사람들에게 그는 지탄의 대상이 되어있다.

　따라서 왕 행수가 여러분을 끌어들인 것은 반청복명反淸復明이나 평등 세상 건설이라는 여러분의 꿈을 구현시키려는 것이 아니다. 자신의 마지막 욕심을 채우기 위한 것이다. 그 욕심이란 항주부를 차지한 후 스스로 군주君主를 참칭하여 권력을 거머쥐어 보겠다는 것이다.

　따라서 여러분이 왕 행수와 손을 잡고, 그의 지시를 따르는 것은 그에게 이용을 당하는 결과만 될 뿐이다. 때문에 막상 항주부를 차지하더라도 그가 어떻게 달라질지는 아무도 알 수 없다.

　여러분이 진정으로 눈앞에 닥친 문제를 해결하고자 한다면 그저 힘으로 밀어붙일 게 아니라 먼저 대표부를 조직해서 항주부 순무와 협상을 벌여라. 원하는 게 무엇인지, 관청에서 어떻게 해주면 좋겠는지

다 털어놓고 얘기하라. 그래서 협상이 결렬되면 그때 항주부를 공격해도 늦지 않다.

그 방식만이 민관의 피해를 줄일 수 있고, 고도古都 항주를 보전할 수 있는 최선의 방식이 아니겠는가.

항주 순무 이연창

순무와 나는 이 같은 내용의 격문을 완성하여 몇 번 다시 읽어 본 후 대기하고 있는 필사원筆寫員들에게 보여줬다. 필사원들은 종이를 펴 놓고 일제히 써 내려가기 시작했다.

군수는 결사대 중에서도 몸이 날쌘 병사 몇 명을 물색하여 동용과 함께 배포조를 조직하고, 막사에 대기시켜 놓고 있었다. 나와 필사원들은 밤 해시亥時에 100장의 격문 필사를 마쳤고, 각 문서의 끝에는 순무의 관인官印까지 찍었다. 이를 인수한 군수는 곧바로 막사로 가서 작전에 들어갔다.

나는 막사에서 대기하면서 함께 상황 전개를 지켜보겠다고 했으나, 군수는 자기들이 할 일이라며 굳이 숙소로 돌려보냈다. 숙소에 돌아와 몸을 뉘었어도 잠이 올 리가 없었다.

특히 동용 문제는 많은 근심을 안겨 주었다. 그가 자원해서 배포조에 참여하겠다고 했을 때, 여러 사람들 앞이어서 침묵으로 동의해 버린 게 상당한 후회로 다가왔다. 그가 없다면, 설사 있다 하더라도 작전 중에 어디 심한 부상이라도 입게 된다면 내 행로에 심각한 차질을 초래할 수밖에 없기 때문이다. 십중팔구 모든 것을 포기하고 귀국 길에 올라야 하는데, 귀국 행로도 그가 있는 것과 없는 것은 큰 차이가 있을 것이었다.

아무튼 이리 뒤척 저리 뒤척 하며 밤새 한숨도 자지 못했고, 날이 새자마자 세수도 하는 둥 마는 둥 하고 곧바로 관문 쪽으로 향했다. 달리기와 빠른 걸음으로 내달아도 한 식경이나 걸렸다. 성문 누각에는 이미 순무며 군수, 그리고 대장 등 주요 직책의 책임자들이 모여 멀리 왕행수의 진을 바라보며 얘기를 나누고 있었다.

그런데 이때 뜻밖에도 한쪽에서 동용이 나를 부르며 뛰어오는 것이었다. 나는 작전이 성공했음을 직감했다. 우리는 손을 잡고 계단을 올랐다. 순무와 군수는 우리를 반갑게 맞아 주었고, 찻잔을 건네면서 따뜻한 차까지 따라 주었다.

"격문 건은 어떻게 되었는가?"

동용이 다급하게 대꾸했다.

"성공적으로 마쳤습니다. 심야에 막사 여기저기 보초들을 세우긴 했으나 경계에 허술했고, 꾸벅꾸벅 조는 사람들이 많았습니다. 격문은 골고루 다 배포했고 모두 무사히 귀환했습니다."

"수고 했네."

나는 동용에게 악수를 청했다. 순무도 동용과 나의 어깨를 두드렸다.

"우리 이번에 두 조선인 덕을 크게 보는구려. 이 정도면 우리 격문 작전은 성공한 거요. 내 이번 사태가 잘 마무리되면 두 사람에게 반드시 보답하겠소."

우리는 반란군의 막사 쪽을 바라보았다. 아침 햇살이 퍼지기 시작하는 기다란 진에는 별다른 동요는 보이지 않았지만 중심부에 어제처럼 깃발 든 장정들의 도열이나 질서는 보이지 않았다. 아직 시간이 이르기 때문인지, 아니면 어떤 내부 사정이 있는지는 알 수 없었다.

아침 식사를 마치고 누각으로 올라와 찻잔들을 돌리고 있을 때, 갑자기 반란군 쪽에서 한 무리의 장정들이 이쪽으로 달려오기 시작했다. 선두 몇 명은 말을 타고 있었고 50여 명은 되어 보였다. 모두 경계 태세에 돌입했으나 군수가 손을 들어 제지했다.

"전투 목적은 아닌 것 같습니다. 앞쪽에 있는 사람들이 흰 천을 들고 있습니다."

실제로 선두에 오는 장정들의 창과 칼끝에는 흰 천들이 매달려 있었다.

그들은 성문 앞까지 다가오더니 갑자기 창과 칼들을 땅바닥에 내던졌다.

"우리를 받아주십시오. 우리는 항복하겠습니다."

군수는 잠시 동안 순무와 상의한 후 성문을 열게 했다. 그들은 곧바로 들어왔고, 무기들은 병사들에 의해 회수되었다. 무리들 중 연장자로 보이는 두 사람이 병사들의 인도로 계단을 올라왔다. 군수와 대장이 그들을 맞았다.

"새벽에 막사 주위에 뿌려진 글을 보고 왕 행수라는 인물의 정체를 알게 되었습니다. 글의 내용에 공감하는 사람이 적지 않았습니다. 우리는 그런 사람과 도저히 함께할 수 없습니다. 차라리 고향에 돌아가겠습니다."

"지금 그쪽 진중의 분위기는 좀 어떻소?"

"마음을 정하지 못하고 동요하는 사람들이 늘고 있습니다. 때문에 오늘 내일 사이로 왕 행수가 무마하기 위해 공격을 벌일 가능성이 있고, 경우에 따라 비상수단을 쓸 가능성도 있습니다."

"비상수단이라니요?"

"막다른 골목에 몰리는 심정이 되면 최후의 수단으로 보상報賞 작전을 쓸 가능성도 있습니다. 즉 순무와 군수의 목에 큰 현상금을 거는 겁니다. 우리 대부분은 가난과 기아에서 촉발되었기 때문에 돈의 유혹은 무시할 수 없지요."

군수는 무리들에게 임시 거처를 마련해 주라고 지시하고는 순무에게로 향했다. 멀리 반란군들 진 쪽에는 확실히 어제와 같은 질서가 보이지 않고 있었다. 인원도 오히려 어제보다 줄어든 듯했다. 그래도 많은 숫자여서 쉽게 그 세가 꺾일 것 같지는 않아 보였다. 그들은 서서히 좌우로 정렬하고 있었다.

"저 사람들에게 행수가 돈을 뿌렸는지도 모릅니다. 다급해지면 무슨 짓인들 못 하겠습니까?"

동용이 내내 그쪽을 바라보다 무심코 중얼거렸다. 문득 성내 쪽을 바라보니 주민들이 쌓아놓은 돌들을 성벽 위로 운반하고 있었다. 간간이 크지 않은 보따리들도 있었다. 그 보따리들은 장작불이나 모닥불 등에서 타고 남은 재들을 모은 것이며, 성벽을 기어오르는 반란군들에게 뿌려 눈을 못 뜨게 하려는 것이라 했다. 누각 주변에는 기름통들도 속속 모여들었다. 성문을 부수려는 충차衝車 같은 것에 끼얹으려는 모양이었다.

대충 운반을 마친 주민들은 곳곳에서 각기 손에 농기구나 죽창같은 것을 들고 대오를 짓고 있었다. 주민들의 전반적인 열기로 봐서 반란군과의 전투는 승부를 예측하기 쉽지 않아 보였다.

이때였다. 갑자기 성벽 위에 도열해 있는 병사들 사이에서 함성이 터져 나왔다. 무슨 일인가 싶어 주변을 둘러보자 성벽 앞쪽 그리 멀지 않은 곳에 기다란 장막이 펼쳐져 있었고, 붉은색으로 커다란 글씨가 쓰여 있었다. 자세히 바라보니 다음과 같았다.

순무의 목을 가져오는 사람에게 금괴 2상자, 군수와 대장의 목을 가져오는 사람에게 각각 금괴 1상자 – 왕리산 행수

군수는 순무를 찾아 누각 앞쪽으로 향했다.

"왕 행수가 발악을 하는군요."

순무도 장막을 바라보고는 어이가 없는지 헛웃음을 웃으며 자기 목을 쓰다듬었다.

"내 목이 그렇게 비싼 건지 미처 몰랐군."

잠시 후 대장이 10여 명의 건장한 병사들을 끌고 올라왔다. 병사들은 반씩 양쪽으로 나뉘어져, 계단의 맨 위에 서서 무기를 들고 누각의 입구를 차단했다. 경호원인 셈이었다. 사태는 어떻게 전개될 것인가. 모두 초조하게 지켜보고 있는 가운데 갑자기 멀리서 함성이 들려왔다. 반란군들이 몰려오기 시작하는 것이었다. 병사들은 일순 당황했으나 곧 전투태세를 갖추었다. 군수는 몸을 돌려 주민들을 향해 소리쳤다.

"여러분! 적군들이 몰려오고 있습니다. 성벽 위로 올라와 주십시오."

아래에서 열을 이루고 있던 주민들도 각자 무기들을 휘두르며 계

단 쪽으로 달려들었다. 반란군들이 성에 가까이 다가오자 대장은 칼을 치켜들고 명령을 내렸다.

"발포하라!"

그러자 일제히 포문이 조준되고 곧 꽝음과 함께 포탄들이 허공을 날아갔다. 군데군데 포탄이 터지면서 반란군의 기세는 주춤해졌다. 그러나 물러나지는 않았다. 우리 쪽 대포들은 또다시 불을 뿜었고, 반란군은 포탄을 피하기만 할 뿐 후퇴하지는 않았다. 오히려 궁수들을 앞세워 반격을 시도하기도 했다. 대포는 한 차례 더 불을 뿜었다.

"아마 적군은 우리 대포의 사정거리와 포탄 개수까지 알고 있는 듯합니다. 사실 우리도 더 쏠 능력도 없습니다."

군수가 순무에게 털어놓는 얘기가 바람결에 얼핏 들렸다. 유서 깊은 고도이자 절강성의 성도인 항주성의 대포들이 이 정도밖에 되지 않는다는 것은 씁쓰레한 느낌을 안겨 주었다. 사정거리도 짧은 데다 포탄도 겨우 몇십 발에 불과하다니. 이런 능력으로 항주를 어떻게 지켜낸단 말인가. 내전에서도 그렇지만, 만약에 양인들이 항주를 약탈할 심산으로 신식 대포를 앞세워 공격한다면 어떻게 감당할 것인가. 국가 사이에서 정의가 어디 있단 말인가. 약하게 보이면 공격하고 뺏으려 하기 마련인 것이다.

반란군들은 포탄 발사가 중지되자 기미를 알아챘는지 다시 함성을 지르며 공세로 전환했다. 앞쪽에는 사다리, 방패, 무기를 든 장정들이 달려왔고, 뒤쪽에서는 장총長銃과 화살을 쏘며 엄호를 개시했다. 총은 위력은 있었으나 수량이 많지 못해 접전에 영향력을 발휘할 정도는 되지 못했다.

반란군들이 성벽 아래로 다가오자 성벽 위에서도 화살이며 돌들이 쏟아졌다. 주민들도 성벽 위에서 돌들을 던져대고 고함을 지르며 농기구들을 휘둘러댔다. 곧 성벽 위와 아래는 일대 아수라장으로 변해 비명이 난무하고 피가 튀었다. 나는 자신도 모르게 관군과 한통속이 되어 칼을 휘둘러댔으나, 동용은 어디에 있는지 보이지 않았다. 그러나 분명 어느 한 곳에서 자기 역할을 톡톡히 해내고 있을 것이었다. 이런 현장에서 충분히 두각을 나타낼 인물이었기 때문이다.

이때 한 무리들은 성문을 공격하고 있었다. 이른바 충차라하여, 앞쪽을 뾰쪽하게 깎은 커다란 통나무를 앞세워 성문을 향해 돌진하는 방식이었다. 충차들의 공격을 방지하기 위해 흔히 해자垓字 위에 놓인 다리를 거둬들인다고 들었는데, 어찌된 일인지 여기 다리는 그대로 있어 충차가 막무가내로 밀고 들어왔다. 전쟁 없이 평화로운 나날들이 계속되자 해자도 메워지고 다리도 고장나버린 모양이었다.

만약에 반란군들이 왕 행수가 들여온 대포를 그대로 사용할 수 있었다면 어떻게 되었을까. 성문은 수월하게 부서지고 성벽들도 파괴되어 판세가 어떻게 달라졌을지 모른다. 새삼 대포의 화약통을 폭파시켜 버린 게 장한 일이었다고 생각되었다.

충차 위로 화살과 돌들이 쏟아졌으나 위쪽이 널빤지로 되어있어 반란군들은 아랑곳하지 않고 돌진하여 통나무의 앞쪽을 성문에 부딪쳐댔다. 그러자 기름통들이 충차 위로 던져졌고, 횃불들이 날아갔다. 충차는 불길에 휩싸였다. 불길이 점차 거세지자 반군들은 다리 옆으로 굴러버리고, 뒤쪽에 있는 다른 충차로 달려갔다.

성벽 군데군데에서는 여전히 살벌한 접전들이 벌이고 있었다. 무기들 부딪는 소리와 비명들이 난무하고, 곳곳에서 연기가 피어오르고 있었으나, 시간이 갈수록 반란군들이 밀리고 있었다. 상대는 정규 훈련을 받은 병사들과 완강한 저항 의지를 가진 주민들이어서, 위세를 앞세워 공격했던 반란군들이 실전에서 취약함을 드러내고 있었다.

반란군들의 공격은 점차 약해지고 있었다. 성문도 뚫리지 않았다. 충차 2대는 불에 탄 채 나뒹굴었고 1대만 남아 있었다. 결국 반란군들의 공격은 중지되었다. 반란군들은 성 아래쪽에 모이기 시작하더니 이윽고 일부가 방향을 돌려 돌아가기 시작했다. 그러자 점차 동조 세력이 늘어났고, 이윽고 모든 반란군들이 발걸음을 돌려 자기들 진지로 향했다.

성벽 위 병사와 주민들은 양팔을 치켜들며 환호성을 올렸다. 그러나 나는 동용이 보이지 않아 기뻐할 수만은 없었다. 생각 끝에 군수를 찾기로 했다. 그가 알고 있을지도 모른다고 생각했기 때문이다. 군수에게로 달려가 손바닥에 한자를 써가며 동용의 행방을 묻자, 빙그레 웃으면서 곧 알게 될 거라고만 했다. 아마 별도의 임무를 부여받은 듯해서 일단 안심이 되어 더 이상은 묻지 않았다.

도주하는 왕 행수

늦은 오후, 멀리 반란군의 진용은 다시 모양을 갖췄으나 규모는 많이 축소되어 있었다.

그러나 아직도 상당수가 자리를 지키고 있는 것으로 보아 쉽게 물러서려는 것 같지는 않았다. 아마도 야간 기습 공격을 계획하고 있는지도 모른다.

그런데 갑자기 성내 아래쪽이 시끄러워졌다. 바라보니 서쪽에서 말을 탄 병사들이 두 줄로 앞장을 서고 있었고, 그 뒤로 한 대의 마차가 따라오고 있었다. 누각 쪽으로 가까이 다가오자 누군가가 소리쳤다.

"왕 행수가 붙잡혔다!"

그러자 분위기는 크게 수런거렸다. 주민들이 마차 쪽으로 달려들자 병사들이 마차를 에워쌌다. 이때 병사들의 대열 끝에 동용이 있는 것을 보았다. 그는 왕 행수의 체포조에 가담했던 것이었다. 나는 계단을 뛰어 내려갔다. 마차가 누각 아래서 멈추자 병사들은 이중 삼중으로 마차를 에워쌌다. 잠시 후 마차 문이 열리고 양손이 묶인 왕 행수가 모습을 나타내자 주민들은 고함을 지르고 욕설을 내뱉었다. 병사들은 달려드는 주민들을 제지하고 행수를 호위하여 계단을 올라갔다. 동용은 말에서 내려 고삐 묶을 곳을 찾다가 내가 부르자 깜짝 놀라며 돌아보았다.

"어떻게 된 거야?"

"군수님으로부터 갑작스럽게 제의를 받아서 체포조에 합류했습니다. 생원님은 병사들과 함께 있어서 미처 보고를 드리지 못했습니다."

"왕 행수는 어떻게 붙잡았어?"

"군수의 명령을 받고 동문으로 몰래 빠져나가 전단강 나루로 향했습니다. 반란군들이 패배할 경우에 대비해서 지키고 있으라는 것이었습니다. 왕 행수는 승산이 없다면 도주할 것인데, 그 곳이 가장 유력한 장소라며 도주해 오면 체포해서 압송하라 했습니다. 뜻밖에도 오후에 그가 가신들에 둘러싸여 나타나더군요. 그렇게 쉽게 포기할 줄은 몰랐지만 우리는 접전 끝에 가신들을 제압했습니다. 행수를 사로잡은 후 나루에서 배를 타고 남문 밖까지 와서 호송해 왔습니다."

남문 밖은 전단강과 닿아 있다고 누구에겐가 들은 적이 있다. 그러나 왕 행수라는 인물을 이처럼 수월하게 체포하게 되리라고는 진정 생각지 못했다. 그러기에는 순무와 군수 등 지도자의 선견지명과 체포조의 용맹이 완벽하게 결부된 결과일 것이었다. 아무튼 나로서는 양쪽 다 존경스러울 뿐이었다.

동용과 나는 계단으로 향해 누각으로 올라갔다. 군수는 동용을 보고 반갑게 악수를 건네며 어깨를 두드렸다.

"수고했소. 장사의 무용에 대해서 칭찬들을 많이 하더이다."

"아닙니다. 다른 분들이 수고하고 저는 그저 수발이나 했을 뿐입니다."

순무는 이미 반란군들에 보낼 격문을 작성해 놓고 있었다. 한번 검토해 보라며 내게 건네, 제가 무슨 검토냐며 사양했으나 기어이 쥐여주는 것이었다.

왕리산 행수는 현재 체포되어 우리 수중에 있다. 전황이 불리하게 돌아가자 혼자만 살겠다고 전단강 나루터에서 도주하려다가 우리 병사들에게 붙잡힌 것이다. 그에게 더 이상 기댈 것은 없다.

이제 모두 자기 고향으로 돌아가라. 순순히 해산한다면 이제까지의 죄는 묻지 않겠다. 다만 고향으로 돌아가서 진정으로 나라와 백성을 위해 어떻게 해야 할 것인지 심사숙고해보기 바란다. 반란만이 능사는 아니다. 왕 행수를 보다시피 섣부른 반란은 오히려 사악한 세력에게 이용만 당할 뿐이다.

나라가 도탄에 빠져있긴 하지만 조정에만 모든 책임을 돌리는 것도 잘못된 것이다. 시련을 극복하는 데는 모든 사람들의 지혜와 힘이 모아져야 하며, 불만 사항이 있을 때는 정당한 해결방식을 모색해야 한다. 모두 지금 즉시 짐을 꾸려 고향으로 돌아가라.

나는 격문을 되돌려주며 공손하게 말했다.

"훌륭하십니다. 더 이상 더하거나 뺄 게 없을 것 같습니다."

격문의 효과 때문이었는지, 아니면 왕 행수의 체포 때문이었는지 반란군들의 밤이 지나고 다음 날 오전이 되어도 재공격은 없었다. 그들의 진지는 차츰 규모가 줄어들다가 이윽고 모두 흩어지고 말았다.

이틀 후, 우리는 순무의 초대를 받았다. 장소는 서호 주변의 커다란 음식점이었는데, 입구에 '서호대주점西湖大酒店'이라는 대형 간판이 해서체楷書體로 쓰여 있었다. 순무, 포정사, 안찰사 등 항주부의 고위 관리들은 미리 와서 자리 잡고 있었고, 우리가 들어서자 반갑게 맞아 주었다. 이번 반란을 제압한 자축연인듯했다. 이미 탁자 위에는 여러 음식들이 차려져 있었는데, 중국 음식 특유의 기름지고 자극적인 냄새 때문에 숨이 다 막힐 지경이었다.

순무는 우리를 굳이 자신의 옆자리에 앉게 하고, 술까지 따르며 대우를 아끼지 않았다. 주변에는 모두 살집이 좋고 연륜도 있어 보이는 고위 관리들뿐인데, 젊은 우리가 자리를 함께 하여 과분한 대우를 받게 되니 쑥스럽기까지 했다.

"너무 이러지 마십시오. 저희들이 무슨 공이 있다고…"

"하하. 이번에 큰일 하셨습니다. 사실 반란군 세력들이 몰려왔을 때 우리도 엄두를 내기 힘들었습니다. 숫자 자체도 많은 데다, 왕 행수를 끼고 있어 많이 당황했습니다. 만약에 그들이 양인들의 대포를 가지고 있었다면 결과가 어떻게 되었을지 모릅니다. 그렇지만 미리 미끼를 제공해 주어 대포를 저지할 수 있었고, 두 분이 지혜와 용기를 발휘하여 결과적으로 승리를 쟁취하는데 견인차 역할을 했으니 큰 공을 세우신 것입니다."

그러자 주위에 있던 관리들도 동감을 표하며 박수를 치기도 했다.

곧 술과 얘기들을 나누며 화기애애한 분위기가 되었다. 순무는 잠시 잠잠해졌을 때 다음과 같은 얘기를 꺼내기도 했다.

"곧 항주부에서 북경으로 가는 배가 있습니다. 조정에 올리는 몇 가지 공문서들과 이번 사건의 전말을 기록한 문서들을 가지고 가는 배인데, 그 배를 함께 타고 가시면 되겠습니다. 그리고 북경에 가면 공자진龔自珍이라는 사람을 만나 보십시오. 나와는 가끔씩 편지를 주고받는 사이인데, 세상 형편을 아는데 있어서나, 요즈음 학문의 조류를 살피는데 있어 도움이 될 것입니다. 내가 소개서를 써 줄테니 만나서 보이면 반가워할 것입니다."

"너무 과분한 대접을 받는 것 같아 몸 둘 바를 모르겠습니다."

이때 한쪽 벽면이 소란스러워지며 커다란 휘장이 걷혔다. 그러자 사방에 촛불이 켜진 무대 같은 곳이 나타났는데, 벽에는 산수화 그림이 그려져 있고, 왼쪽에는 의자가 하나 놓여있었다. 잠시 후 진한 화장에 머리를 온통 꽃으로 장식하고, 몸에는 화려한 무늬의 흰색 옷을 입은 여인이 부채를 들고 사뿐사뿐 걸어 나왔다.

"저게 곤극昆劇이라는 극이지요. 원조는 소주蘇州 곤산현崑山懸에서 시작되어 소주의 대표적인 극으로 알려져 있지만, 인기가 좋아 항저우나 상하이에서도 공연되고 전문 배우들이 있습니다."

우리 조선의 창극唱劇 같은 것인 모양인데, 음식점 한쪽에 무대를 만들어서 공연을 하는 게 이채로웠다. 그런데 더 이채로운 것은 그 목소리였다. 간드러진다고 하기도 그렇고, 무슨 동물 소리라고 하기도 그렇고, 아무튼 사람소리 같지 않은 소리로 자신의 애절한 감정을 표현하는 듯했다. 우리 춘향이나 심청이가 불우했던 운명의 한恨을 터뜨리는 것 같은 내용인 모양인데, 나로서는 잘 와 닿지 않았다. 그러나 중국인들은 다같이 공감하고 좋아하기에 이 자리에서도 공연할 것이었다.

후에 나는 이 곤극이 모란정牡丹亭이라는 극이며, 명나라 탕현조湯顯祖라는 사람에 의해 쓰여졌다는 것을 알았다. 꿈속에서 만난 님을 한없이 그리워하는 여인의 심정이 주된 내용을 이루고 있다고 한다.

다음 날, 우리는 아침 일찍 행장을 꾸려 전단강 나루로 향했다. 북경으로 향하기 위해서였다. 나루에 다다르니 곧 순무와 군수도 말을 타고 도착했다.

순무는 내게 공자진이라는 인물에게 보내는 서신과 한 폭의 산수화를, 동용에게는 한 자루의 검을 건넸다. 동용은 두어 번 사양하다가 받았으나 그의 얼굴은 고급스러운 검을 보고 감격한 표정이 역력했다. 순무는 좋은 검이라면 사족을 못 쓰는 그의 심중을 꿰뚫고 있었던 것 같다.

"생각 같아서는 한두 달 더 머무르게 하면서 저장성 구경도 시켜드리고, 학문도 논하고 싶지만 베이징에 가서 할 일이 많다니 아쉽기만 하군요.

무사히 베이징에 가서 여러 서점도 둘러보고, 여러 사람들도 만나보고, 많은 견문을 쌓아 학식과 지혜의 폭을 넓히기 바라오. 베이징은 나라 전체의 실정을 살펴볼 수 있는 곳이고, 통치기관인 조정이 있는 곳이기 때문에 보고 느끼는 게 여기와는 비교가 되지 않을 것이오. 또한 학문의 추이나 새로운 사상의 경향도 바로 가까이서 접할 수 있는 곳이기도 하지요. 가서 많이 보고 배워서 조선으로 돌아가, 사회 기풍을 진작시키고 나라 살림에 보탬이 되는 방안을 찾아보도록 하시오.

"감사합니다. 저희들에게 베풀어주신 환대에 그저 감읍하기만 할 따름입니다. 생각 같아서는 순무님과 연락을 나누며 어른으로 모시고 싶지만 제가 조선 사람이라는 게 아쉽기만 합니다. 말씀하신 대로 베이징에 가서 많은 견문을 쌓겠으며 조선에 가서 혹시라도 순무님과 소통할 방안을 강구해 보겠습니다."

대운하 풍경

우리의 대운하 여정은 시작되었다. 이른바 경항대운하京杭大運河라 하여 북경에서 항주까지 이어지는 대운하를 거슬러 올라가는 길이다. 그러나 이 운하 길은 내가 처음이 아니다. 일찍이 조선인 최부崔溥라는 인물이 거쳐 갔고, 그 기록을 표해록漂海錄이라는 탁월한 저서로 남겼다.

대략 300년 전인 성종成宗 임금 때, 추쇄경차관推刷敬差官이라는 직책으로 도망친 범법자들을 추포하기 위해 제주도에 갔던 그는 부친 사망 소식을 듣고 급히 육지로 향한다. 그러나 항해 도중 심한 풍랑을 만나 중국 동해를 정처없이 떠다니다 결국 중국 절강성 영파寧波라는 곳까지 다다른다. 그는 그곳에서 42명의 부하들과 함께 소흥蘇興을 거쳐 항주에서 대운하를 타고 북경까지 다다르고, 북경에서 다시 육로로 조선으로 향해 마침내 전원이 무사히 한양에 입성한다.

표해록은 이 인원들의 6개월 남짓 되는 대장정의 기록이다. 그러나 그 과정이 순탄치만은 않아서 항해 중 해적들을 만나 죽을 고비를 넘기기도 했고, 육지에 내려서는 그 무렵 연안 지역을 분탕질하던 왜구倭寇로 오인 받아 주민들에게 죽지 않을 만큼 얻어맞기도 했다. 그러나 그 와중에서도 최부는 모든 과정을 세세히 기록하고 기억에 저장하여 표해록이라는 대작으로 남길 수 있었다. 이 책은 당시 성종 임금을 비롯한 조정 중신과 문사들의 찬사를 받았고, 조선 사대부의 뛰어난 저작물 중의 하나로 이름을 올리게 되었다.

실제로 책을 살펴보면, 그저 평탄한 여건에서 유람을 하면서 써도 이 정도까지 쓸 수 있을까 싶을 정도로 기록 정신에 투철했다. 또한 갖은 역경이나 낯선 환경에 처하면서도 조선 유생儒生으로서의 기개와 자부심을 끝내 잃지 않고 있다.

내가 이 책을 접했을 때는 20대 초반이었는데, 그때만 해도 너무 낯선 곳들의 생소한 얘기들이어서 그저 한 차례 훑어보고는 언제 다시 읽어봐야겠다고 생각하고 한쪽에 밀쳐두었던 기억이 난다. 그런데 전혀 예상치 못하게도 내가 비슷한 우여곡절에 처해 같은 노선을 걷게 된 것이다. 운명이 이렇게 전개될 줄 미리 알았더라면 그때 좀 더 관심을 갖고 세세하게 읽어두었을 것을…하는 생각에 후회가 샘솟기도 했다.

항주 운하 길은 어디나 늘어선 배들로 저잣거리처럼 북적거렸다. 농산물을 비롯한 각종 물품들을 싣고 북경으로 향하는 조운선漕運船, 공무를 수행하는 관원들이 타고 있는 관선官船, 서민들이 상거래를 위해 여러 산물들을 싣고 분주히 오가는 상선들이 있는가 하면 간간이 피부색이 거무튀튀한 사람들이 타고 있는 색다른 모양의 배들도 있었다.

그들은 중국의 아래쪽에 있는 나라들에서 조공朝貢을 바치러 오는 배들이라고 했다. 각양각색의 돛과 차양遮陽들로 배를 화려하게 장식하여 첫 눈에도 이국의 배라는 것을 알아볼 수 있었다.

운하의 수로水路의 폭은 한계가 있고 배들이 밀집하다 보니, 자연히 서로 부딪치면서 신경전이 벌어졌고 고성들이 오갔다. 때문에 늘 시장바닥처럼 소란스러웠으나 관선에게 만은 함부로 시비를 걸지 않았다. 관청의 깃발이 걸려 있다는 것은 이곳에서도 상당한 영향력을 발휘했다. 어찌 됐든 배를 타고 물길을 간다는 것은 육지에서 가는 것과는 비교가 안 되게 편리한 길이었다. 그리고 육로처럼 길이 구부러지거나 돌아가지 않기 때문에 거리도 많이 단축할 수 있었다. 그러나 무엇보다도 뛰어난 점은 운하 양쪽의 색다른 경치를 감상하며 갈 수 있다는 것이었다.

화려한 모습의 음식점과 점방店房들, 한껏 치장한 기녀들이 밖을 향해 요염한 웃음을 던지며 유혹하는 기루妓樓들…. 이들 상점 앞에 내건 커다란 종이 등燈들은 밤이면 일제히 불을 밝혀 양쪽으로 긴 띠를 이루고 있다. 여기에 갖가지 기름진 음식 냄새들과 악기, 노랫소리들은 마치 별천지에 온 것 같은 느낌이 들게 했다.

항주 외곽으로 나서자 창에 박쥐나 용 문양을 한 누각 같은 집들이 나타났고, 아직도 지지 않은 유채꽃들이 노란 자태로 마지막 향기들을 내뿜고 있었다. 운하 곳곳에는 배들이 쉬어가는 역들도 있었다. 흔히 수역水驛 또는 역참驛站이라고 했는데, 이곳에서는 공무를 수행하는 배나 조공선들에게 식량과 찬거리를 제공하기도 하고, 밤이면 자고 갈 수 있는 집들이 있기도 했다. 대개의 경우 병사들이 있어 오가는 선박들을 점검하기도 했다.

그러나 역마다 검사라는 명목으로 뇌물을 요구하는 경우가 적지 않다고 했다. 특히 아무런 배경도 없는 서민들 상선이 표적이어서, 그들은 횡포를 견디다 못해 운하를 타지 않고 아예 바다를 돌아 북경까지 가기도 한다는 것이었다. 바닷길은 멀 뿐만 아니라 풍랑이 있고 해적들이 출몰하기도 하는 곳인데, 상선들이 굳이 그곳을 택한다는 것은 부패의 정도가 어느 정도인지 가늠해 볼 수 있게 하기도 했다.

운하는 저마다 다른 목적을 가진 배들로 붐볐지만 그래도 서열이 있게 마련이었다. 우선순위는 조운선, 조공선, 관선, 상선 순이었지만, 관선들도 품계가 높은 경우에는 순위를 무시하기도 했다. 그들은 배의 이물 쪽에 깃발을 세워 자신들의 직위를 알리기도 했고, 때로는 북소리, 징소리 등으로 힘을 과시하는 경우도 있었다. 따라서 서민들의 상선만 애꿎게 밀리기 마련이었다.

운하의 수위水位는 비교적 평탄했지만 지세地勢에 따라 높낮이가 다른 곳이 생겨나기 마련이었다. 이런 경우 패壩라는 것과 갑閘이라는 이름의 시설을 만들어 해결하고 있었다. 패란 배들을 밧줄로 묶어 수위가 다른 위쪽으로 올리거나, 아래쪽으로 내리는 것을 말한다. 이때 줄을 끄는 관원들을 견부牽夫라고 하는데, 배가 좀 크면 소牛를 동원하기도 했다. 갑이란 갑문閘門을 만들어 여닫으면서 상하 간의 수위를 조절하여 배를 상행上行할 수 있게 한 것으로, 인간의 뛰어난 지혜가 발휘된 시설이었다. 그러나 배는 많고, 갑문을 여닫는 데 시간이 걸릴 수밖에 없어서 때로 며칠씩 기다려야 하기도 했다.

특히 지대가 높은 곳은 산둥성 지역으로, 자연히 곳곳에 많은 갑문이 설치되어 있었다. 그 때문인지 무사한 운항을 기원하기 위한 사묘祠廟도 도처에 세워져 있었다. 사묘 안에는 용왕이나 마조 여신이 모셔져 있다고 했다. 여신을 모신 곳은 천비궁天妃宮이라 한다는데, 이전까지는 마조를 바다의 선원들만 모시는 것으로 알았다가 강 주변에서까지 폭넓게 숭배되는 것을 알게 되었다.

그러나 운하에서 가장 기억에 남는 것은 뭐니 뭐니 해도 주변 풍경이었다. 특히 소주, 양주 같은 물길의 요충지는 오색찬란한 건물과 화려한 상품들, 북적이는 사람들로 마치 딴 세상에 온 것만 같았다. 배들이 붐비는 역참에는 소금, 비단, 쌀, 철을 비롯한 각종 하물들이 연이어 배에 실리거나 부려지고 있었으며, 이들을 운반하는 사람들이나 호객꾼들로 들끓어 어떤 때는 귀가 멍멍하고 정신이 아득할 지경이었다.

그런가 하면 또 다른 곳은 대형 정원들이 이어져 있기도 했고, 태호太湖, 수서호水西湖 같은 호수는 바다처럼 펼쳐져 끝을 가늠하기 어렵기도 했다.

또한 운하 곳곳에는 수많은 다리들이 걸쳐져 있어 정취를 더하게 했다. 무지개처럼 둥근 다리라 해서 흔히 홍교虹橋라고도 불리는 다리들도 분명 운하가 빚어낸 또 하나의 풍물이었으며, 해거름 때나 야경이 꽃처럼 화사한 밤에는 많은 사람들이 다리를 오가며 풍경을 즐기기도 했다.

물론 운하를 만든 목적은 그 효용과 편의 때문이었을 것이다. 그러나 운하는 더불어 많은 미美를 창조하고 사람들의 감성을 일깨워 주었을 것이다. 미도 기술이 발전하고 문명이 개화함에 따라 색다른 형태로 발전해 갈 것이다. 차후로는 기술의 진보가 더 빨라질 것이기 때문에 어떤 미가 어떤 방식으로 생겨날지 알 수 없다. 문득 겸재謙齋 정선 같은 화가가 이 운하를 지나가게 된다면 어떤 느낌을 갖게 되고 어떤 작품을 내게 될까 하는 생각이 스치기도 했다.

고대 수隋나라 양제煬帝 때 본격적으로 완공되어졌다는 대운하는 국가의 효율적인 통치를 위해 시작되었다고 한다. 풍요한 남쪽 지방에서 북쪽으로 양곡을 수월하게 실어 날라 나라 살림을 안정시키고, 북쪽 조정朝廷의 정책과 군대 등을 빠르게 이동시켜 권력을 강화하기 위해 만들어졌을 것이다. 또한 긴 운하길 도처에서 거두어들이는 세금도 나라 살림에 커다란 보탬이 되었을 것임은 불문가지이다. 때문에 운하는 역대 왕조가 드넓은 대륙을 통치하는데 있어서나, 발전과 번영을 이루는데 있어서 막중한 역할을 해왔을 것임은 두말할 나위가 없다.

이에 비해 또 하나의 대역사였던 북방의 만리장성은 어떠했는가. 엄청난 희생만 들였을 뿐 북방의 침략자들을 막아내지도 못했고, 후손들에게 별다른 도움도 되지 못했다. 그야말로 인간이 저지른 가장 어리석고 우스꽝스러운 공사가 되고 만 것이다. 물론 세세한 부분을 따지자면 도움이 되었던 측면도 없지 않아 있겠지만, 수많은 인력을 동원하여 축성한 목적은 북방 오랑캐들의 침략을 저지하여 나라의 안정을 도모한다는 것이 아니었는가. 그러나 그 후로도 대국의 영토는 여전히 북방민족들의 침략을 받았고, 아예 금金, 원元, 청淸 등의 이민족

나라까지 허용하고 말지 않았는가.

이에 비하면 대운하는 후손들에게 남겨준 귀중한 유산이 아닐 수 없는 것이다. 나라를 이끌어가는 권력자들에게야 두말할 것도 없겠지만, 서민들에게도 운하의 역사役事는 많은 지혜를 일깨워 주고, 기술력을 발전시켜 주고, 결단력이나 용기를 부추겨 무엇이든 해낼 수 있다는 자신감을 부여했을 것이다. 또한 그동안 거의 단절되다시피 했던 북방과 남방의 각종 문화, 생활 풍습, 역사의식 등을 소통하게 하여 통합과 일체감을 부여하기도 했을 것이었다.

다만 가슴 아픈 것은 이처럼 엄청난 공정이 선대 사람들의 값비싼 희생 위에 이루어졌다는 점이다. 대운하에 투입된 인원은 만리장성 축조 공정보다 오히려 많았다고 하며, 평균 2명 중 1명이 죽음을 맞았다니 얼마나 난공사였는지 짐작하기조차도 쉽지 않다. 결과적으로는 후손들에게 막중한 유산을 물려주게 되었지만, 선조들은 공사 당시 어떤 생각들을 했을까. 후손들을 위한 임무라고 생각했을까, 아니면 그저 피치 못해 동참했을 뿐이었을까…

우리는 마침내 대운하의 마지막 역참이 있는 장가만張家灣에 이르렀다.

옛적 장씨 성을 가진 만호(萬戶: 직책명)의 영역이어서 명명되었다는 이 만에는 운하를 통해 올라온 배들뿐만 아니라, 발해만의 직고해直沽海라는 바다에서 천진天津을 거쳐 올라온 해선海船들도 있어 바다라기보다는 마치 대형 시장같기만 했다.

특히 거대한 대나무 숲처럼 늘어선 돛대와 깃대들, 기둥과 들창까지 갖춘 뱃전 위의 집들, 각양각색의 하물들, 북적이는 사람들은 이곳을 하나의 성읍城邑이라 불러도 손색이 없을만큼 장관을 이루고 있었다.

장가만에 집적된 하물은 육로와 수로 양쪽으로 북경에 운송되고 있었다. 육로는 팔리교八里橋라는 다리를 건너 대통로大通路라는 거리를 지나 조양문朝陽門이라는 성문으로 향하는 길이고, 수로는 백하白河, 또는 백수하白水河라는 강을 통해 동변문東邊門 대통교 항구까지 운반하는 길이었다. 수로에 비해 육로가 절차가 까다롭기는 했지만 수로는 많은 배들 때문에 복잡하기 그지없어 대부분 수레를 이용한 육로 운송 방식을 택했다.

우리도 자연스레 수레를 이용했다. 수레는 두 마리의 말이 끌고 있었는데, 바닥 위에 가마를 얹어놓은 것 같은 모습이었다. 안쪽은 생각보다 넓어 4명이 행장을 뒤쪽에 쌓고서도 앉을 수 있었다.

길은 어른 걸음으로 10보나 될 정도로 넓었고, 다듬은 돌로 덮여져 있어 수레바퀴들이 지나가면서 내는 소음들로 정신을 못 차릴 지경이었다. 여기에 말을 타고, 혹은 끼리끼리 무리 지어 걷는 행인들까지 더해져서 대로는 마치 저잣거리처럼 북적였다. 그래도 일정한 질서가 있어 뒤엉키거나 소동이 벌어지지는 않았고, 화려한 차림으로 신분이 높아 보이는 수레나 마상馬上 귀인에게는 길을 양보하는 모습 등은 우리 조선이나 다름이 없었다.

우리는 해가 저물 녘에야 가까스로 성안에 진입할 수 있었다.

다음 날 장거리의 여독 때문에 느지막하게 자리에서 일어난 우리들은 숙소에서 아침을 챙겨 먹고 거리로 나섰다. 아직 오전인데도 거리는 수레와 말, 오가는 행인들로 붐벼 잡다한 소리들로 귀가 멍멍했고, 옆 사람과 얘기를 나누기도 힘들 지경이었다. 길 양쪽에는 화려하게 치장한 점방들이 늘어서 있었고, 생전 처음 보는 물건들도 많아 항주와는 또 다르게 감탄을 불러일으켰다.

우리는 항주부터 함께 온 순검巡檢과 종사관 뒤를 따라 정신없이 걷다가 이윽고 대형 누각 앞에 다다랐다. 여전히 거리는 인파들로 북적거렸으나 순검은 누각 아래 오른쪽에서 말에서 내려 의관을 가다듬었다. 순간 작별하려는 것이구나 하는 생각이 뇌리를 스쳐 갔다.

"이 문이 정양문正陽門이라는 문입니다. 북경의 외성外城에서 내성內城으로 들어가는 문이지요. 우리는 이 문으로 들어가 조정에서 공무를 봐야 합니다."

"덕분에 긴 운하 길을 무사히 잘 왔습니다. 먼 타국의 나그네를 분에 넘치게 환대해 주셔서 은혜를 뭐라 말씀드려야 할지 모르겠군요."

"별말씀을요. 어차피 해상에서 조난당한 이방인들에게 우리 청국은 무사히 귀국할 수 있도록 모든 조치를 다 하고 있습니다. 게다가 조선은 유교를 숭상하며 학문이 발달한 나라여서 모두 좋게 생각하고 있습니다."

순검은 갑자기 관복 허리춤에서 주머니를 하나 꺼냈다.

"이것은 순무님께서 특별히 노잣돈에 보태라고 드리는 것입니다. 받으시지요."

"저희들이 환대를 받은 것만 해도 그지없이 고마운 일인데 돈이라니요. 저희는 받을 수 없습니다."

"아닙니다. 지난번 왕 행수의 반란 때 두 분은 큰일을 하셨습니다.

두 분이 아니었더라면 어떤 결과가 되었을지 아무도 장담 못 합니다. 순무님께서는 고마움을 잊지 않고 계시며, 작은 성의로 드리는 것입니다."

나는 마지못해 받았고, 동용에게 눈짓을 하자 재빨리 봇짐에서 2개의 상자를 꺼냈다. 이때를 대비해 미리 준비해 둔 것이었다.

"여비를 조금 넣었습니다. 변변치 못하지만 두 분에 대한 저희 성의로 알고 받아주시지요."

두 사람은 한번 사양하다가 받았다.

"여기서 가까운 거리에 유리창 거리가 있습니다. 조선의 사신들도 자주 방문하는 도서圖書 골목이지요. 또한 여기서 서쪽으로 가다 보면 사거리에 첨운패루瞻雲牌樓가 있는데, 그 부근에 서관西館이라는 숙소가 있습니다. 조선의 사신들이 머무르는 곳입니다. 거기에서 사신들에게 사정 얘기를 하고 도움을 받는 게 가장 현명한 방법일 것 같습니다."

"이렇게까지 신경을 써주시니 정말 몸 둘 바를 모르겠습니다."

우리는 악수를 나누고 헤어졌다. 동용과 나는 순검과 종사관이 정양문 안으로 사라질 때까지 내내 지켜보았다.

북경에 다다르다

유리창琉璃窓은 남쪽으로 5리 정도 거리에 위치해 있었다. 거리의 입구에 유리창이라는 대형 현판이 가로지르고 있어 쉽게 찾을 수 있었다.

조선의 선비들이 생애를 통해 꼭 한번 가보고 싶다는 거리, 그 염원이 서린 북경 서책거리의 첫인상은 생각보다 초라하다는 것이었다. 대로 주변과 같은 화려한 외양도 없었고, 길은 좁은 데다 서책 외에도 갖가지 물건들을 파는 점방들이 길게 이어져 있었다. 점방에는 처음 보는 것들도 많아 어디에 쓰는 건지 도무지 알지 못할 물건들도 있었다.

원래는 이곳에서 유리 빛으로 기와를 구워 궁중에 납품했다고 해서 유리창이라는 이름이 비롯되었다고 한다. 그러나 유리창은 현판 위에만 금자金字로 남아있고, 지금은 북경의 대표적인 문화거리가 되어있다. 점방들은 골목골목 이어져 있어 다 보려면 하루 종일도 부족할 것 같았다. 우리는 다리의 피로도 풀 겸 해서 좀 커 보이는 서점으로 찾아 들었다.

작은 체격에 안경을 쓴 주인은 안쪽에 있다가 나오며 인사를 건넸다. 우리는 조선에서 온 사람이라는 것을 밝히고, 조선에서 볼 수 없었던 책들을 좀 보고 싶다고 했더니, 대뜸 '안녕하시오.' 하고 우리 말로 건네며 반가워했다. 조선 사람들이 잘 찾아오고, 책도 웬만큼 사주는 것 같은 느낌을 갖게 했다.

"이쪽은 경서經書와 사서史書들이고, 저쪽은 근래에 나온 책들이지요. 주로 활자본으로 인쇄된 책들이고, 서양 책들도 다수 번역되어 나와 있습니다."

둘러보니 입구 쪽을 제외한 삼면이 다 책들로 채워져 있었는데, 책장冊欌이 천정까지 닿아 있어 겉보기와는 달리 수량이 만만치 않을 것 같았다. 나는 양서洋書 위주로 살펴보았다. 조선에서 간간이 한 권씩 접하던 것과는 달리 이곳에는 책장 하나가 전부 양서들로 채워져 있었다. 내용도 과학에서부터, 기술, 의학, 정치, 역사 등 여러 분야로 나누어져 있었다. 장정들도 필사본 책들과는 달리 화려하고 깔끔해서 품위가 느껴졌다.

나는 꿀을 찾아드는 벌처럼 정신없이 이 책 저 책을 꺼내 펼쳐 보았다. 원래 나는 좋은 책을 대하면 몸에 전율이 이는 사람이다. 허기진 사람이 먹이를 탐하듯 늘 지식을 탐했고, 새로운 책을 접하면 어떤 내용이 담겨 있을까 하는 흥분으로 곧바로 읽어치우지 않고서는 아무것도 할 수 없는 성격이었다. 더구나 서양의 지식은 이전에 막연히 생각했던 것과는 달리 이미 동양의 수준을 훨씬 능가하고 있었기에, 양서에 대한 집착은 각별할 수밖에 없었다.

　나는 그동안 책을 다뤘던 감으로 좀 괜찮다 싶은 책들은 모두 꺼냈다. 책값이 만만치 않겠지만 항주의 순무가 포상금 조로 준 은자도 있고 해서 주인장과 흥정을 해볼 생각이었다. 동용과 나는 책을 모두 들고 가 주인장과 협상을 벌였다. 주인장은 멀리서 왔고 책도 많이 산다며 깎아주기도 해서 우리 수중에 있는 은자로 어렵지 않게 책값을 치를 수 있었다.

　"왜 이렇게 많은 책을 사시는 겁니까? 혹시 조선에서 서점하시는 분입니까?"

　"아닙니다. 제가 읽어보려고 사는 겁니다."

　그러자 그의 눈이 휘둥그래지며 나를 찬찬히 살폈다.

　"이런 책들을 읽으려 사다니… 아무나 읽는 책이 아닌데…"

　"원래 제가 책을 좋아해서 이것저것 닥치는 대로 잘 읽습니다."

　"그래도, 나이도 그리 많아 보이지 않는데…"

　노인은 시선을 내리깔고 생각에 잠겼다. 단정한 차림으로 돋보기안경을 끼고 있어선지 글줄 좀 읽었을 것 같은 느낌을 갖게 했다. 이때 문득 항주에서 들었던 얘기가 떠올랐다.

　"혹시 공자진이라는 사람 아십니까?"

　"공자진? 책 쓰고 시도 쓰고 그런 사람 말입니까?"

　"그렇습니다."

　"아다마다요. 북경의 젊은이들이 많이 좋아하는 사람이지요. 관직은 변변치 못하지만 학식이 풍부하고, 올곧은 얘기들을 잘 해서 여러 사람들이 따릅니다. 우리 서점에도 그 사람 책이 들어오긴 하는데, 인기가 좋아 금방 동이 나 버립니다."

"선생의 명성은 조선까지도 알려져서 저희들이 한번 찾아뵙고 싶은데요."

"제가 개인적인 친분은 없어서 어디 사는지는 모릅니다. 얘기 듣기로는 지금 예부禮部에 근무한다 하니 그리로 찾아가서 알아보는 게 좋을 듯 합니다."

우리는 뿌듯한 느낌으로 서점을 나섰다. 주인장은 책이 무거우니 숙소만 알려주면 배달해 주겠다고 했으나, 동용은 자루에 넣어 두말없이 어깨에 들쳐 메었다.

눈요기도 겸하며 물어물어 계속 발걸음을 이어가자 마침내 예부禮部를 알리는 커다란 패루가 보였다. 조선으로 돌아가기 위해서는 예부를 거쳐야 하기에 어차피 알아두어야 할 곳이었다. 우리는 정문을 찾아가 방문 목적을 알리고, 공자진과의 면담을 요청했다.

공자진 같은 인물이 과연 조선에서 온 한미한 선비를 만나줄까 하는 기우를 깨고, 퇴청 시간이 되자 그는 다급한 몸짓으로 정문의 대기실에 모습을 나타냈다.

"조선에서 오셨다구요?"

"그렇습니다. 사부의 문명文名이 조선까지 알려져 있어서, 베이징 온 김에 한 번 찾아뵈려고 왔습니다."

그러자 그는 호방한 너털웃음을 웃었다.

"하하하, 문명이라니요. 그저 잡문 좀 끄적거린 것뿐인데. 아무튼 반갑습니다."

그는 나와 동용에게 힘차게 악수를 나누고는 밖으로 잡아끌었다.

호인好人 상이었으나 눈매는 날카로웠고, 고집이 있어 보이는 얼굴이었다.

아직 해는 좀 남아있어서 우리는 가까운 찻집으로 들어갔다. 단골집인 모양인 듯 주인도 반가이 맞았고, 우리는 거리가 내려다보이는 창에 자리를 잡고 앉아 차를 주문했다.

나는 절강성 순무 얘기를 꺼내며 소개장을 보여주자 그는 반가워하며 단숨에 읽어 내려갔다.

"조선에서는 무슨 일 하며 지냈습니까?"

"원래 과거 준비생이었습니다. 초시인 진사 시험까지 통과했으나, 중도 포기하고 학문을 해볼까 하고 들어앉아 책을 읽으며 지냈습니다. 그러다 조선에서는 읽을만한 책도 바닥나서, 새 책도 구입하고 대국의 새로운 문물도 살필 겸 해서 찾아온 것입니다."

"과거는 왜 포기했습니까? 벼슬하는데 가장 확실한 길일 텐데…"

"이런 얘기 하는 것은 사실 누워서 침 뱉기지만 사부는 얘기가 통할 만 한 분이니 말씀드리겠습니다. 조선의 과거는 공정한 선발 과정을 상실해 부정행위도 많고, 막상 합격해도 자리가 없어 몇 년씩 기다리는 경우가 흔합니다. 또한 어렵게 관직을 얻어도 세도가들을 붙잡지 않으면 시골이나 전전하기 마련입니다. 여기에 학문도 몇백 년 동안 주자학에서 벗어나지 못하고 있어 현실과는 맞지 않습니다."

"그래서 답답해서 청국행까지 감행한 것이군요. 사람 사는 세상은 어차피 비슷한 것 같습니다. 그런 사정은 우리 청나라도 비슷합니다. 그나마 조선은 400여 년이나 지났지만 우리 청국은 겨우 200여 년밖에 지나지 않았는데 막장에 다다른 느낌입니다.

우리 과거시험은 답안을 8개의 문항으로 나누어 정해진 방식에 의해 써내야 하는 팔고문八股文 형식으로 치러집니다. 때문에 형식을 익히는 데만 해도 많은 어려움이 따릅니다. 또한 시제試題도 사서오경 내에서만 출제되기 때문에 선비들이 유교에서 벗어날 수가 없었습니다. 선비들에 대한 족쇄는 이뿐만이 아닙니다. 중국 역대 왕조에서 흔히 사용했던 문자옥文字獄으로 선비들을 공포에 떨게 했지요."

"청국에도 문자옥 사태가 있었습니까?"

"오히려 역대 왕조에서 가장 심했지요. 들판에서 가축이나 기르며 살던 여진족들이 중국 전체를 다스리려니 자연 공포 분위기를 조장할 수밖에 없었던 것 같습니다. 한족은 자기들보다 훨씬 오랜 역사를 가지고 있는 데다, 문화도 비교가 안 되게 융성해 있어서 열등감을 가질 수밖에 없었지요. 게다가 인구도 엄청나게 많아 정상적인 방식으로는 통치가 곤란하다고 생각한 것 같습니다. 그래서 먼저 말마디깨나 하는 선비들부터 잡으려고 그들의 시문詩文이나 상소문, 심지어 남들과 나눈 얘기들에서도 트집을 잡기 일쑤였지요. 그래서 반역죄니 대역죄니 등으로 몰아 살상을 일삼고 심지어 일가족까지 참살하곤 했습니다. 자연히 선비들은 조정의 시책에 대해 입을 닫게 되고, 현실을 외면하게 됐습니다.

식자 층이 이렇게 되니 백성들은 더 말할 나위 없겠지요. 그러니 학문이고, 나라 살림이고 발전할 수가 없게 되는 겁니다. 그저 상부의 지침이라면 꽉꽉 엎어지는 비굴한 자세들만 횡행하게 되고, 정통 학문을 한답시고 공자 왈 맹자 왈 시대로 돌아가고 있습니다. 조정에서는 이런 인간들만 늘 곁에 두고 있으니 왕권을 유지하는 데는 도움이 되겠지만 정치는 나락으로 떨어지고 있습니다. 희망도 보이지 않고 달라지는 게 없어요."

"고증학考證學이라는 학문도 그래서 생겨난 것입니까?"

"그렇지요. 선비들이 살길을 찾아 나선 게 바로 고전이었습니다. 원래 경전의 문자와 구절을 충실하게 해석하던 훈고학訓詁學은 한나라와 당나라 때에 성행하던 학문이었습니다. 그런데 송나라와 명나라 때는 주자학과 양명학陽明學에 밀려 힘을 쓰지 못했지요. 그러다 청조에 와서 다시 부활 된 것은 바로 식자 층에 대한 탄압의 결과였습니다. 실사구시의 정신으로 실증적, 과학적 방법으로 고전을 연구하고 정비한다는 고증학풍은 핑계만 고전 연구지, 실상은 현실 도피고 학자들의 생존 수단이었습니다.

선비들이란 어찌 됐든 선택된 사람들입니다. 따라서 모름지기 백성들을 먹고 살게 하고 안전하게 지켜주는 방안을 찾는 것부터 힘을 쏟아야 합니다. 그런데 고리타분한 유교 경전에만 매달리고 있으니 무슨 발전이 있으며, 나라 꼴이 뭐가 되겠습니까?

사대부들이 이 모양이니 백성들도 중심을 잃고 흔들리고 있습니다. 모두 제 자리를 굳건히 지키고 있어야 하는데 농민이고, 공인이고, 상인이고 이리 휩쓸리고 저리 휩쓸리니 제대로 되는 게 없습니다. 여기에 아편은 위아래 가리지 않고 급속히 퍼져나가고, 각종 사이비 종교들은 별별 교언과 사술로 민심을 현혹하고 있습니다.

보다 못해 시무개선책始務改善策을 올려도 조정에서 채택되지 않습니다. 오히려 보수 세력들에게 공격의 빌미만 마련해 주어 불온한 인물로 낙인찍히기 마련입니다. 내 나이 이미 40대 중반인데, 아직도 육두품인 예부주사禮部主事에 머물러 있는 것도 그 이유 때문입니다. 나더러 나가라고 무언의 압력을 가하는 거겠지요."

그는 거침없이 열변을 토하다 심중의 열기를 식히려는 듯 찻잔을 들어 단숨에 마셨다.

"세상이 망하려면 열 사람의 둔재들이 한 사람의 인재를 끌어내린다 하더니 그 식이군요."

"그건 과분한 비유겠고요. 아무튼 지금 청나라는 정신 바짝 차려야 합니다. 비단 내우뿐만 아니라 외환도 심상치 않은 문제입니다. 양서洋書 등을 통해 알게 되겠지만 서양의 과학과 기술은 우리 동양과는 비교가 되지 않습니다. 그런데도 조정에서 행세깨나 한다는 사람들은 아직도 중국이 세상의 중심이니, 천조상국天祖上國이라고만 알고 있으니 큰일입니다.

대국이라고, 역사가 오래되었다고 자만하고 있다가는 큰 코 다칩니다. 나무가 아무리 커도 속이 썩어 있으면 꽃이고 열매고 제대로 달리지 못합니다. 게다가 태풍이 불면 한 방에 가버립니다. 지금 중국이 그 식입니다."

"서양은 원래 동양에서 화약, 나침판, 종이, 활자 인쇄술 등을 전수받았는데요."

"그렇지요. 그때만 해도 중국은 그야말로 세상의 중심국가라 해도 손색이 없었지요. 그렇지만 지금은 거꾸로 돼버렸습니다. 기술을 빌려 간 그들은 눈부시게 발전한 반면, 빌려준 우리들은 달라진 게 없습니다. 오히려 인구만 많아져서 살기는 더 힘들어지고, 많은 문제들이 노정되어 사회는 더 불안해지기만 했습니다.

정치란 오래 지나면 병폐가 나타나기 마련이고, 병폐가 심해지면 궁극에 다다르기 마련입니다. 때문에 병폐가 나타나면 개혁을 시도해야 하고, 궁극에 다다르기 전에 변화를 모색해야 합니다. 서양은 여러 나라로 되어있어 서로 경쟁이 치열하고, 타국의 문물에 민감하며, 살아남기 위해서는 계속 변신해야 했습니다. 그러는 와중에 정치도 발전하고, 학문도 발전하고, 문화도 발전하게 된 거지요. 중국은 세상이 자기들 위주로 되어있는 줄로만 알고 외부 사람들을 모두 야만국으로만 치부하며 지내왔습니다. 그러다 보니 세상이 어떻게 돌아가는지, 새로운 문물들이 어떻게 세상을 바꾸고 있는지를 모르고 있었습니다."

"왜 그렇게 변했을까요? 예전에 당이나 송, 원나라 때는 외국과의 교류도 많았고 무역도 활발하게 하지 않았습니까?"

"아까도 얘기했듯이 통치에 대한 자신감이 없었기 때문이지요. 명나라도 마찬가지입니다. 명 태조 주원장은 비록 한족이었지만 원래 비천한 출신이었습니다. 그래서 자신의 과거를 자꾸 감추려 하고, 문자옥을 이용한 공포정치로 권위를 세워나가려 했습니다. 정권이 안정된 뒤에도 명이나 청은 왕권에 대한 도발 세력들을 늘 두려워했습니다.

특히 해안가는 외부세계와의 접촉이 많아 정보에 민감하고, 사고방식도 진보적인 경향이 많기 때문에 주로 경계의 대상이었습니다. 무역 상인들은 또한 농민들에 비해 정권에 대한 소속감이 적고, 대규모 자금도 동원할 수 있기 때문에 외부 세력과 결탁해서 조정에 반기를 들 가능성이 가장 큰 집단이었습니다. 그래서 웬만한 항구들은 통상은 물론 교류도 금지시키고, 저 아래쪽 광동성에 한두 항구만 터놓았지요. 그래서 말만 대국이지 시골구석의 고리타분한 샌님 같은 나라가 되어버렸습니다. 지금 청국은 각종 병폐가 골수까지 뻗쳐 있습니다. 쉽게 치유되지 못할 겁니다."

"조선도 크게 다르지는 않습니다. 생명체도 나이 들면 노쇠해지고 병이 많아지듯 나라도 오래되면 별수 없는 모양입니다. 조선도 가끔씩 해역에 이양선異樣船이 나타나 통상을 요구하기도 하고, 서로 트고 지내자고 하는 모양인데, 중국을 본받아 쇄국정책으로 일관하고 있지요.

다행히도 조선은 젊은 학자들 위주로 실사구시를 주장하는 학파들이 생겨나서, 현실을 비판하고 개혁을 부르짖는 움직임이 일고 있습니다. 이들이 과연 세상을 바꿔 나갈지 아니면, 찻잔 속의 미풍에 그치고 말지는 두고 봐야 할 일입니다."

"우리도 마찬가지입니다. 가경제嘉慶帝 이후로 일부 지식인들은 현실을 더 이상 두고 볼 수 없다 하여 세상을 바로 잡고 나라를 위기에서 구제하자며 모임을 가지기 시작했습니다. 이들은 현실을 비판하고 개혁방안을 제시하기 시작했습니다. 이들을 흔히 경세파經世派라고 하지요.

경세파들은 오랜 전제정치가 인재들을 박해해 왔고, 지식인들도 일신의 안온만을 꾀하다가 공허하고 사익만을 추구하는 집단으로 전락하고 말았다고 비판했습니다. 또한 세상도 유능한 사람들을 떠받들고 따르려 하기보다는, 이들을 배척하고 말살시켜 와서 결과적으로 인재 고갈을 초래했다고도 했습니다. 따라서 나라 발전을 위해서는 인재들

육성이 선결 과제가 되어야 한다고 주장했습니다.”

“사부께서도 혹시 경세파에 속하지 않으셨나요?”

“하하. 풍문을 들으신 모양이군요. 나도 평소 존경해왔던 임칙서林則徐, 위원魏源, 장유병張維屛 등과 함께 모임을 하나 만들었지요. 이름 하여 선남시사宣男詩社라 했습니다. 우리는 주로 공양학公羊學을 근간으로 경세치용經世致用의 사상을 전개해서 흔히 공양학파라고도 합니다.

공양학이란 공자가 저술했다는 춘추春秋에 대한 주석서 중 공양전公羊傳을 표준으로 삼은 학문을 말합니다. 공양전이란 사실의 비판을 통한 공자의 대의와 명분을 밝히자는 것으로, 이 사상을 정치로 실천하자는 게 공양학파의 주장입니다. 쉽게 말해 전통 유학을 회복하여 세상을 구제하기 위한 방도를 찾자는 것입니다. 다행히도 우리 주장은 상당한 공감을 이끌어냈습니다.

지금 청국도 그렇지만 조선도 정신 바짝 차려야 할 때입니다. 자고로 국가란 먹고 먹히는 관계지 평화롭게 지내는 경우는 찾아보기 힘듭니다. 평화를 유지하려면 한쪽이 굴복하거나, 아니면 대등한 국력을 갖추는 수밖에 없습니다. 서양이 대형 함선과 발달된 과학기술로 어떻게 나올지 아무도 장담할 수 없습니다.”

“좋은 말씀 들려주셔서 감사합니다. 갑자기 눈앞이 환해지는 것 같습니다. 그나저나 관가에 몸담고 계시면서도 어떻게 이처럼 많은 지식을 갖고 계시는지요?”

“하하, 젊었을 때 수차례 과거에 낙방했지요. 그러나 포기하지 않고 학문에 열중한 탓에 그럭저럭 이름 석 자 알릴 정도는 되었습니다.

만약 쉽게 등과하여 일찍 관직에 나갔더라면 이만한 성과도 얻지 못했을 것입니다."

어렵게 등과한 과거가 오히려 절차탁마의 기회가 되다니… 왠지 웃음이 나왔다.

"아무튼 많은 가르침을 주셔서 감사합니다. 마침 저녁때도 되고 했으니 어디 가서 식사 좀 하십시다. 우리가 사겠습니다."

"하하, 손님이 밥을 사다니요. 나도 모처럼 얘기가 통하는 분을 만나 안심하고 좀 털어놓으니 속이 후련합니다. 우리 사람들과는 이런 얘기도 함부로 할 게 못 되지요. 관가에 일러바치는 사람들도 있습니다. 아무튼 이제 그만 일어서십시다."

우리는 밖으로 나왔다. 거리에는 해거름의 바람이 불어 제쳤고, 사람들의 발걸음이 부산해지고 있었다.

그 후 이틀 동안 우리는 북경 여기저기를 쏘다니며 낯선 풍경들과 사람들 사는 모습을 살폈다. 북경은 과연 대국의 수도답게 어딜 가나 사람들로 북적거렸고, 수레들의 바퀴 소리와 말발굽 소리들까지 더해진 잡다한 소리들 때문에 얘기도 제대로 나누기 힘들 지경이었다. 줄지어 늘어선 상가에는 산처럼 쌓인 물품들과 처음 보는 희한한 물건들이 손님들을 유혹하고 있었다.

도처에 날아갈 듯한 지붕과 멋진 현판으로 장식된 패루牌樓가 있었고, 여기저기 우뚝 우뚝 솟은 건물에는 커다란 금빛 장식이나 각종 조각들이 새겨져 있었다. 처마에 비단으로 감싼 등들이 흔들거리는 누각들은 보통 대형 식당이거나 기루妓樓였다. 식당들은 때가 되면 들어설 자리가 없을 정도로 사람들이 우글거렸다. 엊그제 만난 공자진이 우려하던 중국의 위기는 마치 딴 세상 얘기 같기만 했다.

물론 우리가 보는 것이 중국의 외양뿐이고, 이곳은 중국의 극히 일부분, 그것도 꼭짓점에 있는 번화가라는 것을 감안해야 할 것이었다. 그러나 조선에서 중국에 대해 알고 있었던 게 그야말로 우물 안 개구리 식이었다는 것은 절실히 깨달을 수 있었다.

사찰들도 여기저기 섞여 있었다. 산속으로 한참 걸어 들어가야 볼 수 있는 조선의 절들에 익숙해 있는 우리로서는 신기하게만 보였는데, 시중에 있어서 그런지 중들도 보통 사람들과 같은 옷을 입고, 음식점도 똑같이 출입하는 등 생활하는 것도 차이가 없는 것 같았다.

남자들은 민머리가 대부분이었고, 여자들은 머리를 우리 남자들 상투처럼 세워서 헝겊으로 매고 비단 조화造花를 꽂은 모습이었는데, 그 위에 물들인 삼승(三升: 올이 굵고 질이 낮은 삼베)으로 된 쓰개 같은 것을 쓰고 다니기도 했다. 전족纏足 풍습 때문인 듯 여자들은 어린 애들처럼 뒤뚱거리며 걸어 다녔고, 젊으나 늙으나 목소리는 고양이처럼 가냘펐다. 그러나 성격마저 그랬다가는 이 번잡한 곳에서 견디어내기 힘들 것이었다.

가까운 거리에서 물건을 나를 때는 편담扁擔이라 하여, 장대의 양쪽 끝에 물건을 매달고 가운데 부분을 어깨로 받쳐 이동하는 방식으로 했다. 시장바닥에는 이들 짐꾼들이 부지런히 돌아다니느라 더욱 복잡했다. 우리처럼 지게를 사용하면 양어깨 힘을 이용하여 보다 쉽게 옮길 수도 있고 주변에 피해도 덜 줄 수 있을 텐데, 왜 이런 방식을 고수하는지 이해하기 힘들었다.

낙타는 항주에 있을 때도 본 적이 있어 다소 익숙해 있었지만, 여기서는 대상大象이라 부르는 동물도 볼 수 있었다. 조선에서는 코끼리라 하여 책에서만 접하던 동물을 실제로 보니, 이런 커다란 동물들이 과연 무엇을 먹고 어떤 방식으로 살아가는가 궁금하기만 했다. 언뜻 보기에는 느리고 굼뜨기만 해서 별로 쓸모가 없어 보였지만, 힘이 대단해서 수레를 끌기도 하고 사람도 태우기도 한다고 한다. 사람들이 그저 구경거리만 삼자고 인간 세상으로 불러들이지는 않은 모양이었다.

외국인들도 종종 볼 수 있었다. 몽골 사람들은 보통 체격들이 크고, 사납게 생겼으며, 무식해 보이고 지저분했다. 이로 볼 때 중국은 일반적으로 남쪽은 체격들이 작고 사람들이 온순한 반면, 북쪽으로 갈수록 크고, 억세고, 거칠어진다는 것을 알게 되었다. 아마도 그들이 몸담고 있는 주위 여건들이 그렇게 만든 모양이었다.

월남국 사람들, 회회국(回回國: 아랍) 사람들은 피부가 검은 편이고, 얼굴 윤곽도 달랐으며 옷차림도 딴판이었다. 이 외에도 내가 모르는 여러 지역에서 온 사람들도 있을 것이었다. 그래서 중국인들은 자신들을 천조상국이라 여기겠지만, 그것도 아직은 힘과 재력이 뒷받침이 되기 때문일 것이다. 먼 길을 와서 득 볼 게 없으면 무엇 때문에 타국 사람들이 조공을 바치겠는가.

아무튼 이전에 볼 수 없었던 낯설고 새로운 풍물들을 구경하고 나름대로 이치들을 생각해 보느라 시간 가는 줄 몰랐다. 제대로 살펴보자면 족히 몇 달은 걸릴 것만 같았다. 그러나 내가 온 실제 목적은 따로 있었고, 우리들 노자도 염두에 둬야 하기 때문에 유람은 이쯤에서 그치기로 했다.

북경에서 처리해야 할 일 가운데 하나가 바로 내 책을 펴내는 것이었다. 그동안 나름대로 정성을 기울여 쓴 신기통神氣通과 추측록推測錄을 합본하여 기측체의氣測體義라는 책으로 펴내기로 했다.

엊그제 공자진을 만났을 때 이에 대해서도 상의했고, 그는 친절하게 인화당仁和堂이라는 출판사와 위치까지 가르쳐 주었다. 동, 서양의 신간 서적을 주로 내는 곳이며, 인쇄기기도 서양에서 들여온 것이어서 깔끔하게 만들어 줄 것이라고 했다.

먼저 공자진이 가르쳐 준대로 황성皇城의 남쪽 인쇄 골목을 찾아갔다. 부근에서 여기저기를 기웃거리다 한쪽 골목에서 마침내 인화당이라는 간판을 찾아냈다. 코밑과 턱에 수염이 덥수룩한 주인은 우리가 조선에서 왔고, 공자진이라는 인물의 소개로 왔다는 것을 밝히자 대단히 반가워하며 안으로 맞아들였다. 사무실은 여느 관청과 별반 다르지 않았으나, 그 안쪽에는 커다란 창고 같은 공장이 있었고, 여러 사람들이 분주히 움직이고 있었다.

공장에 들어서자 처음 맡는 기름 냄새가 알싸하게 코끝을 자극해 하마터면 기침이 나올 뻔했다. 기묘하게 생긴 기계들이 소음을 터뜨리며 계속 움직이거나, 들려졌다, 눕혀졌다 하며 인쇄된 종이들을 쏟아내기도 했다.

"멀리 서양 덕국(德國: 독일)이라는 나라에서 들여온 것입니다. 선교사들에게 특별히 부탁을 했지요. 우리 중국에서는 아직 이런 기계를 만들지 못합니다."

우리는 대충 둘러본 뒤에 다시 사무실로 나왔다. 탁자 위에는 찻잔이 놓여있었다.

"그래, 원고는 가지고 오셨습니까?"

나는 보자기를 풀어 탁자 위에 그동안 작업했던 것을 늘어놓았다. 주인은 들춰가며 유심히 살폈다. 곧 또 한 사람을 불러 같이 들춰가며 살펴보더니 이윽고 고개를 들었다.

"분량이 적지 않군요. 쓰느라고 애도 많이 쓰신 것 같은데, 내용이 시문詩文이 아니고 좀 어려운 것이어서 잘 팔릴지 모르겠습니다. 솔직히 지금 청국 상황은 이런데 신경을 쓸 겨를이 없습니다."

"그저 제가 연구한 결과를 주위에 좀 알리고 싶습니다."

"특이한 분이군요. 지금 세상에 이러한 사상이 먹힌다고 보십니까? 언제, 어디서, 무슨 일이 일어날지 모를 상황에서 누가 이러한 주장에 귀 기울이겠습니까? 어차피 출판사도 시대의 조류에 따라야 하고, 현장의 요구에 응해야 합니다."

문득 출판사도 어차피 장삿속이라는 생각이 스쳤다.

"중국은 늘 혼란과 전쟁 속에서도 사상과 예술을 꽃피워왔습니다. 가령 춘추전국시대 같은 혼란한 시기에도 성인이 가장 많이 배출되지 않았습니까? 중국이 평온무사하게 태평성대를 구가하던 시대가 과연 얼마나 있었습니까?"

"하하, 맞는 말씀입니다. 그러나 사람들이 진리에 귀 기울이던 시대는 지난 것 같습니다. 중국이 아무리 많은 성인을 배출하면 뭐합니까? 지금 속속들이 병들고, 서양인들은 눈에 불을 키고 이용해 먹으려고 노리고 있는데…"

"그럼 어떤 방법이 있겠습니까?"

"제작비를 내고 출판하는 방법이 있습니다. 돈을 받고 저희들이 만들어서 드리는 겁니다."

"좋습니다. 여기 베이징 사람들에게도 보낼 생각이니 잘 좀 만들어 주십시오."

"잘 만들어드려야지요. 그래야 조선에도 우리 출판사 소문이 날 것 아닙니까. 그런데 몇 부 정도나 필요하신지요?"

"100부 정도입니다."

"이 정도 분량에 100부라… 지금 다른 일도 좀 있고 해서 대략 열흘은 걸리겠습니다."

나는 계약금을 지불하고, 열흘 후에 잔금을 치르고 책을 인수하기로 했다. 출판사를 나서면서 내가 과연 잘하고 있는 것인가 하는 생각이 들어 다소 씁쓰레한 기분이 들기도 했다. 출판일로 생업을 삼는 사람들은 늘상 많은 책을 접하고, 여러 사람들을 상대하기 때문에 시중의 서책의 경향에 대해서도 민감할 것이었다.

지금 청국 사회에는 발등에 떨어진 불들이 한두 가지가 아닌데, 인간의 인식이나 경험, 추측 같은 화두를 들고나온 글들을 보고 속으로 어떤 생각을 했을지 대충 짐작이 되기도 했다. 물론 조선의 실정도 별반 다르지 않다. 그러나 나는 나름대로 연구를 거듭한 결과이고, 명색 선비라는 사람이 30대 중반이 되도록 책 한 권 내지 못했다는 것도 부끄러운 일이어서 괘념치 않기로 했다. 어쨌든 일단 책 출간 문제는 해결되었고, 이제 금척에 전념할 일만 남은 셈이었다.

그렇지만 이 드넓은 타지에서 어디에서부터 실마리를 잡아야 할지 막막하기만 했다. 동용도 비슷한 심정이었는지 모처럼 진지한 눈빛을 내보이며 말을 꺼냈다.

"지금 어떤 계획을 갖고 계시는지요?"

나는 뭐라 말을 할 수 없었다. 그러나 내가 그저 막연한 모습만 보이고 있으면 안 된다. 앞으로 그를 다루는데 지장을 초래하게 되는 것이다.

"아직 생각 중이니 조금만 더 기다려 보게."

내 심정을 알아차리기라도 한 듯 갑자기 한차례 심한 바람이 일자 길바닥에서 흙먼지가 자욱하게 피어올랐다. 그러자 사람이고 수레고 다 사라졌고, 숨이 턱턱 막혀왔다. 잠시 후, 바람이 지나가자 사람들의 머리와 옷, 수레 위의 교자 등에는 누런 먼지들이 내려앉았다. 사람들은 침착하게 흙먼지들을 털어냈다. 점방에서도 물건 위에 쌓인 먼지들을 털어냈다. 이런 일들이 흔하다는 듯 아무렇지도 않게 생각하는 모습들이었다.

늙은 환관을 만나다

정양문에서 똑바로 북쪽으로 가다보면 우람한 2층 누각이 나오고 양 옆으로 붉은 색 담이 펼쳐져 있는데, 이 문을 태청문太淸門이라 한다고 했다. 언젠가 연암 등 여러 사람들의 연행일기燕行日記에서 읽은 기억들이 새삼스럽게 생각났다.

문 안쪽에는 황제의 궁전인 자금성紫金城이 있고, 입구인 천안문天安門이 있을 것이다. 그리고 그 안쪽에는 단문端門, 오문午門, 태화문太和門 등 7개의 문들이 있다 했다. 또한 태화전太和殿, 중화전中和殿, 보화전保和殿, 교태전交泰殿 등의 궁전이 있다고 했다. 그 복잡하게 늘어선 궁궐 어느 깊은 곳에 금척이 보관되어 있겠지만 어떻게 찾는단 말인가. 당장 태청문 안쪽만 해도 일반 사람들의 출입을 통제하느라 문들은 굳게 닫혀져 있는데…

북적이는 사람들 속에서 높게 솟은 웅장한 누각들과 색색의 담장들, 도처에 커다란 현관과 함께 세워져 있는 패루들, 화려한 목책들이며 난간들… 경탄을 불러내며 볼거리들은 풍성했으나, 그만큼 자신이 초라해지고 무력해지는 것은 어쩔 수 없었다. 본토인도 아닌 이방인인 데다, 아무 힘도 없는 일개 사인私人이 과연 무엇을 할 수 있단 말인가 하는 자괴감이 자꾸만 가슴을 짓눌러 왔다.

걱정으로 밤을 거의 뜬 눈으로 새우다시피 했고, 다음 날 우리는 또다시 거리로 나섰다. 어딜 가나 볼거리들은 넘치고 번다해서, 시간은 잘도 갔다. 어느새 또다시 해는 기울었고, 수레와 사람들의 북적거림은 더욱 심해지는 듯했다. 허기도 슬슬 몰려왔다.

"이제 발걸음을 돌려 숙소로 가봐야 하지 않겠습니까?"

동용이 곁으로 다가오며 말을 꺼냈다. 그는 왠지 밤에 거리를 헤매는 것을 별로 좋아하지 않았다. 물론 낯선 곳이라 마음이 놓이지 않는 탓도 있겠지만, 원래 밤에는 집으로 들어가 쉬고 잠자리에 드는 게 당연한 수순으로 알고 있는 것 같았다. 그러나 사람이든, 문물이든 제대로 알려면 낮보다는 오히려 밤이 더 낫지 않을까. 밤에 보다 더 원색적이고 적나라한 모습이 드러날 테니 말이다.

아무튼 이대로 들어가기에는 왠지 내키지 않아 머뭇거리다가 문득 오리 구이 생각이 떠올랐다. 북경의 대표적인 요리로 알려져 있으며, 오리를 숯불에 통째로 구워 내온다는 것으로 흔히 중국인들이 '베이징 카오야[北京 烤鴨]'라고 부른다는 것이었다. 북경에 와서 오리 구이를 먹지 않으면 평생 한이 된다는 얘기를 풍문에 듣기도 했었다.

평소 동용이 고기를 좋아하기도 하고, 번번이 통역하느라 안간힘을 쓰는 그에게 제대로 대접 한번 하지 못한 미안함도 있고 해서 얘기를 꺼내 보았다.

예상대로 동용은 혼쾌히 응해 우리는 시장 골목으로 들어서서 간판들을 훑었다. 그러다 커다란 오리 그림과 함께 굵은 전서체篆書體 간판이 쓰여 있는 식당에 눈길이 갔다. 그런데 뒤쪽에서 누군가가 말을 거는 것이었다. 바라보니 초라하게 생긴 노인인데, 바짝 마른 몸집에다 노파같은 얼굴, 가냘프고 깔깔한 목소리 등이 왠지 사람같이 보이지도 않았다.

"보아하니 외지에서 온 사람들 같아 보이는데, 저랑 같이 가면 안 될까요? 제가 오리 맛있게 먹는 방법을 알려드리지요."

동용은 통역을 하면서 눈에 심지를 꽂고 노인의 행색을 살피면서 낮은 목소리로 속삭였다.

"그냥 가시는 게 좋을 것 같습니다."

나도 내키지는 않았다. 그런데 왠지 노인의 눈빛이 강렬하게 마음을 자극하는 것이었다. 물기 머금은 눈자위에 한이 서리고 세상의 끝까지 다다른 듯한 눈빛… 나는 알 수 없이 마음이 흔들려 자신도 모르게 그러자고 하고 말았다. 그런데 식당 안으로 들어서자 주인과는 안면이 있는 듯했다. 우리 몰래 눈빛을 교환하는 것을 느낄 수 있었다. 시간이 좀 이른 탓인지 손님들은 별로 없었고, 주인은 한쪽 방으로 우리를 안내했다.

노인은 우리에게 묻지도 않고 익숙한 말투로 이것저것 주문했다. 동용이 잠자코 있는 것으로 봐서 바가지를 씌운다거나 하지는 않는 듯했다. 그도 노인을 탐탁치 않게 생각했고, 나도 대처大處는 자칫 눈 감으면 코 베어 가는 곳이니 사람 조심하라는 얘기를 듣기도 해서, 섣부른 결정에 잠시 후회도 됐지만 그냥 떨쳐 버리기로 했다.

내게는 소싯적부터 때때로 이것저것 면밀하게 따지는 것보다, 속에서 올라오는 충동으로 의사 결정을 하게 하는 경우가 적지 않았다. 나이를 먹은 후에도 별로 달라지지 않았다. 그래서 손해를 본 경우가 있기도 했지만 천성 탓인지 쉽게 고쳐지지 않았다.

그는 흔한 절차대로 어디에서 왔느냐, 무슨 일로 왔느냐 등을 물었다. 우리가 조선에서 왔다고 하자 깜짝 놀라면서 자기도 조선 사신使臣들을 만나본 경험이 있기 때문에, 조선이 어떤 나라인지 정도는 알고 있다고 했다. 나도 놀라 엉겁결에 되물었다.

"조선 사신을 만나본 적이 있다니요? 어떻게 만났습니까?"

노인은 시선을 내리깔고 묵묵히 뜸을 들였다.

"환관宦官이라고 들어보셨습니까?"

"좀 듣기도 하고, 서책에서도 본 적이 있습니다."

조선의 궁중에서는 내시內侍라고 한다는 말이 입 밖으로 나오려 했으나 가까스로 억눌렀다.

"젊었을 때 궁중에서 환관으로 있었습니다. 그때 조선 사신들을 안내하기도 하고, 황실의 칙령을 전달하기도 했었지요."

충격적인 얘기였다. 그래서 노파 같은 얼굴에 가냘픈 목소리를 갖고 있었군… 나는 환관 같은 사람을 만나게 되리라고는 꿈에도 생각지 못해 뭐라 할 말이 생각나지 않았다. 노인도 더 이상 말이 없어 우리는 한동안 침묵을 지키고 있었다. 이윽고 커다란 접시에 담겨진 오리고기와 부침개, 양념장 등이 나왔다. 잘 구워진 오리의 구수한 냄새에 우리는 식욕이 솟구쳐 젓가락을 집어 들었다. 노인은 기다렸다는 듯 얘기를 꺼내기 시작했다.

"오리고기는 원래 껍질이 일품이고, 다음이 살코기고, 그 다음이 찌개입니다. 그래서 그 순서대로 먹습니다. 이 고기는 구운 껍질에 해물장醬과 골파로 양념을 한 것인데, 조금씩 부침개로 싸서 먹습니다."

먹어보니 고기는 마치 과자처럼 바삭바삭했고, 감칠맛이 있었다. 그러나 나는 맛을 제대로 음미할 여유가 없었다. 문득 이 노인이 어쩌면 저 견고하게만 보이는 자금성을 뚫을 수 있는 실마리가 될 수 있을지도 모른다는 생각에 흥분되어서였다.

얼마만큼 먹고 나서 나는 앞에 놓인 잔들에 술을 따라 건배를 제의했다. 잔을 단숨에 비운 후 노인의 얘기는 계속됐다.

"북경 오리 구이는 원래 남경南京의 궁중에서 시작된 요리였습니다. 명나라 때 북경으로 천도해서도 궁중에서 계속 애호를 받다가, 외부까지 나오게 되면서 북경의 대표적인 별미로 알려지게 된 것이지요.

북경 오리는 둥근 화덕에 매달아 놓고 장작불로 굽는데, 특히 대추나무 불로 굽는 게 가장 맛있다 하여 그런 집만 찾는 사람도 있습니다. 또한 오리 자체도 북경 산 오리라 하여 다리가 짧고 살집이 많은 오리를 재료로 쓰는데, 이 오리들도 좁은 우리 속에 가두어 길러서 근육을 없애고 살만 남게 합니다. 이 외에도 독특한 양념을 사용해서 다른 지역에서는 쉽게 흉내 낼 수 없는 요리이기도 합니다."

설명을 듣고 보니 고기 맛이 한결 더한 것 같았다. 이어서 정연하게 썰어진 살코기와 채소 등이 나왔다. 노인은 먹는 것도 즐기고 술도 좋아하는 듯했다. 아마도 이런 기회가 별로 없었던 탓일지도 모른다. 문득 동용이 내게 의미 있는 시선을 보냈다. 안심해도 될 것 같다고 생각하는 모양이었다.

"궁중에서 나온 지는 얼마나 되셨습니까?"

"한 10년 되었습니다. 환관들은 병이 들거나 나이가 먹으면 쫓겨나기 마련이지요. 식당일, 청소, 잔심부름, 정원사 등으로 실컷 이용만 당하다가 쓸모없어지면 헌신짝처럼 버려지는 게 환관들의 운명입니다. 때로 황제의 신임을 얻어 큰 권력을 가지게 되는 사람도 있긴 하지만, 극히 예외적이고 대부분 노예처럼 비참한 대우를 받습니다. 일하다가도 툭 하면 모욕당하고, 얻어맞고, 죽게 되는 경우도 있습니다. 당연히 욕구불만이나 적개심이 쌓일 수밖에 없지요. 더구나 지금 조정은 만주족들이 권력을 잡아 한족漢族들만 환관을 시키기 때문에 그 정도가 훨씬 더한 편입니다.

약 25년 전 가경제嘉慶帝 때에 계유사변癸酉事變이라는 난리가 있었습니다. 천리교天理教라는 종교의 신도信徒들이 반란을 일으켜 사상 처음으로 황실이 있는 자금성을 습격한 사건이지요. 그때 일부 환관들이 동조하여 그들을 궁 안에서 안내하기도 했습니다. 환관들이 궁중 내에서 얼마나 적개심을 갖고 있는가를 잘 보여주는 사건이라 할 수 있습니다.

보통 환관들의 유일한 낙은 돈을 많이 모아 궁궐을 나간 후 떵떵거리며 사는 건데, 그것도 아무나 할 수 있는 건 아니지요. 좋은 자리에도 있어야 하고, 수완도 있어야 합니다. 나는 이것도 저것도 못 한 채 나이만 들어 이렇게 길거리를 배회하며 지냅니다. 선생 같은 사람들을 식당에 데리고 들어오면 주인이 조금씩 생각해 줍니다. 그게 지금 내 생계 수단입니다."

노인은 한숨을 내쉬며 술잔을 들어 단숨에 마셨다. 물기가 많아 보였던 눈자위는 눈물이 고인 것만 같았다. 처음 들어왔을 때 그가 왠지 주인과 눈길을 맞추는 듯한 느낌이 들었던 것을 떠올려 보면서, 나는 문득 목이 딱딱하게 굳어지는 것을 느끼고 있었다. 이 노인과 같은 삶도 과연 인생이라 할 수 있을까. 남녀 간의 희열도 모르고 가정도 없는 채, 그저 세상의 구석에서 개미처럼 일만 하고 멸시만 당하다가 쓸쓸한 늙은이가 되고 마는 삶… 생각해 보면 인생이란 참으로 불공평한 것이다.

"자금성에는 언제 들어가셨습니까?"

"내 나이 16세 때입니다. 우리 부모들이 지독한 가난을 견디다 못해 나를 궁중에 팔았지요. 어린 나는 당연히 부모 명령에 따라야 하는 줄 알고, 살벌한 거세 수술까지 참았습니다. 수술 때 죽는 사람이 반 이상이 넘을 정도로 위험하기 때문에 궁중에는 전담하는 사람이 따로 있지요. 무사히 수술을 마치면 혹독한 궁중 법도를 배우는 과정이 기다리고 있습니다. 환관들끼리도 서열이 엄격합니다. 고참 환관들은 자기 밑에 환관을 두기도 하고, 자기들이 궁중 사람들에게 당했던 것보다 더 깐깐하게 굴기도 합니다."

잠시 침묵이 흘렀다. 노인의 얼굴은 처음보다 많이 풀려 있었다. 모처럼 속내 얘기를 털어놓았기 때문인지, 술기운 때문인지 알 수는 없었다. 나는 동용에게 봇짐에서 홍삼 몇 뿌리를 꺼내게 했다.

"얘기는 잘 들었고, 이렇게 알게 된 것도 인연인 듯해서 뭔가 선물을 드리고 싶은데 여기 사람이 아니어서 마땅한 게 없군요. 여기 조선 홍삼 몇 뿌리로 대신하겠습니다."

"아니 오리 구이 잘 먹었는데, 무슨 선물까지…"

노인은 받아든 홍삼 뿌리들을 찬찬히 살펴보았다. 그러더니 얼굴이 환해졌다.

"귀한 조선 홍삼이군요. 이 정도면 여기에서는 은銀으로 바로 바꿔줄 만큼 높이 쳐줍니다. 그나저나 제가 신세만 져서 어떻게 해야지요? 뭐 좀 도와드릴 건 없나요?"

나는 기회는 이때라고 생각했다.

"아무 데서나 들을 수 없는 소중한 얘기들을 들려주셨지 않습니까? 그것만 해도 홍삼의 값은 충분히 하신 것입니다. 그리고 참 궁중에 오래 계셨으면 금척이라고 혹시 들어보셨습니까?"

"금척이라… 금으로 된 자라는 뜻인가요? 글쎄요. 어디에 쓰는 물건인가요?"

"하늘에서 새 왕조를 창업하는 황제에게 내려주는 자라고 합니다. 자연의 이치, 세상의 이치들을 담고 있어 나라를 다스리는 깨우침을 주기 위한 것이라고 합니다."

"그 정도면 굉장히 귀한 물건인데, 아무튼 저는 처음 듣습니다. 자금성 내에는 교태전交泰殿이라는 궁전이 있지요. 하늘과 땅의 기운이 조화롭게 화합하여 만물이 생성한다는 의미를 담고 있는 궁전입니다. 그 물건이 실제로 있다면 거기 있어야 합니다.

원래는 황후의 침전으로 만들어졌지만 황실에서 가장 중요한 사물들을 보관해 왔습니다. 이를테면 황제의 상징인 옥새玉璽라든지, 구리로 만든 물시계, 대형 자명종과 같은 사물들이지요. 저는 교태전에서도 황후의 수발을 들며 5년 이상을 근무했습니다. 그런데도 제가 모를 정도면 처음부터 없었던 것이라고 말씀드릴 수밖에 없군요."

나는 태종 홍타이지(洪他時)가 조선까지 와서 빼앗아 갔다는 말이 입 밖으로 튀어나오려 했으나 겨우 눌러 참았다. 모처럼의 기대가 물거품이 되는 듯한 절박한 순간이었다. 저 견고하고 웅장한 성 내부의 어디에서 금척을 찾는단 말인가. 문득 동용을 바라보니 그의 얼굴에도 실망의 기색이 스치고 있었다. 노인은 시선을 내리깐 채 술잔을 만지작거리며 생각에 잠겨 있었다.

"만약에 있는 게 사실이라면 한 가지 가능성은 있습니다."

"가능성이 있다니요? 어디란 말씀입니까?"

동용은 엉겁결에 큰 소리를 냈다. 노인은 이러한 그와 나를 의아한 눈초리로 바라보았다. 나는 불편해서 시선을 외면했다.

"그런데 왜 그 물건을 그렇게 찾으십니까? 특별한 이유라도 있습니까?"

"실은… 조선도 지금 나라가 말기 증상을 보이며 심각한 상황입니다. 그래서 금척이라는 사물의 소문을 듣고, 이왕 여기까지 온 김에 담긴 사상을 살펴 가르침을 좀 배워갈까 해서입니다."

"서생다운 얘기군요. 그렇다면 말씀드리지요. 만약에 있다면 피서산장避暑山莊이라는 곳에 있을 것입니다."

"열하熱河에 있다는 피서산장 말씀입니까?"

"그렇습니다. 청국 역대 황제들은 베이징의 자금성보다 피서산장을 더 좋아했지요. 원래는 베이징의 끔찍한 여름 더위를 피한다는 목적으로 만들었지만, 러허(熱河)는 유목민족 출신인 그들에게 잘 맞는 곳이었습니다. 산악지대라 경관이 수려하고 주변에 사냥터들이 많기 때문입니다.

게다가 피서산장은 자금성과 같은 복잡하고 엄격한 분위기가 없고, 걸핏하면 만리장성을 넘보는 북방민족들을 잘 구슬릴 수도 있어 황제들의 실제 황궁이라 할 수 있는 곳이었습니다. 그러니 자연 그들이 애지중지하는 것들도 곁에 두지 않았겠습니까? 적어도 내가 생각하기에는 있다면 거기 밖에 없습니다."

그와는 그렇게 헤어졌다. 그야말로 한 마리 벌레 같은 삶이지만 그나마 모진 목숨이라 어쩌지도 못하고 하루하루를 연명해 가는 그. 남은 생이나마 어떤 계기로 운명의 양광이 맞닥뜨려질 수 있도록 기원해 보았다.

그러나 우리 자신도 문제였다. 피서산장은 연암이 쓴 열하일기熱河日記에서 읽어 본 적이 있다. 북경에서도 400리가 넘는 곳인 데다, 산악지대가 많아 길이 험하고 하천들도 물살이 급하여 만만치 않은 행로라고 했었다.

따라서 공무 수행을 위한 관원들이나, 사신단과 같은 여러 인원들이 관청의 배려로 간다면 몰라도 사사로운 개인들이 가기에는 위험하고 버거운 노정이다. 그런 데다 피서산장에 금척이 확실하게 있다는 보장도 없고 유일한 근거라고는 환관의 이야기뿐이다. 오히려 지금 자금성의 어느 비밀스러운 곳에 모셔져 있을지도 모르는 것이다. 동용도 내 이런 심중을 짐작한 듯 눈치만 보고 말을 꺼내지는 않았다. 처분만 기다리겠다는 모습이었다.

다음 날, 나는 쉽게 결정을 내리지 못하고 아침을 먹은 후 동용과 함께 거리로 나섰다. 그러나 그저 막막하기만 하여 이럴 바엔 만리장성이나 가볼까 하는 생각이 스치기도 했다. 막연히 발걸음을 옮기다가 어느 길로 들어서자 또다시 높다란 패루가 보였다. 바라보니 관성묘關聖廟라고 쓰여 있었다. 패루 안쪽 오른편에는 커다란 대문이 보였는데, 관우關羽의 묘당으로 들어가는 입구인 듯했다. 동용도 평소 가보고 싶다고 한 적이 있어서 우리는 발길을 돌려 문 쪽으로 향했다.

동용이 나관중의 삼국지연의를 읽은 것 같지는 않다. 그런데도 그는 관우라는 인물을 잘 알고 있었고, 평소 자신의 우상으로 삼고 있었다. 무예를 익히는 과정에서 자연스레 알게 되고, 그의 충절과 탁월한 무예를 높이 숭배하는 것인지는 모르겠으나, 조선 사람으로 옛적 중국의 무장을 우상으로 삼는 게 나로서는 잘 납득이 가지 않았다.

조선에도 뛰어난 장수들이 얼마나 많았는가. 조선 시대만 해도 태조 이성계나, 이순신, 임경업 장군 같은 사람들은 사실 중국 천지에 내놔도 조금도 손색이 없는 무장들 아닌가. 단지 조선이라는 좁다란 터에 있었기 때문에 능력도 다 발휘하지 못했고, 나라 밖의 명성도 얻지 못했을 것이었다.

커다란 묘당廟堂 앞에는 오전인데도 사람들이 줄을 서 있었다. 아무튼 관우에 대한 중국 사람들의 흠모의 정은 대단해서, 북경만 해도 도처에서 그의 사당을 볼 수 있었는데 이 역시 쉽게 납득이 되지 않았다. 그의 충절은 주로 유비劉備에 대한 충절이었으며, 송나라의 악비岳飛나 명나라의 원숭환袁崇煥처럼 나라에 대해 뚜렷한 충성을 바친 인물도 아니었기 때문이다. 게다가 그의 명성은 주로 삼국지연의라는 소설에 힘입은 바 클 것이었다. 제갈량도 그랬듯이, 소설을 흥미

진진하게 하기 위해 상당 부분 부풀려지고 윤색되었다고 보는 게 옳을 것이다. 어찌 됐든 중국인들은 관우를 많이 흠모하고 숭배해서, 관성關聖이라 하여 성인의 반열에 올려놓기도 하고, 좌성우불左聖右佛이라 하여 부처와 같은 자격으로 모셔놓기도 한다고 한다.

우리는 줄을 서지 않고, 묘당으로 바로 다가가 안쪽을 들여다보았다. 중앙에 초록색 옷에 붉은 얼굴, 긴 수염을 기른 커다란 관우의 상이 모셔져 있었다. 그 앞에는 금빛으로 반짝이는 향로가 있었고, 연기가 피어오르고 있었다. 그런데 희한한 장면이 있었다. 오른쪽에 둥근 탁자가 있었고, 그 위에 네모진 상자가 있었는데, 사람들이 상자에서 뭔가를 하나씩 뽑는 것이었다. 줄을 서 있던 사람들은 안으로 들어가서 향로에 향을 피우고, 관우의 상에 몇 번이나 머리를 조아리고는 오른쪽으로 가서 상자 앞에서 합장을 했다. 그리고는 젓가락 같은 것을 하나씩 뽑아 옆문 쪽으로 향하는 것이었다. 내가 호기심 어린 눈초리로 바라보자 동용이 입을 열었다.

"저 사람들은 관운장에게 복을 빌고 자신의 신수身數를 보는 것입니다. 막대기 아래쪽에 종이가 감겨 있고 글이 쓰여 있지요. 중국 관운장 묘당에서는 흔히 볼 수 있습니다. 무신의 신통력이 자신의 운수를 알려준다고 믿기 때문입니다."

"그래? 그럼 우리도 점을 한번 쳐볼까?"

"무슨 일로 점을 치신단 말씀입니까?"

"우리가 열하의 피서산장에 가는 게 옳은지 어떤지 한번 쳐보세. 사실 나도 결정을 하기가 쉽지 않네."

"좋습니다. 한번 해보시지요."

우리는 되돌아와 줄의 맨 끝에 섰다. 그러나 하나의 일을 가지고 두 번이나 신수를 볼 수는 없다고 생각되어, 관우를 숭배하는 동용만 보기로 하고 나는 한쪽 나무 그늘에 앉아 기다리기로 했다. 향나무로 보이는 우람한 고목 밑이었다.

잠시 후, 동용은 막대기를 양 손바닥으로 곱게 싸안고 다가왔다. 우리는 나란히 앉아 감겨진 종이를 풀어 보았다.

머물러 있으면 길이 없을 것이요, 움직이면 길이 보일 것이다. 일단 저지르고 보라.

"어떻습니까? 열하로 가라는 얘기가 아니겠습니까?"

나는 말 없이 그저 웃음만 지었다. 자국도 아닌 남의 나라까지 와서 그들이 모시는 무신에게 신수를 묻는 것도 그렇지만, 답변 또한 두루뭉술했기 때문이다. 사실 이런 말들은 어느 누구에게나 해도 통할 것이었다.

그런데도 동용은 무슨 계시라도 얻은 양 반가워하는 것이었다. 사람은 자신의 성격에 따라, 그리고 자신이 처한 입장에서 바라보고 판단하기 마련이다.

이날 밤, 우리는 모처럼 비싼 죽엽청주竹葉淸酒를 한 병 구해 저녁을 먹으면서 열하로 가기로 결정을 했다. 그리 독하지도 않고, 대나무 향기가 알싸하게 자극하여 신선한 느낌을 청주가 결심을 하는데 한몫을 했는지도 모른다.

사실 북경에 머물러 있다고 해서 당장 무슨 계획이 있는 것도 아니었다. 때문에 갔다가 다시 빈손으로 돌아오는 한이 있더라도 견문은 남을 것이었다. 연암의 말대로 귀국해서는 남들에게 풍성한 얘깃거리도 생길 것이다. 그러나 연암의 일기는 그 행로가 결코 만만치 않은 것임을 알려주고 있다. 원래 가만있으면 좀이 쑤셔 안절부절못하는 동용은 당연히 뛸 듯이 기뻐했다.

제3부
피서산장 행

열하로 향하다

우리는 시장에 가서 먼저 말을 구하기로 했다. 수백 리 길을 가려면 좋은 말을 만나는 게 필수적이다. 든든한 동지를 얻는 것과 같기 때문이다. 다행히도 북경에는 동안문東安門 밖에 상설 말시장馬市이 있어 쉽게 고를 수 있었다. 동용은 다년간의 경험으로 말에 대해 나름대로의 안목을 가지고 있었고, 걸음걸이와 눈빛 등을 유심히 살핀 후 먼저 갈색과 흑색 말 2마리를 선택했다. 그리고 별도로 짐을 실을 말 1마리도 골랐다. 부쩍 늘어난 책들 때문에 짐말이 있어야만 했다.

늙수그레한 마상馬商은 고삐를 건네주면서 동용에게 말 보는 눈이 있다고 인정을 했다. 우리가 값을 깎지 않고 부르는 대로 치르자 친절한 어조로 어디로 가느냐고 물었다. 열하까지 간다고 하자 놀라는 표정이었다.

"무슨 일인지는 모르겠지만 지금 거기까지 가는 게 만만치 않을텐데요."

"왜요?"

"장마철이 시작되어 비가 많이 내리고 강 물살이 사나울 겁니다. 또한 시절이 하 수상하여 도적들도 간간이 출몰한다 합니다. 여러 사람이 함께 간다면 몰라도 두 장사만 간다는 건 좀 위험할 텐데요."

그러자 동용이 재빨리 대꾸했다.

"우리는 거기보다 훨씬 위험한 길도 다 지나왔습니다. 걱정하지 않으셔도 됩니다."

"보아하니 여기 분들은 아니신 것 같은데, 그러면 제가 좀 편한 길을 알려드리지요.

성내에서 북쪽으로 가다 보면 십찰해什刹海라는 호수가 있는데, 그쪽에 북문北門인 지안문地安門이 있습니다. 그 문을 나와 내성內城의 동직문東直門을 지나 출발합니다. 서쪽으로 향하면 창평昌平으로 해서 거용관居庸關을 지나게 되고, 북쪽으로 향하면 밀운密雲을 지나 고북구古北歐를 지나게 되는데, 보통 고북구 쪽으로 택합니다. 고북구에서 청송, 고성, 회령, 난하를 지나 열하에 닿습니다.

마음 단단히 먹으셔야 할 겁니다. 멀고 험한 길입니다. 흔히 400여 리라 하지만 그건 사람들을 안심시키기 위해 꾸며낸 것이고, 실제 거리는 700리도 넘습니다."

마상은 마치 어린아이 물가에 내보내는 심정인 듯 열심히 손짓해가며 하나라도 더 알려주려 애썼다. 동용은 붓으로 부지런히 적어댔다. 나중에 동용이 쓴 것들을 유심히 살펴보니 비슷한 지명들을 연암의 열하일기에서도 본 것 같았다. 그때는 그저 스쳐 지나가기만 했을 뿐 이렇게 맞닥뜨리게 되리라고는 꿈에도 생각 못했지만…

우리는 마상과 작별을 고하고 시장으로 향했다. 장거리 여로에서 생명을 유지하는데 필요한 여러 필수품들을 구입하기 위해서였다. 이 역시 동용은 익숙한 솜씨로 척척 해냈다. 동용과 나는 끊임없이 얘기를 나눠가며 마지막까지 준비물들을 점검했다. 앞으로의 길들은 지나온 길들과는 또 다르기 때문이었다.

그동안에는 주로 사람들이 사는 곳들이어서 돈이면 다 통했다. 그러나 열하로 향하는 길은 산과 계곡이 주류를 이루고 있는 험지여서 언제 어떤 경우에 처하게 될지 모른다. 그야말로 풍찬노숙이라도 감내해야 할 각오가 되어있어야 할 것이다.

우리는 행장에 대해 마침내 서로의 뜻이 완전히 일치된 것을 확인한 후, 출간을 부탁한 책을 찾기 위해 인화당으로 향했다. 책들은 표지에 氣測體義라는 활자가 선명한 채 곱게 장정이 되어있었고, 안쪽 본문들도 깔끔하게 인쇄되어 있었다. 최신 기술로 멋지게 출간된 책들을 보니 설사 내용이 하찮은 것일지라도 쉽게 무시하지 못할 것 같은 생각이 들었다. 나는 잔금을 치르고 책들을 넘겨받은 후 20권을 증정본으로 주인에게 맡겼다. 이름을 들어 본 북경의 문사들의 명단을 내밀며 전해줄 수 있겠느냐고 하자, 주인은 쾌히 승낙했기 때문이다.

동직문東直門 밖을 나서서 길을 재촉하다 보니 어느새 인적은 드물고 집들도 띄엄띄엄 이어져 있었다. 적막한 들판에는 초록색 옥수수들이 한창 자라고 있었고, 빈 호수 위로는 이름 모를 새들이 떼를 지어 날았다. 겨우 이틀 지나왔는데도 북경의 화려함과 번잡함은 마치 오래전 얘기 같기만 했다

간간이 수레 행렬과 조우하기도 하고, 공문서를 전달하는 듯한 역말驛馬들의 날랜 발걸음들과 마주치기도 했지만 서로의 목적과 주행 방식이 다르니 동행할 수는 없었다. 산길은 거칠고, 평지의 길도 여기저기 패이고 돌들이 많아 말들의 다리에 이상이 생길까 봐 조마조마했다. 말이 움직이지 못하면 천상 다 나을 때까지 기다리는 수밖에 없다. 그러나 다행히도 말들은 요리조리 피하며 잘 가주었는데, 그들의 감각에는 사람에게는 없는 특이한 능력이 있는 듯했다.

가장 큰 애로는 잠자리 문제였다. 보통 숙소들은 점방店房이나 객방客房, 사당祠堂 등이었는데, 문제는 이러한 숙소들이 드문드문 나타나는 데다가 그나마 관원이나 사신들 위주라는 것이었다. 일반 서민들은 자리가 남을 때나 차지할 수 있었는데, 평시에는 그럭저럭 충당되지만 무슨 행사가 있거나 사람들이 몰릴 때는 방이 없어 커다란 소동이 나곤 하는 모양이었다. 그렇다고 민가에 가서 알아볼 수도 없었다. 관청에서 금지하고 있기 때문이었다.

우리는 두 사람뿐이라 그럭저럭 끼어 잘 수 있었고, 숙소가 없을 때는 밤새도록 걷다가 간간이 폐가廢家가 보이면 자리를 잡고 밀린 잠을 한꺼번에 해결하기도 했다. 촌락에는 드문드문 허물어져 가는 빈집들을 볼 수 있었다. 아마도 농사만 지어 먹고 살기 힘들어 북경 등 대처로 향한 사람들의 것인 듯했다. 혹은 그야말로 한 해 농사 실컷 지어봐야 여기저기서 다 빼앗아 가니, 아예 농사를 집어치우고 유랑의 길을 떠난 사람들의 자취인지도 모른다. 아무튼 간간이 폐가들을 마주치는 심정은 뭔가 크게 잘못되어 있는 것만 같아 속이 아리기 그지없었다.

그 와중에 동용은 의주에서 인삼 장사하면서 닦여진 실력을 유감

없이 발휘하기도 했다. 점방에서 주인들에게 잔돈을 쥐여주며 구스르기도 하고, 사당에서는 목청을 높여 겁을 주기도 하면서 어떻게든 우리 잠자리를 만들어 냈다. 또한 황량한 들녘에 간간이 조약돌처럼 뿌려져 있는 민가들에서 폐가를 잘 찾아내기도 했다. 아무튼 열하까지 가는데 동용이 곁에만 있다면 마음을 놓아도 될 것 같았다. 종종 느끼는 것이지만 또다시 그는 마치 내 행로를 위해 하늘이 보내준 선물같이 여겨졌다.

6월 하순이라 무더웠지만 날씨가 변덕스러워 그럭저럭 견딜 만했다. 북경에서 마상은 장마철이 시작되었다고 했지만 생각보다 비가 많이 내리는 것은 아니었다. 그저 비와 바람이 오락가락했다. 바람이 때로는 세찬 기세로 구름을 몰고 와 순식간에 장대비를 뿌려대기도 했다. 그러면 금세 공기는 서늘해지나, 비를 그을 수 있는 곳을 찾지 못할 때는 닭들처럼 흠씬 젖게 마련이다. 그러면 오슬오슬한 한기에 몸을 떨다가 때아닌 감기가 엄습하는 경우도 있었다.

하천이든 강이든 물빛은 황토색이 많았고, 수량들이 풍부하고 물살이 거칠어 건너기가 만만치 않았다. 배들이 있긴 했지만 주로 사람들을 태우기 위한 것이었고, 말이나 수레들을 태우기 위한 큰 배는 기껏해야 두, 세척 있을 뿐이어서 차례를 기다리는 사람들이 몰려 있었다. 때문에 그냥 말을 탄 채로 건너는 경우도 있었는데, 때로는 물살이 무릎까지 차기도 하여 고삐와 등짐 바리를 움켜쥐며 식은땀을 흘리기도 했다.

우리는 밀운성密雲城에 다다랐다. 얼핏 기억하기에 밀운성은 북경과 열하의 중간 지점에 있다고 했으니, 그럭저럭 절반은 온 셈이었다.

그런데 밀운-구름이 빽빽하다는 이름처럼 성 주변에서는 유독 바람이 드셌고, 구름을 자주 몰고 와 비를 뿌려댔다. 우리는 나무 그늘이고, 사당이고 닥치는 대로 달려가서 비를 피했다. 백하白河로 향하다가 행재소行在所를 만나기도 했는데, 행재소는 황제가 머무는 행궁답게 정교하고 화려하게 꾸며져 있어 한동안 넋을 잃고 바라보기도 했다.

목가곡穆家谷이라는 곳으로 향해 고북하高北河에서 강을 건넜다. 이곳은 백하의 상류 지점으로 폭은 넓지 않았지만 물살이 거세 만만치 않았다. 길은 산길로 접어들어 점점 가팔라졌다. 계곡의 물살들도 거세졌다. 그러나 고북하라는 명칭은 고북구가 멀지 않았다는 것을 나타내고 있어 우리는 힘이 날 수밖에 없었다. 고북구는 만리장성에 설치된 관문으로, 그곳을 지나면 열하에 이르는 길이 한결 수월해 지리라는 기대감 때문이었다.

그나저나 이러한 길들을 황제들은 어떻게 지나다녔단 말인가. 물론 그는 많은 시종들과 관원들에 둘러싸여 구름에 달 가듯이 지나갔겠지만, 자신과 주변 몇 사람의 행차를 위해 수많은 인원들이 동원되는 것을 보고 무슨 생각을 했을까. 마음이 흡족했을까, 아니면 왕권의 위세를 실감했을까?

피서산장에서 북방의 유목민족들을 위무하고, 사냥 등을 겸함으로서 자신의 유약함이나 나태함을 경계하려 했다지만 그 방안이 과연 열하에 별도의 산장을 설치하는 것뿐이었을까? 북경에서 그리 멀지 않은 곳에 설치할 수는 없었을까? 그리고 유목민족과 교류를 확대하는 것도 자신이 아닌, 신망 있는 대신에게 맡겨도 되지 않았을까.

피서산장의 황실과 북경 자금성의 소통을 위해 관원들은 수시로 역마를 타고 내달렸을 것이다. 또한 황실에 중요한 행사나 있으면 먼 나라의 사절들이 갖가지 선물 보따리를 싸 들고 이 길을 따라 열하로 향했을 것이다. 그 인력의 낭비, 물자의 낭비 등이 백성들의 삶에 어떤 영향을 미치리라는 것을 과연 염두에 두기는 했을까.

적막한 산골의 밤, 피곤해도 왠지 잠은 오지 않아 시냇가를 헤매며 이런 생각들을 떠올리자니, 아름다운 달빛도 물소리들도 그저 무색해지고 말았다. 허탈한 심정으로 숙소에 돌아오니 동용은 커다랗게 코를 골며 자고 있었다. 그 태평함과 단순함이 부러웠다. 그저 바람 부는 대로, 물결치는 대로 살다가 모든 일은 닥쳐서 생각하고, 직접적으로 관련 없는 일들은 생각조차 하지 않는…

다음날에도 산길은 계속 이어졌다. 험준하게 솟아오른 산봉우리들은 적막하기만 했고, 계곡의 물들은 난장판을 치며 쏟아져 내려 하천으로 흘러 들어갔다. 곳곳에 좀 평탄하다 싶은 곳에는 이름 모를 꽃들도 수놓듯 펼쳐져 있어 눈요기하기에는 그만이었으나, 가파른 산모퉁이들을 지날 때면 갑자기 어느 구석에서 호랑이나 곰같은 것들이 튀어나오지 않을까 걱정이 되기도 했다.

그런데 희한한 모습들도 있었다. 간간이 깊은 계곡이나, 멀리 산기슭에 절이나 사당 같은 집들이 있다는 것이었다. 그것도 허름하거나 폐가 같은 모습이 아니었고, 북경이나 항주 부근에서 보던 것들과 별반 다름없는 모습이어서 궁금하기 짝이 없었다. 이처럼 멀고 인적 드문 곳에 과연 누가 찾아오겠는가 하는 의문 때문이었다.

절이고, 사당이고 참배객들이 있어야 대들보를 올린 의의가 있다

할 것이다. 또한 사람들이 몰려들어야 시주를 받아 살림을 꾸려갈 텐데, 과연 어디에서 어떤 사람들이 저런 곳까지 찾아가는가 할 만큼 외지고 한적한 곳에 집들이 세워져 있는 것이었다.

생각해 보면 우리와 다른 점이 한두 가지가 아니었다. 드넓은 벌판 한쪽에 갑작스레 제단이나 패루 같은 것들이 덩그렇게 서 있기도 하고, 어떤 데는 불전佛殿 없이 불상만 달랑 세워져 있는 경우도 있었다. 그런 것을 이질적으로 생각하는 것은 내가 조선인이기 때문일 것이었다. 중국인들의 오랫동안의 사고思考와 경험이 누적되어 그와 같은 문화를 만들었을 것이었다. 또한 그와 같은 사고와 경험은 중국인들이 태생적으로 부여받은 게 아니라 중국의 자연과 역사 등의 바탕 위에서 생겨난 것일 터였다.

우리는 횡성자橫城子를 지나고 무령산霧靈山 기슭을 따라 고북구에 이르렀다. 예로부터 몽골 고원으로 가는 요충지여서 수많은 전란의 무대가 되기도 했던 곳, 그래서인지 풍수적으로도 기가 센 곳이라고 한단다. 사방으로 산봉우리들이 천태만상을 이루는 가운데 서쪽 와호산臥虎山, 반룡산蟠龍山에는 장성長城들이 마치 용이 꿈틀거리는 것처럼 이어져 있었다. 북쪽으로는 멀리 몽골 고원이 시작되고 있어 이곳이 북방 지역이라는 것을 실감케 하고 있었다.

우리는 장성에 오르는 것이 허락되지 않아 아쉽기만 했다. 그러나 장성 아래를 배회하는 것만으로도 감회를 느끼기에는 그다지 부족함이 없었다. 우리는 사마대司馬坮 장성 쪽으로 향했다. 동쪽으로는 망경루望京樓에서 서쪽으로는 후천구后川口까지 이어져 있는 장성, 험준하면서도 다양하고, 성의 형태도 특이해서 만리장성 중에서도 가장 장관으로 꼽힌다는 이곳은 풍경도 명성에 일익을 담당하는 듯했다. 병풍처럼 늘어선 산봉우리들과, 구불거리는 장성 아래로는 구릉의 능선들이 끝없이 이어져 있고, 그 아래쪽에는 천지호, 원앙호라는 명칭의 호수가 그림처럼 펼쳐져 있었다.

동용은 감탄사를 연발하면서 눈에 담기 바빴으나, 나는 거대하게 꿈틀거리는 용처럼 이어져 있는 장성들을 바라보며 문득 울적한 느낌이 솟구쳐 올라왔다. 인간이 아니라 마치 조물주가 천지를 창조하면서 함께 만들었던 것만 같은 성곽들… 그러나 이렇게 되기까지에는 얼마나 많은 민초들의 땀과, 원성과, 한이 바쳐졌을 것인가.

어느 땐가 책에서 읽었던 맹강녀孟姜女의 곡장성哭長城이라는 전설이 새삼 떠올랐다. 결혼한 지 사흘 만에 장성 축조에 징발된 남편이 아무 소식이 없자, 직접 찾아 나섰다가 마침내 찾고 보니 이미 죽어 땅에 묻혀버렸다는 것이다. 얘기를 듣고 그 자리에 쓰러져 울기 시작하자 장성이 무너졌는데, 무너진 장성 아래서 남편 유골이 나타났고 맹강녀는 유골을 수습하여 고향에 와서 장사 지낸 후 무덤 앞에서 굶어 죽었다는 내용이다.

비극의 극한까지 드러낸 것으로 봐서, 장성 축조에 따른 민초들의 한을 상징적으로 나타내려는 설화로 보인다. 하지만 실제로 동원된 인원들 중 반수 정도가 기아나 질병으로 죽음을 맞았다고 한다. 그래서 장성 아래쪽은 민초들의 공동묘지라고 불리기도 했다 한다.

선조들의 한과 눈물이 서린 성과들을 후손들은 경이와 찬탄으로 바라보고 있으니, 모순도 이런 모순이 없다. 만약 선조들이 혼이 어딘가에 살아 있어 후손들의 이러한 모습을 본다면 어떤 생각이 들 것인가.

자신들의 희생에 보람을 느낄 것인가, 아니면 철없는 후손들의 모습
에 비탄을 금치 못할 것인가…

도적 떼를 만나다

우리는 몇몇 관문들을 거쳐 고북구를 통과할 수 있었다. 열하에는 인삼 장사 때문에 간다고 하고, 실제로 짐을 풀어 인삼을 보여주니 별 다른 의심 없이 통과시켜 주었다. 통과의례 식으로 몇 개씩 인삼을 쥐 여주자 오히려 기뻐했다.

장성을 지나면 좀 평탄하리라는 예상을 깨고 골짜기 사이로 난 길 은 여전히 험난하기만 했다. 산의 능선들은 가파르고, 길은 구불거리 다가 절벽 아래로 아슬아슬하게 이어지기도 했고, 계곡의 세찬 물소 리들은 귀를 멍멍하게 할 정도였다. 그러나 간간이 견고한 요새가 설 치되어 있어 조정에서 이 지역의 관리를 결코 소홀히 하지 않는다는 것을 보여주고 있었다.

고북구를 떠난 지 이틀째 되는 저녁 무렵, 회령會領이라는 곳의 고 개 마루에 다다랐을 때였다. 갑자기 돌풍이 몰아치며 검불들과 흙먼 지들이 허공으로 솟아올랐다. 눈을 뜰 수가 없어 말들도 비명을 지르며 주춤거렸고, 어찌할 바를 모르다가 다급하게 길가 숲속으로 뛰어들었지만 돌풍은 그치지 않더니 곧 사위가 컴컴해지기 시작했다.

하늘에는 검은 구름들이 부산하게 움직이고 있었고, 바람결에 습기가 묻어 있었다. 비가 퍼부을 모양이었으나, 인적 없는 고갯마루여서 당황스럽기만 했다. 곧 빗방울이 후드득 떨어지기 시작해서 우리는 무작정 아래쪽으로 내달리기로 했다. 빗방울은 곧 소나기로 변했고, 우리는 인가의 자취가 보일 때까지 죽어라하고 말을 몰았다. 얼마나 달렸을까. 빗속에서도 멀리 불빛이 보였다. 우리는 다시금 말을 재촉하여 불빛을 향해 달려갔다.

불빛은 종종 볼 수 있는 사당에서 나온 것이었다. 일단 비를 피하고, 오늘 밤 거처는 마련되었다는 생각에 가슴을 쓸어내리며 대문을 찾아들어갔다. 그런데 막상 사당 안으로 들어서자 사람들이 북적거렸다. 인근에서 우리처럼 비를 피해서 온 사람들인 모양이었다.

행랑 안에서 사람들은 젖은 옷을 갈아입기도 하고, 밥 지을 준비들을 하고 있었다. 저 사람들 속에서 우리 자리를 과연 찾을 수 있을까 하고 망연히 있는데, 곧 관리인으로 보이는 사람이 다가와 이것저것 알려주기 시작했다. 우리도 행랑 한쪽 구석에서 옷을 갈아입고, 어설프게나마 저녁을 지어 먹고 나니 살 것만 같았다. 바람도 잦아들었고, 비는 실낱같이 가늘어졌다. 이제 자는 일만 남았는데, 동용은 관리인과 미리 얘기를 해 잘 자리를 봐 놓았다며 걱정 마시라고 했다. 역시 연륜이 만만치 않아 보였다.

우리는 봇짐에 등을 기대고 앉아 곰방대에 담배를 가득 채워 피워 물었다. 이제 회령을 지나왔으니, 난하灤河라는 곳을 지나면 열하에 다다를 수 있다. 그다음은…

생각을 거듭하다 일단 열하에서의 일은 열하에 가서 생각하기로 했다.

피곤한 데다 배까지 채운 탓인지 슬슬 눈꺼풀이 무거워지기 시작했다. 이때였다. 갑자기 대문이 부서지며 고함과 함께 일단의 무리들이 들이닥쳤다. 10여 명이나 되어 보이는 그들은 하나같이 복면을 한 상태였고, 손에 창이나 장검 같은 무기들을 들고 있었다. 동용은 재빠르게 봇짐에서 칼을 빼들려 해 나는 일단 제지했다. 좀 지켜보자는 심산에서였다. 그들은 무기들을 휘두르며 다가왔다. 뒤쪽의 두 명은 횃불을 켜 들었다. 마치 삼국지 장비처럼 눈이 부리부리하게 생긴 사내가 커다랗게 소리쳤다.

"잘 들어라. 모두 짐들을 풀어놓아 속에 든 것들이 잘 보이도록 해라. 만약 덤벼들거나 허튼짓하면 단칼에 목이 달아날 줄 알아라!"

모두들 망연자실해 있다가 무리들이 거칠게 창이나 칼끝을 목 부근에 갔다대자 마지못해 짐들을 풀어 제쳤다. 얼핏 보기에 도자기, 비단, 술병, 패물 등도 보였다. 양들이 많지는 않은 것으로 봐서 장사치들은 아닌 모양이었다. 두 사내는 자루에 부지런히 쓸어 담았다. 동용은 묵묵히 바라보다 봇짐을 다시 뒤적거렸지만 나는 다시 제지했다.

"놈들 기세가 만만치 않네. 혼자 어떻게 대적하려고 그러나?"

"맞서 싸우려 그런 게 아닙니다. 담을 넘어가서 말들을 모두 치우겠습니다. 그러다 보면 수가 생길 것입니다."

"위험하지 않을까?"

"제게 수가 있습니다."

"정 그렇다면 저놈들이 여기 회랑의 사람들 것을 다 뺏고 나서 방들로 향할 걸세. 그때 틈을 봐서 담장을 넘도록 하게."

동용은 몰래 칼을 담장 아래쪽으로 던졌다. 무리들은 맨 끝에 있는 우리에게 와서 풀어놓은 것을 흘깃 쳐다보고는 비웃음을 흘렸다. 딴 무리들처럼 값비싼 물건 하나 변변히 없어 허접스럽게 보이는 모양이었다. 한 사내가 창끝으로 우리 책들이며, 인삼 등을 헤적였다.

"이런 것 가지고 다녀서 어디에 쓰나? 이 풀뿌리는 뭐라 하는 거야?"

"황기라고 해서, 노인들 기력에 좋다는 것입니다."

"그럼 우리에게는 아무 소용 없겠구만. 영감들한테나 갖다 주시게."

하더니 은자 몇 개를 집어 들고는 가버렸다. 물론 은자 대부분은 이미 동용이 재빠르게 흙바닥 속에 감춰놓은 탓에 강탈을 면할 수 있었다. 그들은 무기들을 부딪치며 회랑 뒤쪽 행랑채가 이어져 있는 곳으로 다가갔다. 그 사이에 동용은 담장 밑으로 달려가 칼을 집어 들고는 단숨에 담을 뛰어넘었다.

무리들은 방문들을 열고 겁박하여 이것저것 돈 나갈만한 것들을 쓸어 담았다. 어느 방에선가 째지는 듯한 비명소리가 들리기도 했는데, 반항하는 사람도 있는 모양이었다. 아무튼 그들은 마지막 방까지 다 털고는 의기양양하게 마당으로 나왔다. 한 사내가 앞으로 나와 호기 있게 외쳐댔는데, 그동안 중국어를 틈틈이 동용에게서 배우기도 하고, 귀동냥도 했던 덕분에 어느 정도 알아들을 수 있었다.

"다 털어가서 미안하기는 한데, 우리만 탓하지 말아라. 우리도 어쩔 수가 없어 이 길로 들어선 것이다. 탓하려거든 나라를 탓하고, 조정을 탓해라."

무리들은 대문으로 향했다. 그런데 잠시 후 대문 밖이 시끌벅적했다. 모두들 뛰쳐일어나 대문 쪽으로 향했다. 대문 앞에서는 무리들이 자루들을 든 채로 당황하며 떠들어대고 있었는데, 말들이 없어졌기 때문인 모양이었다.

실제로 대문 앞 왼쪽 하마비下馬碑와 말고삐를 묶던 장대들이 있는 공터는 텅 비어있었다. 무리들 말뿐만 아니라 우리가 타고 온 말들도 송두리째 없어져 버렸다. 동용 짓이리라고 짐작은 갔지만, 그 혼자 이 많은 말들을 다 해치웠으리라고는 상상이 되지 않았다.

갈팡질팡하던 무리들은 잠시 자기들끼리 얘기를 나누더니 곧 사방으로 흩어졌다. 말을 찾으러 가는 모양이었다. 그러나 얼마 안 되어 어둠 속 여기저기서 비명소리들이 터져 나왔다. 그랬구나. 분산작전이었구나. 흩어지기만을 기다렸다 부분 격파 식으로… 그렇다면 우리도…

나와 비슷한 생각이었는지 우리 쪽에서도 웅성거리자, 나는 재빨리 짐 쪽으로 뛰어가 장대를 끄집어냈다. 그리고는 함성과 함께 높이 치켜들었다. 그러자 모두들 달려와서 자기들 짐 속에서 칼이며, 지팡이, 몽둥이 등 나름대로 무기가 될만한 것들을 꺼내 들었다. 우리는 함성과 함께 대문 쪽으로 뛰어갔다.

공터에 있던 사내들은 우리가 몰려오는 모습을 보고는 무기를 치켜들고 몸들을 밀착시켰다. 그들은 4명이었고, 2개의 횃불을 들고 재물이 담긴 자루들을 지키고 있었는데, 우리가 무기들을 쳐들고 둥그렇게 포위하자 당황하는 기색이 역력했지만 선뜻 싸움으로 이어지지는 못했다. 서로가 너무 경계하는 탓이었다. 긴장된 시간이 흐르다가 어둠 속에서 동용과 관리원 등 우리 편이 뛰쳐나오자 무리들은 기가 죽기 시작했다. 동용은 나를 알아보고 재빨리 내 쪽으로 뛰어왔다. 관리원은 걸걸한 목소리로 외쳤다.

"도적들은 무기를 버려라."

그들은 곧바로 반응하지 않았다. 그러나 동용이 머리 쪽에 칼을 겨누는 것을 신호로 모두 손에 든 것들로 머리를 겨누자 마지못해 손에 든 무기들을 버렸다. 그러자 관리원 수하 2명이 재빨리 달려들어 하나씩 두 손을 뒤로하여 묶어 버렸다.

"우리 말들은 어디 있습니까?"

한숨을 돌린 누군가가 묻자 관리원이 나섰다.

"사당 뒤쪽에 묶어놨습니다. 내일 아침 일찍 모두 데려다 놓겠습니다."

숙박객들은 빼앗긴 물품 자루들을 들고 도적들을 이끌며 대문 안쪽으로 향했다. 4명의 도적들은 창고에 처박혔고 밖에서 문을 잠궈 버렸다. 곧 마당에는 멍석들이 펼쳐졌고, 자루 속의 물건들이 쏟아졌다. 모두 달려들어 부산하게 자기 것들을 챙기기 시작하자 삽시간에 멍석은 바닥을 드러냈다. 저마다 짐 보따리들을 단속한 후, 곧 누군가가 일어나서 소리쳤다.

"여러분, 오늘 우리가 잃어버릴 뻔한 재물들을 찾게 된 건 바로 관리원님 덕분입니다. 관리원님 아니었더라면 우리 모두 빈털터리로 돌아갈 뻔했습니다. 우리 관리원님에게 술 한잔 드립시다. 어떻습니까?"

그러자 손뼉과 함께 함성이 일었다. 그러자 관리원이 앞으로 나섰다.

"아닙니다. 오늘 밤 실제 공신은 바로 이 젊은이입니다. 말들을 함께 치우고 도적들을 제압했습니다. 출중한 무술 덕분에 도적들을 처치할 수 있었던 것입니다. 따라서 술은 이 젊은이한테 드려야 합니다."

그러자 다시 손뼉과 함께 우~ 함성이 일었다. 숫기가 별로 없는 동용은 손바닥으로 낯을 가리며 쑥스러워했다. 아무튼 곧 자리가 만들어졌고, 여기저기서 술병들을 까며 흥겨운 기분이 되었다. 그런데 곧 관리원은 커다란 바구니에 누런 과일을 가득 담아 내오는 것이었다. 자세히 보니 참외였는데, 그는 멍석 여기저기에 먹음직스럽게 생긴 참외들을 늘어놓았다.

"여기 주변 밭에서 키운 것입니다. 우리가 뭐 내놓을 것은 없어서 참외를 내왔으니 좀 드셔 보시지요. 딴 데서 먹는 참외들과는 맛이 다를 겁니다."

사실이었다. 참외 조각들은 입안에 들어가자마자 살살 녹는 듯했다. 어느 정도 자리가 흥겨워지자 우리 쪽으로 다가와서 동용에게 술을 권하는 사람들이 있었다. 그들은 자기보다 한참 어린 나이인데도 장사壯士, 장사, 하며 깍듯이 대했다. 강한 자에 대한 특별대우는 중국인들의 체질인 듯했다.

그런데 그들 중 한 사람이 술을 권하고 돌아가려다 멍석에 놓인 칼을 유심히 바라보는 것이었다. 그 칼은 참외를 깎기 위해 내놓은 것이었는데, 원래 항주에서 왕 행수가 선물로 준 것이었다. 동용도 그러한 그를 주시해서 바라보았다.

"그 칼 어디에서 나셨습니까?"

"누가 선물로 준 것입니다."

"누가 주시던가요?"

동용은 나를 바라보았고, 나는 눈을 질끈 감으며 밝히지 말라는 뜻을 전했다.

"누군지 말씀드릴 수는 없습니다. 그 사람이 밝히지 말라고 해서요."

그러자 그 사람은 칼을 들어 앞뒤를 자세히 살피면서 우리도 번갈아 가며 바라보는 것이었다. 마지못한 듯 내려놓으며 자기 자리로 돌아가기는 했으나, 다시금 우리를 흘깃거렸다. 나와 동용은 뭔가 안심이 되지 않아 긴장의 끈을 늦추지 않았다. 칼이 단검인 데다 특별한 느낌이 드는 것도 아니었기 때문이다.

애초에 우리 잠자리는 창고로 배정된 모양이었는데, 도적들을 집어넣어 감금해 놓은 관계로 회랑에서 멍석을 깔고 자야만 했다.

다음 날, 아침들을 해 먹고 앞서거니 뒤서거니 사당을 나서는데, 얼마 가지 않아 어젯밤 그 사람이 다시금 접근해 왔다.

"열하에는 무슨 일로 가십니까?"

동용은 어젯밤 우리끼리 말을 맞춘 대로 대꾸했다.

"우리는 만주 연길延吉이라는 곳에서 왔습니다. 이분은 조선족 선비로 북경에 서책을 구하러 왔고, 저는 통역 겸 길 안내로 동행했습니다. 그런데 열하에 볼만한 구경거리가 많다고 해서 온 김에 들렀다 가겠다고 합니다."

"그렇다면 특별한 일이 있어 가는 것은 아니군요. 우리랑 동행하는 게 어떻겠습니까?"

"동행하는 것은 어렵지 않습니다만, 저희와 특별히 같이 가려 하는 이유가 있습니까?"

"우리는 형제입니다. 저는 장상군이라 하며, 천진에서 어업 관련 일을 하고 있습니다."

그는 자신의 웃옷을 열어 가슴팍을 드러냈다. 가슴 한가운데에는 정사각형의 형겊에 우리 은장도에 새겨진 것과 같은 문양이 선명하게 그려져 있었다. 원圓의 바깥으로 게의 집게발 같은 그림 8개가 같은 간격으로 배치되어 있는 그림이었다. 나는 왠지 기분이 섬뜩했으나 드러내지는 않았다.

"이 그림은 백련교白蓮敎의 문양이지요. 흔히 연꽃 문양이라고 합니다. 교인들은 신분을 나타내기도 할 겸, 요즈음 같은 험한 세상에 부적으로 삼기도 할 겸 해서 이렇게 가슴에 차고 다닙니다. 우리는 서로 신분만 확인되면 금세 형제가 되어 친근하게 지냅니다. 칼을 누구에게서 받았는지는 모르겠으나, 주신 분도 대인大人이고 선생들도 특별한 사람들이기에 드렸을 것입니다.

보통은 교인들끼리 서로 소지한 문양을 보고서도 신분을 확인하기 위해 몇 가지 암호를 주고받습니다. 그러나 어제의 그 칼의 소유자는 가지고 있는 것만으로도 바로 신분이 보증됩니다. 왜냐면 그 칼은 아무나 가지는 게 아니기 때문입니다."

문득 항주의 순무가 말하던 중국의 비밀결사가 생각났다. 민초들이 폭압적인 전제 군주들의 통치에 대항하기 위해 몰래 조직을 결성하여 힘을 키운다는 비밀결사들… 우리는 어쩌다 연루가 되었고, 대우를 받는 것까지는 좋았지만 그들에게 끼어들기는 곤란한 노릇이었다. 무엇보다 비밀결사들의 목적은 현 왕조에 대항하고 최종적으로는 전복하는 데 있을 것이기 때문이다. 우리는 전혀 다른 목적으로 온 것인데, 중국의 상황에 잘못 관여했다가는 자칫 큰 악재가 될 뿐만 아니라 경우에 따라서는 중국 땅에 뼈를 묻게 될 수도 있는 것이다. 우리가 대답이 없자 그 사람의 얘기는 계속되었다.

"여기에서 4~50리쯤 가면 난하라는 강이 나오지요. 그 강을 건너 20리를 더 가면 산속에 우리 집회소가 있습니다. 그저 평범한 마을이지만 마을 밖 산속에 커다란 동굴이 있고, 그 동굴 속에서 오늘 저녁 중요한 집회가 열립니다."

그들의 중요한 집회가 우리와 무슨 상관이란 말인가. 그러나 우리를 상당한 신분으로 대우하고 모든 것을 털어놓는 그에게 대놓고 거절하기도 난감해서 그저 앞만 바라보고 말을 몰았다. 동용의 생각은 어떤가 해서 그에게 낮은 목소리로 물었다.

"어떻게 해야 하지?"

"글쎄요. 이상한 경우이기는 하지만 저 사람들 모임에 우리가 끼일 필요가 있겠습니까? 더구나 저희들은 왕 행수와는 원수처럼 돼버린 사이 아닙니까? 잘못하다가는 복수를 당할 수도 있습니다."

"우리는 반란이 진압된 후에 곧바로 왔으므로 우리 정체가 여기까지 알려졌을 리는 없고… 아무튼 면전에서 거절하기도 곤란하니 적당한 때 헤어지기로 하세. 산모퉁이 같은 데서 슬쩍 말을 돌려 딴 길을 택하기로 하세."

동용은 말없이 고개를 끄덕였다. 우리의 이런 속셈을 눈치챈 것일까. 그는 우리를 두어 번 흘끔거리며 살피더니 또다시 말을 걸었다.

"오늘 집회에서 우리 교의 각 방房 향주鄕主들이 모여 교단의 운명을 좌우하는 결정을 하게 됩니다. 바로 황실을 공격할 것인가, 말 것인가 하는 문제에 대해 결정을 하는 것입니다."

동용은 엉겁결에 소리쳤다. 나도 전해 듣고 경악했다.

"황실을 공격하다니요? 막강한 근위병들을 어떻게 상대한단 말입니까? 숫자로 보나 자질로 보나 비교도 안 될 텐데."

"그래서 교단의 운명을 건다고 하는 것입니다. 그러나 세상사 큰일치고 모험 없이 되는 일은 없지요. 지게 되면 전멸하게 되지만, 이기게 되면…"

"어떻게 됩니까?"

"금척이라는 신물을 갖게 될 겁니다."

"금척이라고요?"

나는 또다시 소리쳤다.

"처음 들어봤을 겁니다. 그러나 청 황실에서 옥새와 함께 가장 중요하게 여기는 물건이지요. 왜냐면 들판에서 말 타고 사냥이나 일삼던 야만인들에게 명나라를 집어먹게 해준 원동력이 되었던 물건이니까요. 자기들 말로는 새 왕조 창업에 대한 하늘의 뜻이 담긴 물건이라고 합니다. 그래서 민간 결사들 사이에서는 진작부터 청나라를 망하게 하고 새 세상을 만들려면 먼저 금척부터 빼앗아야 한다는 얘기가 은밀하게 전해져 오고 있었지요.

20여 년 전에 '금문禁門의 변'이라는 사건이 있었습니다. 흔히 '계유사변癸酉事變'이라 하지요. 천리교天理敎 교도들의 북경 자금성 습격 사건을 말합니다. 그 사건도 실은 황실의 금척을 탈취하기 위해 벌인 사건이었습니다."

들을수록 놀랄만한 얘기들뿐이었다. 나와 동용은 눈짓을 교환하며 좀 더 들어보기로 했다. 어느덧 해는 중천에 떠 있었고, 길바닥에서 열기가 후끈거리며 올라왔다.

"우리 저 느티나무 밑에서 잠시 쉬었다 갑시다. 어차피 점심때도 돼서 끼니도 해결할 겸…"

우리는 느티나무 아래로 가 말들을 매어놓고 땀을 식혔다. 그들 일행은 모두 5명이었는데, 장 씨 외에는 모두 30세 안팎으로 보이는 젊은이들이었다. 장 씨가 수령이고 그들은 부하인 듯한데, 왜 자꾸 우리에게 접근하려 하는 것일까.

"저 사람이 우리를 끌어들여 근위병과의 전투에 써먹으려 하는 건 아닐까요?"

동용도 비슷한 심정이었는지 목소리를 낮춰 얘기했다.

"그럴지도 모르지. 어젯밤 자네의 무예 솜씨도 구경했고… 그나저나 금척 얘기가 나와 좀 더 자세히 들어봐야겠군."

동용과 나는 점심을 먹기 위해 봇짐을 풀었다. 밥은 아침에 해놓은 것이 있어 국만 끓이기로 하고, 동용이 물을 뜨러 가려 하자 그 사람이 다시 다가왔다.

"여기 만두가 좀 있습니다. 우리 일행 중에 식당 일을 하는 친구가 있어 어젯밤에 좀 만들어 놓은 것입니다. 이것만 들어도 웬만큼 끼니 해결은 될 것입니다. 일단 맛부터 보시지요."

만두는 삶은 돼지고기를 넣어서 만든 것이었는데, 양념을 어떻게 했는지 입에 착착 달라붙었다. 북경을 떠난 뒤로 거의 거친 음식들만 먹었기 때문인지도 몰랐다.

조선에서 평민들이 먼 길을 떠날 때 준비하는 주먹밥처럼 중국인들은 만두를 끼니 대용으로 삼는 듯했다. 우리는 만두로 점심을 때우기로 했다.

"아까 얘기한 계유사변에 대해 좀 더 얘기해 주시지요."

"천리교는 원래 팔괘교八卦敎라는 종교 단체에서 출발했지요. 그런데 그 뿌리를 찾아 들어가면 중국의 모든 민간 종교처럼 백련교에 닿아 있습니다. 이 사실은 백련교가 특별하게 뛰어난 종교여서가 아니라 교의敎義가 보편적이고, 간단하고, 이해하기 쉬워서 서민들을 파고들었기 때문입니다. 그래서 민초들에게 급속히 퍼져나가자 당국에서 세력화되는 것을 방지하기 위해 여러 차례 억눌렀습니다.

그렇지만 조정에 불평불만이 많은 백성들은 탄압을 받으면 동질감을 느끼며 더 관심을 갖고 따르려 하게 됩니다. 따라서 탄압을 하면 할수록 더 잘 전파되고, 마침내 세력화되어 조정에 반기를 들게 됩니다. 과거의 민란은 거의 다 이와 같은 수순으로 종교적인 배경과 함께 발생했으며, 그 시조 격이 백련교였습니다. 백련교가 정권에 의해 무력화 되어도 이름이나 교리가 조금씩만 바뀐 채 계속 이어져 왔습니다.

가경제嘉慶帝 때 대략 10년을 끌던 백련교의 난이 조정에 의해 진압된 후에도, 여러 종교들이 이름만 바뀌어 명맥을 유지했는데 팔괘교는 그중의 하나입니다. 건乾, 곤坤, 진震, 손巽, 감坎, 이離, 간艮, 태兌 등 8괘의 방위로 나누어 교의를 전도해서 이름이 붙여졌다는데, 처음에는 지방별로 나뉘어 있었다고 합니다. 그러다 비슷한 성격의 홍양교紅陽敎 교주 임청이 팔괘교 중 감괘교坎卦敎 세력을 흡수하고, 진괘교震卦敎 교주 이문성과 연합하여 팔괘교 세력을 하나로 통합하고, 이름을 천리교로 바꾸게 됩니다.

천리교는 민초들의 호응이 커지자 반란을 계획하게 됩니다. 당국의 탄압 속에서 체포, 구금 등 우여곡절을 겪으면서도 굴하지 않고 세력을 유지하여 마침내 자금성을 습격할 계획을 세웁니다. 그들이 대담하게도 자금성을 택한 이유는 여름 동안에는 황제가 열하의 피서산장에 가 있어 조정의 주력도 그쪽으로 옮겨지는 것을 알았기 때문입니다. 자금성은 소수의 인원들만 지키고 있어 허술하리라고 예상한 데다가, 황실 내에 보관되어 있을 금척을 탈취하기 위한 적절한 기회라고 생각한 것입니다.

그들은 이름도 '하늘의 이치'라 하여 천리교로 개명한 데다가, 평소 봉천개도奉天開道니, '하늘을 장악한 신이 바뀌어 인간세상의 황제도 바뀌어야 한다'는 등 하늘을 무척 중시했으니, 하늘과 세상의 이치를 담고 있다는 금척에 집착하는 것은 당연하다고 할 수 있습니다. 아마도 그들은 금척을 가지게 되면 청 왕조를 망하게 할 뿐만 아니라 새 왕조를 창업할 수도 있다고 생각했던 것 같습니다.

그러나 그들은 실전에 약했습니다. 반란이 성공하려면 어차피 전투를 거쳐야 하고, 전투에서 승리하려면 철저히 전략적이 되어야 합니다. 그러나 민초들의 호응이 속속 이어지고, 자금성 내의 일부 환관들도 가세할 뜻을 보이자 스스로 도취에 빠져 그저 하늘이 알아서 다 해주는 것으로만 생각했던 것입니다. 때문에 겨우 100여 명 되는 평민들로 자금성의 담장을 뛰어 넘었다가 참패를 면치 못하고 만 것이지요. 평소 훈련된 관병들은 무기들도 우세했던 데다가 조총鳥銃이라는 화기까지 가지고 있어 어렵지 않게 교도들을 제압해 버렸습니다. 이게 계유사변의 대강의 전말입니다."

"그 사건 이후로 천리교 세력들은 박살이 나고, 세상에 큰 경종이 되었을 텐데요. 어떻게 다시 금척에 대한 꿈을 꾸게 되었습니까?"

"아까 이야기하지 않았습니까? 중국 민초들에게는 백련교라는 신앙적 전통이 뿌리 깊이 남아있어 언제든지 다른 모습으로 나타날 수 있다고 말입니다. 게다가 조정은 갈수록 부패, 방탕 등으로 민중을 도탄에 빠뜨리고 나라는 백척간두에 서 있습니다. 이에 한족들은 그동안의 차별정책까지 들고나와, 모든 책임이 야만인 만주족 때문이라며 반청복명을 기치로 비밀스런 결사체를 조직한 것입니다. 우리는 천리교의 실패 원인을 여러 방면으로 따져보고 연구했기 때문에 다시는 그런 실수를 반복하지 않을 자신이 있습니다."

"그렇지만 아무리 망해가는 나라라도 조정을 상대로 반란을 꿈꾼다는 것은 엄청난 위험부담이 따르는 일일 텐데요."

"우리가 의도하는 것은 조정과 맞장을 떠서 뒤집어엎자는 게 아닙니다. 황실로부터 금척을 빼앗고 이를 널리 공표하는 것입니다. 그러면 청 조정의 권위는 땅에 떨어질 것이고, 민초들은 새로운 세력인 우리 진영으로 속속 합세할 것입니다. 금척이 없는 청나라는 팥소 없는 찐빵과 같은 신세지요. 종말을 고하게 되어있습니다.

하지만 이 작전은 결코 만만한 과정이 아닙니다. 목숨을 내놓고, 경우에 따라 일가족의 생명도 걸어야 가능한 일입니다. 그래서 오늘 밤, 거사를 행할 것인지 말지를 최종 결정하는 집회를 여는 것입니다. 만약에 거사를 행하기로 결정이 나면 행동으로 옮기게 될 것입니다."

그의 얘기는 여기까지였다. 더 이상 우리에게 합류하라고 강요하거나 하지는 않고 처분만 기다린다는 투였다.

우리는 자리를 털고 일어나 다시 길을 나섰다. 어젯밤 소나기가 쏟아진 탓인지 날씨는 맑게 개어 산천경개는 뛰어났으나 마음은 돌덩이를 매달아 놓은 것처럼 무겁기만 했다. 동용도 같은 심정이었는지 내 눈치를 흘끔흘끔 보며 말이 떨어지기를 기다리는 듯했다.

"자네는 어떻게 했으면 좋겠어?"

"뭐라 말씀 못 드리겠습니다. 저는 그냥 하라는 대로 하겠습니다."

"남의 나라까지 와서 분쟁에 개입한다는 게 내키지 않는 데다가, 설사 금척을 탈취한다고 해도 그게 우리 것이 된다는 보장이 어디 있느냐고. 상대는 일국의 조정과 상대하려는 세력들인데."

그러자 동용도 이번에는 제법 과감하게 대꾸했다.

"금척만 관련되어 있지 않다면 아무 상관도 없는 일인데요. 그래도 일단 금척 얘기가 나왔으니 일단 부딪쳐 보는 게 어떨까요? 우리가 여기까지 온 것도 사실 금척 때문이 아닙니까?"

"원래 호랑이 새끼를 잡으려면 호랑이 굴에 들어가야 한다고 했어. 그렇지만… 이렇게 해보면 어떨까. 우리가 그들의 작전에 합류해 공을 세우고, 만약에 금척의 탈취에 성공한다면 금척을 우리에게 하루만 빌려 달라고. 그래서 빌려주면 모양과 치수를 유심히 살펴 기록해 두었다가 그대로 다시 만들면 될 게 아닌가."

"그렇지만 그들이 순순히 응하겠습니까? 청 조정이 그토록 애지중지하던 물건인데 우리에게 맡겼다가 무슨 일이라도 생길까 봐 쉽게 응하겠습니까? 더구나 생판 모른 조선족 사람에게."

"그렇다면 우리는 거사에 참여하지 않겠다고 하면 되지. 장 씨가 우리에게 자꾸 접근하는 것을 보면 뭔가 이유가 있는 게 분명해."

"하하. 그들은 무리들이고 우리는 단 두 사람에 불과합니다. 설사 약속을 한다 해도 후에 그들이 어떻게 나올지 아무도 모릅니다. 그러나 아무튼 일단 부딪쳐 보는 게 좋을 것 같습니다."

"자, 그럼 먼저 장 씨에게 우리 뜻을 얘기하기로 하세."

우리는 장 씨에게 다가가 오늘 저녁의 집회에 합류하겠다고 했다. 그러자 그는 크게 기뻐하며, 손을 내밀어 악수를 청했다. 그러나 나는 우리가 잘하고 있는 것인지, 그리고 장 씨가 왜 우리가 동행하는 것을 원하는지 잘 판단이 서지 않았다. 그저 여러 사람들 속의 일부에 불과할 텐데 말이다.

백양교인들의 집회

저녁 무렵 우리는 우람한 산자락 아래의 한 마을에 도착했다. 장 씨는 자기 일행과 우리를 어느 민가로 데리고 가 식사를 하게 한 뒤, 어두워지기를 기다려 마을 뒷산으로 안내했다. 산길은 완만하게 이어지다 곧 계곡으로 접어들었고, 장 씨는 익숙한 발걸음으로 앞장서서 안내했다. 계곡은 곧 바위 벼랑 사이에 난 샛길로 이어졌는데, 조금 걷다 보니 컴컴한 동굴이 나타났다. 동굴 입구는 허리를 약간 구부려야 할 정도로 크지 않았으나, 안에 들어가자 전혀 딴 세상이 펼쳐지는 것이었다.

거대한 공간이 있었고, 먼저 온 사람들이 자리를 잡고 있는 널따란 바닥이 있었다. 벽 여기저기에는 횃불이 타올라 기괴한 동굴 내부를 보여주었다. 오른쪽 벽 아래로는 물이 흐르고 있었는데 안쪽 깊숙한 곳에서 커다란 웅덩이를 만들고 있었다.

사람들 앞쪽에는 7개의 의자가 있었고, 그 뒤로는 긴 병풍이 펼쳐져 있었다. 어두컴컴해서 잘 보이지는 않았으나 교인들이 지켜야 할 교훈教訓 같은 것들이 쓰여있는 듯했다. 5~60명쯤 되어 보이는 사람들은 낮은 목소리로 얘기들을 주고받고 있었고, 장 씨는 맨 뒤를 가리키며 우리더러 앉으라 했다. 이윽고 입구 쪽이 웅성거리더니 한 무리의 사람들이 반백의 장년을 앞세우고 들어왔다. 그러자 앉아있던 사람들은 모두 일어서서 고개를 숙이며 포권抱拳 자세를 취했다.

노인이 앞쪽으로 가서 가운데 의자에 앉자, 같이 온 사람들도 양쪽 3개씩의 의자에 앉았다. 그러자 예를 갖추고 서 있던 사람들도 바닥에 앉았다. 오른쪽 끝에는 우리와 동행했던 장 씨가 있었다. 나중에 알게 되었지만 노인은 교주敎主, 양 옆의 인물들은 향주鄕主라는 사람들이라고 했다. 곧 노인은 일어서서 헛기침으로 목소리를 가다듬었다.

"오늘 우리는 실로 중요한 일을 결정하기 위해 이 자리에 모였소. 지금 청이라는 나라는 하루가 다르게 구제불능의 상태로 치닫고 있소. 황실에 있는 것들은 사치와 황음에 빠져 방탕무도한 세월들을 보내고 있고, 관가에 있는 것들은 그저 돈에만 눈이 어두워 후안무치한 행색으로 민초들을 착취하고 있소. 견디다 못한 농민들은 땅을 버리고 도적 떼로 화하거나 아편에 취해 취생몽사醉生夢死하는 나날들을 보내고 있소. 여기에 나라 곳간은 텅 비어 병사들 월급도 제때 주지 못할 형편이니 군기軍紀는 고사하고 탈영병이 속출하고 있다 하오.

또한 소문에 듣기로 서양 오랑캐들이 커다란 함선들을 이끌고 연해沿海를 오가며 호시탐탐 침략의 기회를 엿보고 있다는 것이오. 이러다 나라꼴이 어떻게 될지, 양놈들에게 언제 집어 먹힐지 정말 알 수 없는 형편이오. 그래서 보름 전 뜻을 같이하는 몇몇 교주敎主들이 천진天津에서 모여 대책을 논의했소. 그 자리에서 내린 결론은 청나라로는 더 이상 희망이 없으니 빨리 망하게 하고, 한족들의 새 나라를 세우자는 것이었소."

사람들 사이에서 웅성거림이 들렸다. 노인의 목소리는 더욱 힘이 들어가고 칼칼해졌다.

"그래서 협의한 결과 각 교파들이 청나라에 대항할 수 있는 역할을 하나씩 맡기로 했소. 지역별로 병사들을 모으고, 말이나 무기 등 전투 장비를 준비하고, 자금을 조달하는 것 같은 역할 말이요. 그래서 맡은 바 임무를 완성한 후 날짜를 잡아 일제히 봉기하기로 했소. 우리는 교세가 비교적 약해 작은 일을 맡기로 했는데, 바로 황실 깊숙이 보관되어 있는 금척이라는 물건을 탈취하는 것이었소."

웅성거림은 더욱 심해졌다. 누군가가 손을 들고 물었다.

"금척이라는 게 무엇입니까?"

"금으로 된 자라는 물건입니다. 그러나 그저 금으로만 만들어진 게 아니고, 하늘과 세상의 이치를 담고 있도록 만들어진 신물이라고 합니다. 그래서 새 왕조를 창업하려는 자에게 하늘이 내려준다고 하는데, 들판에서 사냥이나 일삼던 만주족들이 청나라를 세워 중원을 차지하게 된 결심을 하게 된 것도 이 금척 때문이라고 합니다. 그러나 그런 얘기들은 만주족들 사이에 오가는 얘기일 뿐이고, 우리 한족들에게도 통할지는 알 수 없는 물건이요. 아무튼 청 황실에서는 옥새와 함께 가장 소중하게 여기는 보배여서, 그들이 이것을 잃게 되면 위신이 추락하고 나라 수명이 다했다고 자포자기하게 될 것입니다."

"황실에서 그렇게 소중하게 여기는 물건인데 우리 교인들 세력가지고 탈취할 수 있겠습니까?"

"황제 일가들은 내일 피서산장을 떠날 겁니다. 왜냐면 내몽골에 있는 목란위장木蘭圍場이라는 곳으로 사냥을 가기 때문이지요. 목란위장 주변에 박혀있는 첩자에 의하면 열흘 전부터 초원에 기마병들이 출동하여 포위망을 좁혀가고 있다고 합니다. 이는 짐승들을 가운데로 모이게 해서 사냥하기 편하게 하기 위해서입니다.

원래 그들은 유목민족 출신이어서 황제, 황태자, 황실 귀족들도 모두 사냥을 좋아해 총출동합니다. 당연히 황실을 지키는 근위병들도 동행하기 마련이어서 피서산장의 방비는 허술할 수밖에 없지요. 또한 사냥이 끝나도 바로 돌아오는 게 아니고, 그들 선조가 하던 대로 잔치를 열어 음주, 가무, 씨름경기 등으로 질탕하게 즐깁니다. 따라서 우리에게는 절호의 기회입니다."

모두들 침묵을 지켰다. 그러나 그 침묵은 쉽게 받아들이지 못하겠다는 침묵이었다. 어느 한 사람이 이윽고 입을 열었다.

"아무리 그래도 지금 여기에는 60명이 채 안 됩니다. 우리 교 동東 3방幫, 서西 3방幫 정예요원들이라 해도 숫자가 너무 적습니다. 또한 아랫마을 장정들 모두 동원해도 겨우 40명 정도입니다. 기껏 100명 정도의 인원으로 어떻게 산장을 공격한단 말씀입니까? 20여 년 전 계유사변 때 천리교 교인들도 자금성이 허술할 것이라는 막연한 생각에서 궁궐에 난입했다가 박살이 나지 않았습니까?"

"그런 우려 충분히 이해가 갑니다. 그래서 여러분의 고견을 구하려는 것입니다. 참고로 말씀드리면 숫자가 많다고 해서 반드시 성공하는 것은 아닙니다. 전략을 잘 세우고, 살신성인하겠다는 정신만 있으면 소수의 인원으로도 엄청난 일을 해낼 수 있습니다. 그러나 정 여러분들이 불가항력이라고 생각한다면 강권하고 싶은 생각은 없습니다. 우리 교의 의사를 다른 종교 단체에 알리고 청나라에 대항하는 거사에서 탈퇴하겠다고 하면 됩니다."

무거운 침묵이 흘렀다. 나는 그동안 동용이 옆에 있는 교인에게 들은 얘기들을 중심으로 조직을 파악해 보았다. 이 종교 단체는 주변 지역에 있는 6개의 분파(邦)라 한다고 했으며, 교주 좌측에 있는 쪽이 동 3방, 우측에 있는 쪽이 서 3방이라고 했다)로 이루어져 있으며, 앞에 교주의 양옆으로 앉아 있는 6명은 각 방의 향주들이라는 것, 그리고 아랫마을은 이 교단의 본부가 있는 곳이며, 겉보기에는 평범한 시골 마을 같지만 주민들은 유사시에는 비상 임무도 수행하는 교인들로 이루어졌다는 것 등을 알게 되었다.

언젠가 어느 서책에서 비슷한 얘기를 읽은 적이 있다. 중국의 비밀결사들은 대체로 낮에는 농사를 짓고, 밤에는 집회를 가지는 농민들로 이루어져 있다고. 그리고 자기들끼리만 공유하는 비밀을 철저히 준수하기 때문에 외부에서 알기가 쉽지 않은 노릇이라고…

이윽고 오른쪽 3방 향주 중 가운데 있는 향주가 일어섰다. 그는 오른쪽 주먹을 흔들며 얘기를 시작했다.

"여러분 우리는 이대로 물러설 수는 없습니다. 그동안 벌판에서 짐승 사냥이나 하던 야만인들에게 우리는 얼마나 시달리며 살았습니까. 그들은 산해관山海關을 넘어 온 뒤로 수많은 우리 한족들을 학살하고, 개처럼 무시하고 짓밟았습니다. 또한 문자옥文字獄이라 하여, 괜한 선비들을 트집잡아 탄압하고 처형했습니다.

소수 민족으로 무식하기만 한 그들은 우리 한족에 대한 열등감 때문에 공포정치를 통해서 다스릴 수밖에 없었던 것입니다. 이 공포정치를 이용하여 그들은 서민들의 토지를 빼앗고, 지세地稅 명목으로 수확물의 절반 이상을 가로채기도 했습니다. 또한 간자諫子니, 특무特務니 하는 것들을 심어 남의 비위를 적발하고 밀고하게 했습니다. 때문에 양민들 사이에 불신풍조가 조장되고, 서로 감시하고 의심하게 만들었습니다. 당연히 모두 나라의 현실이나 장래에 대해 무관심하게 되고, 그저 자기 한 몸 건사하는 데만 급급하게 되었습니다.

여기에 우금어정寓禁於征 방책이라 하여 만주족에게 불리한 책이나 사료들을 불태우고 변형시켜 역사 말살도 감행했으니, 청나라 치하에서 정치, 학문, 문화가 무슨 발전이 있겠습니까? 이제 우리는 일어서야 합니다. 통치는 일순간이지만 민족은 영원합니다. 예전에 북방의 몽골 오랑캐들이 내려와서 영원할 것처럼 설쳐댔지만 어떻게 되었습니까. 마찬가지로 수천 년의 역사와 문화를 지닌 우리 한족이 저런 야만인들에게 언제까지나 굽실거리고 있을 수는 없습니다.

또한 멸만흥한滅蠻興漢의 신념으로 각 교단 지도자들이 모여 결정한 임무를 우리 교만 시도하지도 않는다는 것도 세상의 웃음거리가 될 것입니다. 그런 식으로 하다 보면 민초들도 외면하여 머지않아 우리 교는 해체의 운명을 면치 못하게 될 것입니다. 따라서 진인사대천명盡人事待天命의 심정으로, 민족의 장래를 위해 우리 한번 분연히 일어서 보십시다. 우리는 할 수 있을 것입니다. 여러분!"

주먹을 흔들며 마지막 구절을 힘주어 말하자 모두 함성을 지르며 박수들을 쳐댔다.

"우리 해봅시다. 우리는 할 수 있습니다!"

"우리는 할 수 있습니다!"

신도 누군가가 선창을 하자 모두 힘찬 목소리로 주먹을 흔들며 따라 했다. 분위기는 금세 달아올랐다. 곧 왼쪽 가장자리에 있는 향주가 일어나 손을 들어 분위기를 가라앉히고는 얘기를 꺼냈다.

"그러면 제가 피서산장의 구조에 대해 말씀드리겠습니다. 저는 산장 내에 농산물을 조달했던 관계로 자주 드나들면서 비교적 자세히 알고 있는 편입니다.

산장은 여러 건물이 있는 궁전구宮殿區와 정원처럼 되어있는 원경구苑景區로 되어있습니다. 궁전구는 황제가 거처하며 집무를 보는 곳이고, 원경구는 호수, 초원, 삼림 등으로 이루어져 있으며 크기가 어마어마하지요.

궁전구는 산장의 정문인 여정문麗正門으로 들어가는데, 문 위에 편액이 걸려 있습니다. 이 문을 통과하면 궁전구의 정문 격인 내오문內午門이 나오는데, 이 문 위에 강희제가 직접 썼다는 避暑山莊이라는 편액이 걸려 있습니다. 이 문 안에 들어서면 널따란 연병장이 있고, 그 안쪽으로 회색 기와를 얹은 커다란 기와집이 보입니다. 이 건물이 담박경성전澹泊敬誠殿이라 하여 황제가 업무를 보는 주전입니다. 담박경성전 뒤에는 사지서옥四知書屋이라는 건물이 있는데, 일종의 휴게소 같은 곳으로 황제가 사람들을 만나 담소를 나누는 곳입니다.

그 뒤쪽에는 연파치상전烟波致爽殿이라 하여 황제의 침실이 있습니다. 그 뒤로 운산승지루雲山勝地樓라는 2층 건물이 있는데, 호수와 삼림 등이 한눈에 보일 만큼 전경이 뛰어나고 황제들이 서재로 사용한다는 곳입니다. 연파치상전과 운산승지루는 산장 내에서 가장 은밀한 곳이기 때문에 금척이라는 사물이 보관되어 있을 가능성이 큰 곳이고, 그중에서도 운산승지루에 있을 가능성이 큽니다. 따라서 우리가 표적으로 삼아야 할 장소는 바로 이 운산승지루입니다."

박수와 환호 속에서 향주가 자리에 앉자, 다시 교주가 일어섰다.

"우리 거사의 방향이 점점 구체화 되는 듯합니다. 이제 시기와 방법만 남았습니다. 지난번 계유사변과 같은 실수를 되풀이하지 않기 위해서 철저한 작전을 짜야 합니다. 첩보에 의하면 내일 오전 중에 황제 일행이 목란위장으로 출발한다고 합니다. 따라서 많은 인원들이 대거 빠져나가고 산장 사람들이 한 시름 놓고 있을 때 허를 찌르는 것이 시의적절할 듯합니다. 그러나 그래도 우리 인원으로 정면 승부를 벌인다는 것은 무리가 따를 것이므로, 야밤에 몰래 숨어들어 탈취하는 방식을 택하는 게 어떻겠습니까?"

"좋습니다. 찬성이요!"

이때 내게 문득 한 생각이 떠올라 동용에게 곧바로 털어놓고, 그에게 일어서서 발표하라 하자 곧바로 손을 들고 일어섰다.

"제 생각에는 탈취하는 방식도 그저 막연히 하는 것보다는 작전을 짜서 하는 게 어떨까요? 가령 산장 내 어느 한 곳에 불을 지릅니다. 그러면 사람들이 그쪽으로 몰려들어 불을 잡느라고 방비가 허술해질 것입니다. 그때 숨어들어 찾아내는 것입니다. 이른바 성동격서聲東擊西 방책이지요."

그러자 모두 그 방식이 좋을 것 같다며 환호로 찬성을 표했다.

"자, 그럼 이제 우리의 뜻과 방식이 정해졌으니 여기 향주들과 함께 본격적으로 조직을 구성하고 작전을 짤 것입니다. 먼저 방화조와 탈취조를 구성하고 각각 책임자를 선정하겠습니다. 여러분들은 숙소에 가서서 여독을 좀 푸시고, 내일 초저녁에 다시 모여 작전 계획을 공유한 뒤에 자시子時에 출발하기로 하겠습니다."

모두 비장한 표정으로 일어서서 입구 쪽으로 향했다. 우리는 어찌할 바를 몰라 엉거주춤 일어서는데 문득 장 씨 향주가 붙잡았다.

"어찌하시겠습니까? 우리와 함께하시겠습니까?"

이때 나는 생각해둔 대로 대답했다.

"저는 조선족이라 뭐라 말씀 못 드리겠습니다만 여기 이 사람은 함께 하겠답니다."

"그렇다면 먼저 교주에게 인사를 드리고 승낙을 받아야 합니다. 자, 같이 가십시다."

장 씨 향주는 동용에게 있는 단검을 확인한 뒤, 데리고 앞쪽으로 향했다. 교주 앞에 다다른 동용은 포권抱拳을 하고 정중하게 인사를 드렸고, 곧 장 씨는 교주와 향주들 앞에서 뭔가 열심히 설명하기 시작했다. 잠시 후 동용은 장 씨의 요청에 따라 단검을 꺼내 교주에게 건넸다. 교주는 단검을 이리저리 세세하게 살핀 뒤 옆자리의 향주에게 건넸고, 그 향주도 유심히 살핀 뒤 다른 향주에게 건넸다. 이윽고 단검이 마지막으로 장 씨에게 돌아가자, 교주는 내 쪽을 바라보았다. 장 씨는 나를 손짓해 불렀다.

"듣자니 조선족 선비시라구요?"

교주는 내가 다가가자 굵은 목소리로 물었다. 동용은 내 쪽으로 바싹 다가붙었다.

"그렇습니다."

"귀한 손님이 오셨는데, 우리에게 선비라는 것을 입증해 줄 수 있겠소? 사실 내일 밤 우리 교인들은 어떤 운명을 맡게 될지 모릅니다. 오늘은 비록 모두 한마음 한뜻으로 찬동했지만, 생사가 걸린 일이라 젊은 교인들이 내일이 되면 어떻게 변할지 모릅니다. 이런 교인들의 마음을 다잡기 위해 적절한 문장 하나 써줄 수 있겠습니까?"

너무 생뚱맞은 일이어서 나는 당황스럽기만 했다. 옆에 있던 장 씨가 한쪽에 있던 지필묵을 갖다 주면서 낮은 소리로 얘기를 꺼냈다.

"어느 조직이나 통과의례가 있기 마련입니다. 그리고 교주는 두 사람이 혹시 관가의 첩자가 아닌지 의심할 수도 있으니 간단한 문장 하나 써 드리시지요."

나는 부지런히 머리를 굴리다가 문득 한 구절을 생각해 냈다. 곧바로 하얀색 종이를 펼친 뒤 붓을 들어 동용이 따라준 먹물을 듬뿍 묻힌 뒤 단숨에 써 내려갔다.

臣鞠躬盡瘁 死而後已 至於成敗利鈍 非臣之明 所能逆睹也
(신은 그저 엎드려 몸을 사리지 않고 죽을 때까지 다할 뿐, 그 이룸과 이루지 못함, 순조로움과 어려움에 대해서는 신의 지혜로 미리 예측할 수 있는 바가 아니옵니다.)

장 씨는 종이를 그대로 들어 교주에게로 가지고 갔다. 곧 그에게서 커다란 감탄사가 쏟아져 나왔다. 그러자 양옆의 향주들도 다가들어 머리를 들이밀었다.

"허허, 해동海東에 인재가 많다더니 빈말이 아니었구려. 젊은 나이에 이 같은 필력을 갖고 있다니…"

"그러게 말입니다. 그런데 이 문장 좀 낯익은데, 어디서 봤더라?"

나는 차분한 어조로 대꾸했다.

"촉한 제갈량의 후출사표後出師表에 나오는 문장입니다."

그러자 모두들 손뼉을 마주쳤다.

"맞아, 맞아. 많은 사람들 가슴을 메이게 했다는 제갈량 출사표 마지막 문장입니다. 이 글을 벽에 떡 붙여 놓으면 내일 젊은이들 마음이 흔들릴 일은 없을 것 같습니다."

그러자 장 씨 향주는 커다란 목소리로 말을 꺼냈다.

"이왕 시작한 것, 여기 이 장사의 무예도 한번 구경하는 게 어떻겠습니까?"

그러자 모두 박수를 쳐대며 환호했다.

"그럽시다. 어차피 우리와 함께하려면 실력을 보여야 할 것이오. 특히 낯선 사람은…"

그러자 한 향주가 자기 검을 집어 동용에게 던져 주었다. 향주들은 언제 어디서나 검을 휴대하고 다니는 듯했다. 동용은 칼집에서 칼을 꺼내 유심히 살피며 날을 문질러 보았다. 이때 장 씨 향주가 제안을 했다.

"내가 보기에는 여기에서 대련은 적절한 방식이 아닐 것 같습니다. 그냥 혼자 시연으로 하는 게 어떻겠습니까?"

모두 그게 좋겠다고 찬성을 표했다. 그러자 동용은 잠시 생각하더니 구석에 놓여있는 함지박으로 가서 과일을 하나 꺼내 들었다. 몇 개의 함지박에는 교주와 향주들 저녁 식사를 위해 음식, 과일, 술 등이 담겨 있었다. 동용이 가져온 것은 처음 보는 붉으죽죽한 과일이었고, 그는 내게 주며 공중으로 던져달라고 했다.

그가 자리를 잡고 자세를 취하자 나는 과일을 공중으로 던져 올렸고, 그는 짧은 기합과 함께 칼을 수평으로 내쳤다가 다시 수직으로 내리쳤다. 그러자 과일은 순식간에 네 토막이 되어 바닥으로 후루루 떨어졌다. 향주들의 감탄사와 박수가 쏟아졌다. 그러나 동용은 긴장을 풀지 않고 칼날을 쥔 채 허공을 노려보았다. 그러다 또다시 짧은 기합과 함께 칼을 휘둘렀다. 그러나 왜 휘둘렀는지 알지 못해 향주들은 반응을 보이지 않았다. 곧 동용은 허리를 구부려 바닥에서 뭔가를 집어 들었다. 향주들이 달려들었고, 나도 끼어들었다. 그것은 한 마리의 파리였다.

와! 하고 향주들은 박수를 치며 환호성을 올렸다. 한 향주는 죽은 파리를 손바닥에 담아 교주에게로 다가가서 보여주었다. 교주는 희색이 만면한 표정으로 자리에서 일어섰다.

"이 정도면 우리 교인으로서 자격은 충분히 되는 것 같소. 그러나 우리와 행동을 같이하려면 우리 교인이 되어야 하고, 규약에 따라 가입의식이 필요하오. 장 향주는 저 장사에게 우리 백양교白楊教에 가입할 의향이 있는지 물어주시오. 그리고 의향이 있다면 이 자리에서 약소하게 향당鄕堂을 열면서 가입의식을 치르도록 합시다."

장 씨 향주는 교주에게 포권을 한 채 허리를 굽혀 예를 표하고 우리 쪽으로 몸을 돌렸다. 동용은 내게 눈길을 보냈고, 나는 고갯짓으로 수락하라는 의사를 전했다. 어차피 우리는 호랑이 굴로 들어가야 하는 것이다. 장 씨 향주는 동용에게 다가가 정식으로 의사를 확인한 뒤, 다시 교주에게로 향했다. 내게는 조선족이라고 그런지 눈길 한 번 주지 않았다.

곧 향주들이 바쁘게 움직였다. 저녁 식사용으로 준비한 커다란 상이 펼쳐졌고, 접시에 고기와 과일들이 들이 담겨 간단하게 진설되었다. 위쪽 중앙에는 빈 접시 위에 저두猪頭, 양두羊頭라고 쓴 종이들이 놓여졌는데, 꼭 있어야 하나 당장 구할 수는 없어 이런 식으로 하는 듯했다. 누가 가져왔는지 향좁까지 피워졌다. 마지막으로 상의 위쪽 밖에 두 개의 막대가 세워졌고, 각 막대에는 영패令牌를 대신하여 단정한 초서체의 글씨가 쓰여진 기다란 종이들이 걸렸다.

白蓮敎主茅子元之位
八卦敎主劉佐臣之位

모자원은 백련교의 창시자인 듯하고, 유좌신은 팔괘교 창시자인 듯하며, 백양교는 백련교와 팔괘교의 전통을 이어받은 종교라는 것을 나타내고 있었다. 향당이라는 절차가 그럭저럭 갖춰지자 교주와 향주들은 탁자 앞에 나란히 서더니 곧 무릎을 꿇고 정중하게 절을 올렸다. 이어서 한 향주의 축문 낭독이 있었다. 후에 동용이 알려준 바에 의하면 축문의 내용은 대강 다음과 같다.

변방의 오랑캐가 조정을 장악한 뒤로 문란한 풍조과 부정부패로 민생은 도탄에 빠져 세상은 한 치 앞을 내다볼 수 없는 위기에 이르렀다. 이에 우리는 백련, 팔괘 양 교주께서 백성들을 깨우쳐 교화하고 모두 편안하고 풍요롭게 사는 천년왕국을 건설하기 위해 교를 창시하셨던 뜻을 받들어, 이 땅에서 오랑캐를 몰아내고 미륵의 뜻을 구현하는 나라를 건설하는 데 힘을 보태고자 하니 신명께서는 굽어살피시기 바란다.

또한 오늘 새로이 한 식구를 맞아들여 우리 형제로 삼고자 하니 하늘에 계신 두 교주께서는 승낙해주시기 바란다.

축문 읽기가 끝나자 모두 다시 무릎을 꿇고 절을 올린 후, 상 주위에 둘러앉았다. 곧 한 향주가 교주 앞에 술이 담긴 대접을 갖다 놓았다.

"장 향주는 내일 오전 중으로 저 장사에게 우리 교의 법도와 규약을 알려주기 바라오."

교주는 말을 마친 뒤 어디선가 바늘을 꺼내 왼손 검지를 찌르더니 대접 위에 핏방울을 떨어뜨렸다. 대접은 곧 옆으로 옮겨졌고, 같은 방식으로 향주들이 핏방울을 떨어뜨리더니 이윽고 동용 앞까지 왔다. 동용이 어찌할 바를 모르자 한 향주가 채근하여 같은 방식으로 핏방울을 떨어뜨리게 했고, 곧 대접은 교주 앞으로 옮겨졌다. 교주는 주저 없이 들어서 한 모금을 마시고는 옆자리로 돌렸다. 이런 식으로 술대접은 또 다시 한 바퀴를 돌았다.

피를 나눈 형제애를 연상시키는 입교의식入教儀式은 어찌 보면 흔할 수도 있는 것이었으나, 상당한 소속감을 부여할 것 같은 느낌은 분명해 보였다. 만약에 동용이 중국인이었다면 오늘의 행사를 겪은 후에는 교주에서 벗어나기 힘들 것만 같았다.

"자, 이제 술잔을 나누면서 내일 밤 작전에 대해 의견을 개진해 보기로 합시다."

장 향주는 마침내 내게로 시선을 돌리더니 손짓을 해서 합류하라고 권했다. 술과 음식을 나누면서 밤늦도록까지 얘기를 나눈 결과 거사의 구체적인 내용이 확정되었다.

시간은 내일 밤 축시丑時, 출동 인원은 각 향주와 교인 70명으로 하고, 교주는 마을의 숙소에서 향주 1명과 함께 결과를 보고받기로 했다. 성벽을 넘는 장소는 서쪽 부근이 부속 건물이 적어 가장 적당해 보이므로, 문왕묘文王墓로 가는 길을 따라가다 성벽으로 향한다.

향주 1명은 성벽 밖에서 5명의 교인들과 함께 말들을 책임지고, 향주 4명과 65명의 교인들은 성벽을 뛰어넘어 방화와 탈취의 임무를 수행한다. 방화조 20명, 탈취조 45명으로 하고 각각의 조장은 향주가 맡는다. 방화조는 방화에 성공하면 곧바로 탈취조에 합류한다.

동용은 탈취조에 포함되었고, 나는 한 씨 향주를 도와 성벽 밖에서 말들을 지키고 관리하는 역할이 주어졌다.

동용과 나는 장 씨 향주를 따라 숙소로 돌아왔다. 그는 내일 거사를 위해 푹 자두라며 우리에게 작별 인사까지 건넸으나, 나는 쉽게 잠을 이룰 수 없었다. 우리가 하고 있는 게 과연 잘하고 있는 것인가 하는 불안이 가시지 않았기 때문이다. 자칫 잘못하다가는 이역만리에서 아무 성과도 없이 한줌의 모래처럼 스러져 버릴지도 모르는 것이다.

동용도 비슷한 심정이었는지 잠들지 못하고 뒤척이는 듯했다.

"혼자만 험지로 보내 미안하네."

"저 혼자만 가는 것도 아니니 괜찮습니다. 그보다도, 뭔 일이 너무 쉽고 빠르게 진행되는 것 같아서…"

"나도 그게 마음이 놓이지 않아. 장 씨 향주가 생판 모른 우리에게 호감을 보이며 접근해 온 것이라든지, 비밀결사라고 하면서 은장도 한 자루와 무예 시범만 보고 회원 가입을 시킨 거라든지, 피서산장 잠입 같은 중대한 일에 바로 동참을 시킨 거라든지⋯ 마치 우리 행로가 미리 짜여져 있는 것 같은 생각이 들어."

"어차피 내일 저녁까지는 시간이 있으니 좀 더 생각해 보기로 하지요."

교주의 정체

다음 날 오전에는 장 씨 향주의 동용에 대한, 이른바 백양교의 법도와 규약 설명이 있었다. 대강의 내용은 다음과 같다.

먼저 지켜야 할 것으로는, 이 땅에서 멸만흥한의 그 날까지 일치단결하여 조직에 충성할 것. 교인들은 한 형제이니 의리를 지키고 상호부조 할 것, 향당에서 결정된 사항은 목숨을 바쳐 따르고, 부득이한 경우에도 조직을 이탈하지 말고 다음을 기약할 것 등을 들었다.

다음으로, 금지해야 할 것으로는 조직의 기밀을 누설하지 말 것, 배신하지 말 것, 조직과 형제들에 해를 끼치지 말 것, 위법부당한 행위로 관가의 추적을 받지 말 것, 외부 사람들에게 불순 행위를 하지 말 것, 약속에 대한 신의를 어기지 말 것 등을 들었다.

또한 법도와 규약을 어길 시에는 반드시 형벌이 가해진다며, 그 종류로는 곤장에서부터, 고문, 손가락 자르기, 참살斬殺 등이 있다고 했다.

애기를 마친 장 씨는 동용을 주시하며, 이번 일에 힘을 써서 잘 성사되게 하면 교주는 향후 당신을 중요하게 쓰실 거라는 언질도 잊지 않았다.

이제 생각해 보니 장 씨는 자기 향방의 세력을 보완하기 위해 우리들을 끌어들인 것 같았다. 교주 아래 6개의 향방이 있으니 자연히 우열이 생기게 될 것이며, 서로 충성 경쟁이 붙을지도 모른다. 그는 오는 길에 사당에서 동용과 나를 유심히 바라보고 있었다가 자기 방으로 끌어들일 만한 인재라고 생각했던 게 아니었을까?

동용과 나는 점심을 먹고 잠시 숙소에서 쉬다가 밖으로 나섰다. 초저녁이 될 때까지 방 안에서 마냥 기다리는 것보다는, 밖에서 돌아다니면서 긴장과 불안을 삭이는 게 훨씬 나을 것 같았기 때문이다. 마을에는 농사철이기 때문인 듯 사람의 자취를 보기 힘들었고, 간간이 개 짖는 소리들만 허공에 퍼지고 있었다. 우리는 마을 밖으로 나가 거닐다가 언덕배기를 타고 올랐다.

북방의 산야는 아름다웠다. 산의 능선들은 물결치듯 끝없이 이어져 있었고, 여기저기 한참 신록으로 무장한 산봉우리들은 원시적인 자태 그대로 솟아있었다.

언덕배기 위쪽에는 연둣빛의 완만한 산록이 이어져 있었는데, 도처에서 양들이 한가롭게 풀을 뜯고 있었다. 마치 한 폭의 그림 같은 풍경에 우리는 한동안 말을 잃고 바라보고 있다가, 곧 한쪽 나무 그늘에서 잠시 쉬기로 했다.

그늘 밑에 다다라 자리를 잡고 앉는데 누군가가 부르는 것이었다.

바라보니 백발 머리를 질끈 동여맨 한 노인이 지팡이를 짚으며 다가오고 있었다. 우리는 자리에서 벌떡 일어섰으나 노인은 다시 앉게 하고는 땀을 훔치며 우리 옆에 앉았다.

"어디에서 오신 분들이시오?"

"베이징에서 왔습니다. 피서산장 가는 길에 잠시 들렀습니다."

"혹시 백양교 사람들 아니요?"

뭐라 대꾸해야 하나, 잠시 망설여졌다.

"우리는 그저 새로 가입해 볼까 하고 온 사람들입니다."

"그랬군요. 이 마을에서 외지인을 볼 때라고는 그 사람들 집회 때뿐이어서 물어본 것이외다. 그렇잖아도 어젯밤에 집회가 있다고 들었소."

노인은 작달막한 체구였지만 말소리가 분명했고, 피부도 흰색을 띠고 있어 여느 농사꾼들과는 다른 느낌을 갖게 했다.

"왜 여기 오셨습니까?"

"아, 나는 여기서 양 떼들을 돌보고 있소. 나이 들어서 다른 일은 못하고, 집 안에 있는 양 떼들을 사육하며 지내고 있지요"

"양 떼들을 키워서 어떻게 하십니까? 내다 파십니까?"

"주로 피서산장에 보냅니다. 황실 사람들이 원래 유목민족 출신이어서 양고기를 좋아하는 데다, 차도 수태차를 즐겨 마시기 때문에 양들을 많이 찾습니다."

"수태차라니요?"

"원래는 몽골 사람들이 마시던 차지요. 그런데 같은 유목민족이라 입에 맞는지 산장 사람들도 즐겨 마십니다. 녹차에 양이나 소의 젖을 넣고 소금으로 간을 맞춥니다."

녹차에 싱싱한 젖이 들어간다 하니 몸에도 좋을 것 같았다.

"그런데 어떻게 된 거요? 한 분은 중국 사람 같은데, 또 한분은 아
닌 것 같기도 하고…"

"예, 저는 조선족 사람입니다. 이 사람 안내로 피서산장 유람 차 왔
다가 백양교인들과 합류하게 되었습니다."

그러자 노인은 고개를 숙이고 생각에 잠겼다가, 이윽고 고개를 들
어 우리들을 바라보았다.

"그 정도라면 백양 교인들과 가까이하지 않는 게 좋을 것 같습니다.
교주라는 사람이 그다지 신뢰할 사람이 못되기 때문이지요. 교주 유
씨는 원래 이 마을 출신입니다. 집안이 가난한 데다 도벽盜癖이 있어
서 소싯적부터 남의 것을 잘 훔치곤 했었지요. 자라면서 가난하게 살
기 싫고, 농사일도 하기 싫어서 마을을 뛰쳐나갔습니다. 베이징으로
갔지만 배운 게 없어 길거리나 시장바닥에서 몸으로 때우는 일들을 하
면서 근근이 먹고 살았습니다. 들리는 말로는 남한테 사기를 쳐서 관
가에 끌려가기도 했다 합니다. 그런데 이 유 씨가 우연히 어떤 사람의
소개로 천지회天地會라는 단체에 가입하게 됩니다. 조정에 대항하는
비밀스러운 단체지만, 가입 자체가 어렵지 않고 신분의 우열을 가
리지 않기 때문에 그에게는 몸값을 높일 수 있는 기회이기도 했지요.

그는 열심히 그들과 어울리면서 얻어듣기도 하고, 어깨너머로 이것
저것 눈에 익히기도 하다가 어느 정도 자신이 생겼는지 천지회를 뛰쳐
나와 새 종교 단체를 만듭니다. 바로 백양교白楊敎지요. 백양교는 그
가 많은 지식이 있다거나 어떤 신념을 바탕으로 시작한 게 아니고, 그

가 세상에서 보다 유리하고 편하게 살기 위해 만든 것입니다. 나름대로 주산珠算을 튕겨보고 뭔가 되겠다 싶었던 모양입니다.

유 씨가 천지회를 따라다니면서 또 하나 익힌 게 있는데, 바로 화술話術입니다. 그가 평소 말주변이 좀 있기는 했는데, 천지회와 어울리면서 그동안 원망만 했던 하늘이 자신에게 준 유일한 자질이 화술이라는 것을 깨닫게 된 것 같습니다. 난하灤河라는 곳에서 천지회에서 보고 들었던 것을 화술로 녹여내 사람들에게 접근하자, 조금씩 소문이 나면서 모여들기 시작하여 지금은 백양교 교주라고 행세하고 있지요. 아예 충성을 맹세한 사람들도 있다고 들었습니다."

그렇다면 어젯밤 입교의식이나, 장 씨가 오전에 설파했던 교의 법도니 규약이니 하는 것도 모두 천지회에서 따온 것이란 말인가?

"그런데 본부를 이 마을에 두었습니까? 왜 여기에서 집회를 하는 겁니까?"

"본부는 난하에 있습니다. 여기 동굴에서 가끔씩 집회를 하는 것은 남의 눈길을 피할 수 있기 때문입니다. 또한 마을 사람들에게 자신을 과시하기도 하고, 무슨 일이 생기면 자기 방패막이로 삼기 위해서일 것입니다. 그러나 마을에서는 모두 시큰둥합니다. 젊은 사람들이 별로 없는 데다, 그가 주민들에게 별로 좋은 인상을 남기지 못했기 때문입니다. 마을 사람들은 청나라 조정도 싫어하지만 유 씨도 탐탁하게 생각지 않습니다."

"그런데 왜 어르신께서는 처음 보는 우리에게 이런 일들을 다 얘기해 주는 겁니까? 일이 잘못되어 교주 귀에라도 들어가면 어쩌려고 그러십니까?"

"두 분 모두 외지인인 데다 보아하니 막 돼먹은 사람들 같지는 않기에 아까워서 그러는 겁니다. 게다가 내 나이 이제 70인데 해코지당하면 얼마나 당하겠습니까?"

우리는 노인의 깊은 심사에 잠시 말을 잇지 못했다.

"원래 우리 마을은 땅이나 파먹으며 토끼와 발맞추고 사는 조용한 시골이었습니다. 그런데 청나라 조정에서 저 산자락에 피서산장이라는 것을 짓기 시작하면서 모든 게 달라졌습니다. 힘 좀 쓰는 젊은이들은 잡아다 부역을 시키고, 수확 철이 되면 태반을 빼앗아 가 먹고 살기 힘들게 만든 것입니다. 당연히 오랫동안 지켜왔던 마을의 정조情調도 무너지고, 인심도 흉흉해 졌습니다. 그러자 세태가 달라졌다고, 마을의 전통을 배신하고 자신의 입지를 위해 이용하려는 자들이 생겨났습니다. 이 마을에서 내내 촌장을 지낸 나는 누구보다도 그런 사정들을 잘 아는 편이지요.

유 씨 교주도 그런 사람 중의 하나겠지만 우리는 마을에 젊은 사람들이 드물어 힘을 쓰지 못하고 있었습니다. 어젯밤 집회에서 어떤 얘기가 오갔는지 나는 모릅니다. 내가 알려고 하면 알 수도 있겠지만, 구태여 그러고 싶지는 않습니다. 다만 얘기하고 싶은 것은 조직이니, 의리니 하면서 부화뇌동하다가는 자칫 이용이나 당하기 십상이라는 것입니다. 교인들의 희생으로 교주는 전리품을 챙기고, 자신의 입지를 강화하는 것입니다."

"무슨 전리품을 챙기고 입지를 강화한다는 것입니까?"

"그가 노리는 것은 천지회 총교주總敎主입니다. 천지회 산하 교파에서 힘을 키우고 맹주로 부상하여 전국의 천지회를 차지하려는 것이지요. 맹랑한 포부입니다. 그는 아는 것이나 인품이나 그만한 그릇이 되지 못합니다."

"큰 깨달음을 주셔서 감사합니다. 저는 이런 줄도 모르고 그저 맹목적으로 충성을 바칠 뻔했습니다."

동용이 무릎을 꿇고 감사를 표하자 노인은 동용을 잡아 일으켜 세웠다.

"제 얘기를 잘 받아주셔서 감사합니다. 원래 우리 마을은 자연을 벗삼아 살면서 외지인들을 제 식구처럼 반겨하는 사람들이 사는 곳이었답니다. 그러나 청나라 통치 이후 마을 인심도 삭막해지고, 외지인들에게도 해만 끼치는 것 같아 안타깝기 그지없습니다."

"마을이 제 자리를 찾으려면 피서산장이 없어져야겠군요."

"어차피 그 방도밖에는 없을 것 같습니다."

우리는 노인과 하직하고 숙소로 향했다. 동용과 나는 마을로 향하면서 오늘 밤 취해야 할 행동에 대해 많은 얘기들을 나눴다. 그리고 숙소에 다다라서는 만약을 대비해 우리 짐들을 챙겨 별도의 장소에 보관해 두기로 했다.

밤 해시亥時에 교인들은 4~5명씩 마을을 벗어나 동구 밖에서 모인 뒤, 문왕묘 쪽으로 향했다. 하늘에는 엷은 구름에 흐릿한 달빛이 비치고 있어서 밤길 가는 데는 다소 도움이 되었으나, 성벽을 타고 넘어 산장으로 잠입하는 데는 장애가 될 것 같았다. 긴장과 불안으로 모두들 침묵을 지킨 채 이동했고, 바람도 없어 말 발자국 소리만 숲 속의 정적을 깨뜨리고 있었다.

문왕묘는 적막했고 인적이 전혀 느껴지지 않아 우리는 경계심을 풀고 지나쳐 곧바로 성벽 쪽으로 향했다. 성벽에 가까운 숲에 다다라 모두들 말에서 내려 일단 한숨을 돌렸다. 곧 한 향주가 앞으로 나섰다.

"자, 이제 조별로 집합해 보시오. 방화조는 왼쪽, 탈취조는 오른쪽입니다."

출발하기 전 임무가 부여된 대로 교인들은 양쪽으로 갈라졌다. 탈취조는 방화조의 2배가 넘는 데다가 실제 주력 인원들이어서 웅성거림이 더 심했다.

"각자 무기와 장비들 잘 점검하고, 각오 단단히 해야 합니다. 오늘밤 성패 여부는 우리 교의 운명뿐만 아니라 여러분의 운명과도 직결되어 있기 때문입니다. 자, 모두 점검이 끝났으면 출발하도록 합시다."

동용도 탈취조 쪽에서 손바닥을 펴 내게 인사를 나눈 후 곧바로 무리에 합류했다. 곧 부스럭거리며 교인들은 숲속을 빠져나가기 시작했다. 그동안 남은 인원들과 나는 타고 온 말들의 고삐를 하나둘씩 나무에 묶기 시작했다. 말고삐들을 다 묶고 한쪽에서 잠시 앉아 쉬려 하자한 향주가 다가왔다.

"수고했소. 자, 우리 술이나 한잔하면서 마음을 좀 달랩시다."

술병과 잔을 내려놓는 그에게서는 이미 술 냄새가 풍기고 있었다. 그는 왜 술을 마셨을까. 내게 술을 따라 권한 후 뭔가를 건넸다. 안주로 먹으라는 것인 모양인데 육포 같았다. 그런 뒤 자신도 스스로 따라 단숨에 마셨다. 그리고는 목소리를 낮춰 물었다.

"어때요? 이번 거사가 성공하리라 보십니까?"

뜻밖에도 그는 조선말로 말했다. 어떻게 조선 말을 아느냐고 묻자그는 자신이 심양沈陽 출신이며, 모친이 조선족이라고 했다. 소싯적에 난하 쪽으로 이사했다는 것이었다. 어쨌든 나는 졸지에 말문이 막혔다. 그는 안주를 씹으면서 내 답변을 기다렸다.

"글쎄요. 저희들은 실정을 잘 몰라서…"

"성안의 병사들 다수가 빠져나갔다고 해도 지키는 병사들이 없을 수는 없습니다. 더구나 그들은 황실 근위병들입니다. 소문으로는 기강이 좀 해이해졌다고는 하나 원래 최정예 병사들입니다. 그래서 오늘 밤 거사가 과연 성공할 수 있을지 불안합니다. 자칫 잘못하면 모두 개죽음당하기 십상입니다. 우리가 교주를 떠받들고는 있지만 이렇게 일을 벌이는 게 과연 잘하는 것인지 모르겠습니다."

"어젯밤 교인들이 모두 찬성해서 이루어진 거사 아닙니까?"

"그게 사실은… 미리 짜고 했을 가능성이 있습니다. 교주가 거행 여부를 물었을 때 먼저 일어서서 열변을 토한 사람, 그 맹 향주는 교주의 친구입니다. 충성을 맹세했다고도 합니다. 평소 달변가이기도 한 그가 수하들과 함께 분위기를 주도해 간 것입니다."

충격적이었다. 더구나 향주라는 직함을 가지고 있는 사람에게서 이런 얘기가 나올 줄은 뜻밖이었다. 그래서 그에게서 술 냄새가 났던 것인가. 그는 다시금 스스로 술을 따라 마셨다. 그리고는 무릎에 양손을 얹은 뒤 문득 하늘을 바라보았다. 하늘에는 구름에 가려진 달빛이 흐릿하게 비춰지고 있었으나, 오늘 밤은 여느 밤과 같을 수는 없었다.

"세상 돌아가는 꼴을 보면 가만히 앉아 있을 수는 없고, 들고 일어서자니 힘이 없어 늘 불안하기만 하고… 이게 그저 백성들 팔자인 것만 같소."

나는 자신도 모르게 고개가 숙어졌다. 공감이 가서였을까.

그런데 잠시 후 코 고는 소리가 들리는 것이었다. 술기운 때문인지 그는 세운 무릎 위에 얼굴을 묻고 깜빡 잠이 든 모양이었다. 그런 모습이 정상은 아니라고 생각되면서도 한편으로 애처롭기도 했다.

이때 문득 낮에 만났던 촌장 얘기들이 떠올랐다. 그러면서 불현듯 이건 실패로 끝날 것만 같은 예감이 드는 것이었다. 왜 그럴 것인지는 구체적으로 떠오르지 않은 채, 그저 막연히 패배할 것만 같았다. 그러면 아무 보람도 없이 아까운 목숨들만 처참하게 희생되는 것이다. 동용도 죽고 다 죽는다…

나는 일어서서 다른 교인들을 살폈다. 다행히도 그들은 말들의 무리 끝쪽에서 얘기를 나누고 있었다. 말들 때문에 그쪽과 이쪽은 차단되어 있었다. 나는 작심을 하고 내 말을 찾아 고삐를 풀었다. 그리고 살금살금 말들 사이를 빠져나갔다. 어느 정도 벗어났을 때 재빨리 말에 올라타고 성벽 쪽으로 향했다.

성벽에 다다라 따라가다 보면 성문이 나올 것이다. 성문에는 병사들이 있을 것이고, 그들에게 오늘의 거사를 전부 털어놓는다. 그게 아까운 목숨들을 구제할 수 있는 최상의 방안일 것이다…

나의 선택

곧 어둠 속에서 성벽이 나타났다. 별다른 기척이 없는 것으로 봐서 교인들은 성벽을 무사히 넘은 듯했다. 나는 좌측으로 구부러져 성벽을 따라 전진했다. 다행히도 말의 행보는 거침이 없었고, 이윽고 성문의 누각을 발견할 수 있었다. 나는 소리를 지르며 성문 아래쪽으로 다가갔다. 곧 위쪽에서 누군가가 나타났다.

"웬 놈이냐?"

나는 서툰 중국어로 말을 이어갔다.

"긴급한 용무입니다."

"얘기해 보아라."

"지금 반도叛徒들이 성안에 잠입해 있습니다."

"뭐라고? 그게 사실이냐? 반도들이라니?"

누각 위가 소란스러워지더니 고함소리들이 들렸다. 병사들도 여럿이 나타났다. 곧 육중한 성문이 둔탁한 소리를 내며 열렸고, 나는 해자의 다리를 건너 성문 안으로 들어갔다. 안에는 횃불 아래서 여남은 병사들이 살벌한 눈초리로 기다리고 있었다. 나는 헛기침을 해서 마음을 다잡으며 말에서 내려 그들에게 다가갔다. 나는 긴장된 탓에 말이 제대로 나오지 않아 말채찍을 거꾸로 잡고 땅바닥에 글씨를 써나갔다.

"지금 일부 반도들이 식당과 운산승지루 주변에 잠입하고 있습니다."

그러자 그들도 칼을 빼서 재빨리 써나갔다.

"반도들이 누구며 무슨 목적으로 들어왔단 말이냐?"

"백양교 교인들입니다. 그들은 식당에 불을 지르고, 운산승지루에서는 보물을 훔쳐낼 것입니다."

그러자 우두머리로 보이는 인물이 칼끝을 내 턱에 갔다 댔다. 그러면서 다급하게 말하자 옆에서 땅바닥에 써내려갔다.

"그 말이 사실이렷다? 만약에 거짓이면 네 목숨은 없는 줄 알아라!"

"그렇게 하십시오."

그러자 그들은 누각 쪽으로 소리쳐 알리고 신속하게 움직였다. 곧 누각 쪽에서 다급한 종소리가 울리고 병사들이 모여들기 시작했다. 말을 타고 나타난 병사들도 있었다. 나도 한쪽으로 가 말에 올라탄 뒤 수문장守門將으로 보이는 사람을 찾아 다가갔다. 그러자 옆에서 내게 붓과 종이를 내밀었다. 과연 근위병다운 순발력이었다.

"먼저 식당에 불을 못 지르게 해야 합니다."

"왜 그렇단 말이냐?"

"식당 불이 신호이기 때문입니다. 불이 나서 병사들이 그쪽으로 몰려들면 그 틈을 타서 운산승지루를 공격할 것입니다."

"그렇다면 그렇게 하자!"

병사들은 속속 모여들었으나 실제 인원은 불과 백여 명에 지나지 않았다. 주력이 사냥터로 빠져나간 탓이리라. 수문장은 말을 탄 채로 앞으로 나서서 크게 호령했다.

"내 말 잘 들어라. 지금부터 기병은 나를 따르고, 보병은 서쪽으로 향해 운산승지루를 방어하라."

누군가가 재빨리 종이에 써서 내게 보여주었다. 그가 내게도 따라오라고 손짓을 하면서 앞장을 서자 기병들이 뒤를 따랐고, 곧 보병들도 열을 지어 서쪽으로 향했다. 어둠 속을 얼마나 내달렸을까? 갑자기 누군가가 소리쳤다.

"불이다! 식당 쪽에 불이 나고 있다!"

과연 어둠 속 저편에서 불길이 치솟고 있었다. 그러나 기세가 약한 것으로 봐서 불이 붙은 지 얼마 안 된 모양이었다. 갑자기 수문장이 팔을 들어 기병들의 행진을 제지시켰다. 그는 말을 돌려 병사들을 바라보며 소리쳤다.

"지금 앞쪽 절반은 나를 따르라. 그리고 뒤쪽 절반은 그대로 식당으로 가서 불 끄는데 협조하라."

그가 말을 돌려 서쪽으로 향하자 앞쪽 기병들도 우르르 뒤를 따랐다. 나도 그 뒤를 따랐다. 곧바로 운산승지루로 향하는 듯했다.

이윽고 어둠 속에서 커다란 루樓의 윤곽이 모습을 드러냈다. 그러나 사위는 조용하기만 했다. 곧 어디에선가 두 사람이 나타나 기병들을 맞았다. 건물의 지킴이들인 모양이었다.

"어쩐 일이십니까?"

"여기 혹시 사람들 인기척이 없었느냐?"

"없었는데요. 저기 식당 쪽에 불빛이 보이던데, 있다면 그쪽에 있을 것입니다."

그러자 수문장은 수염을 어루만지며 생각에 잠겼다. 그러다 내 쪽을 힐끗 쳐다보기도 했는데, 누구 얘기가 맞는지 잠시 혼란스러운 모양이었다. 그러다 갑자기 병사들을 향해 명령을 내렸다.

"여기 정원을 에워싸라!"

그러자 병사들은 신속히 말을 달려 정원 주위에 일정한 간격으로 포진했다. 나는 수문장 뒤쪽으로 다가서서 왼손으로 입을 가렸다. 교인들에게 모습을 드러내지 않기 위해서였다. 수문장은 헛기침을 한번 한 후에 커다란 목소리로 외쳤다.

"너희들은 포위되었다. 순순히 나와서 항복해라. 그러면 목숨만은 살려줄 것이다"

그러나 정원 속에서는 아무 미동도 없었다. 이때 나는 횃불을 가까이해달라 하여 종이 위에 급하게 글을 써 내려갔다. 이때 수문장은 허공을 향해 오른팔을 치켜들었다. 그리고는 주먹을 쥐고 검지와 중지 손가락을 반듯하게 폈다. 그러자 둘러선 병사들 여기저기서 활과 화살이 준비되었다. 모든 화살들이 정원을 향해 겨눠지자 수문장은 급하게 주먹을 내리며 소리쳤다.

"쏴라!"

화살들이 일제히 바람 소리를 내며 숲속으로 날아갔다. 곧 날카로운 비명 소리가 들렸다. 수문장은 신음소리를 터뜨렸다. 나는 곧바로 수문장에게 내가 쓴 글을 올렸다. 그는 잠깐 훑어보더니 아까보다 훨씬 힘이 들어간 목소리로 외쳤다. 옆에서는 재빨리 종이에 써서 보여주었다.

"순순히 나와서 항복해라. 지금 너희들은 이용만 당하고 있을 뿐이다. 너희들의 교주란 자는 원래 사기꾼으로, 여러 사람들에게 사기 치고 살다가 관가에 체포되어 옥살이까지 했던 인물이다. 그러다 천지회에 끼어들어 어깨너머로 얻어들은 것을 풀어 먹고 있을 뿐이다. 하찮은 말재주에 현혹되고 세뇌되어 여러분의 모든 것을 걸지 말아라. 지금 이 누각에 금척이란 것도 없거니와, 설사 있어서 훔쳐 간다고 해도 한낱 사기꾼 좋은 일만 시킬 뿐이다. 여러분의 목숨과 가족을 생각해서라도 빨리 나와서 항복해라. 여기 곧 응원군도 도착할 것이다."

잠시 후 숲속에서는 웅성거리는 소리가 들리기 시작했다.

이윽고 숲 한쪽에서 무기를 양팔에 받쳐 든 교인들이 하나둘씩 나타나기 시작했다. 곧 교인들은 줄을 지어 숲을 빠져나왔고, 무기들을 받쳐 든 채로 수문장 앞에 섰다. 병사들은 재빨리 말에서 내려 무기들을 회수했다. 수문장은 흡족한 표정으로 바라보다 내게 주먹을 불끈 쥐어 보이기도 했다. 나는 또다시 급하게 글을 써 책임자에게 올렸다.

"교인들이 항복한 이상 어떤 식으로든 처단은 말아 주십시오. 그들은 불쌍한 민초들로 이용만 당했을 뿐입니다. 그리고 지금 교주가 산내마을에서 대기하고 있으니 병사들을 보내 그를 체포하십시오. 뒷줄 오른쪽 맨 끝에 있는 키 큰 젊은이는 제 친척이니 오늘 밤 제게 보내주시기 바랍니다."

수문장은 잠깐 훑어보더니 나를 바라보며 또다시 주먹을 불끈 쥐어 보였다. 이로서 오늘 밤의 백양교인 거사는 무탈하게 마무리된 셈이었다. 얼마 후 들리는 얘기로는 식당의 불길도 기병들이 급습하여 어렵지 않게 잡을 수 있었다고 한다. 병사들이 교인들을 한쪽에 정렬시켜 놓고 회수한 무기들을 말에 싣고 있을 때, 수문장은 교주 체포조 출동하라고 지시를 내렸다. 곧 병사 10명과 교인 2명으로 구성된 체포조가 말 잔등 위에 올라 다급하게 성문 쪽으로 향했다.

다음 날, 어젯밤 마련해 준 숙소에서 잠을 깬 동용과 나는 세수를 하고 침구를 정돈한 후 옷차림을 갖췄다. 그런데 왠지 돌아가는 분위기가 심상치 않았다. 간간이 오가는 사람들의 동작들도 예사롭지 않았고, 표정들도 긴장되어 있는 듯했다. 황제가 거주하는 궁중은 원래 삼엄하기 이를 데 없는 곳이어서 당연히 그러겠거니 했는데, 식사를 가져온 병사가 뜻밖의 얘기를 들려줬다.

"황제께서 반도들이 잠입했다는 소식을 듣고 사냥을 포기하고 귀환하신다고 합니다."

그래서 이 작은 숙소까지에도 이상이 감지되었던가. 이를테면 황제와 주변 사람들이 모두 자리를 비워 한껏 느긋하게 있었다가 갑자기 돌아온다니 비상이 걸린 모양이었다. 그나저나 반도들은 제대로 난동도 부리지 못하고 그저 찻잔 속의 미풍이 되고 말았는데, 대국의 황제가 그를 빌미로 행차를 취소한다니 쉽게 납득이 되지 않았다.

병사는 우리 식사를 살뜰하게 챙겨준 후 당부를 잊지 않았다.

"수문장께서 낮 동안에는 주변 경관을 둘러보시다가 유시酉時까지는 반드시 숙소로 돌아와 달라고 말씀하셨습니다. 아마도 공로를 상부에 보고하여 포상하는 문제를 협의할 듯합니다."

우리는 아침을 든든히 먹고 숙소를 나섰다. 산악지대인 때문인지 날씨는 한결 청명해 보였고 공기도 상쾌했다. 우리에게는 화려한 말갖춤으로 치장된 말들과 함께 안내원 한 사람도 주어졌다. 50세 안팎의 나이로 보이는 안내원은 젊은 우리에게 퍽 공손했다. 아마도 누구에게선가 우리를 어떻게 대우하라는 지침을 받은 듯한 느낌을 갖게 했다.

"여기 산장의 넓이는 대략 180만평 정도 됩니다. 지금 이곳은 황제폐하께서 집무를 보시는 궁전구宮殿區라 하는 곳이고, 저 바깥쪽은 정원에 해당하는 원경구苑景區라 하는 곳이지요. 원경구는 중국을 대표하는 풍경들을 나타내고 있는데, 호구湖區는 강남의 수향水鄕을, 평원구平原區는 북방의 초원지대를, 산구山區는 동북의 삼림지대를 본따 만들어진 것입니다."

산장이 비록 커다란 넓이이긴 하지만, 그렇다고 호수 외에도 초원이나 삼림 지역까지 만들어 놓다니… 과연 중국답다는 생각이 들기도 했다.

"원래 청나라 황실은 북방 유목민족 출신입니다. 그래서 북경 자금성의 딱딱하고 근엄한 분위기가 맞지 않았을 것입니다. 그래서 피서를 한다는 명목으로 전혀 다른 분위기의 궁전을 만든 데다, 북방의 이민족들을 관리하기 위한 목적도 겸하고 있었습니다. 역대 중국의 가장 큰 우환은 황하黃河의 관리와 함께 북방의 이민족들이었지요. 만리장성도 그 때문에 축조된 것이고요."

안내원의 얘기에 집중하는 동안 우리는 궁전구를 빠져나와 호수 지역으로 향하고 있었다. 곧 크고 작은 호수들이 그림처럼 펼쳐졌다. 주변에는 날렵한 정자들이 호수에 자태를 드리우고 있었고, 중심부에는 인공 섬이 있어 둑으로 연결되어 있기도 했다. 마치 황실의 산장이 아니라 강남의 항주나 소주에 있는 듯한 느낌을 갖게 했다.

"이 산장을 지은 강희제나 건륭제께서 강남의 원림園林들을 많이 좋아하셨답니다. 그래서 자주 행차를 했고, 피서산장을 만들 때는 그대로 본떠 만들라고 특별히 지시하셨답니다. 황제들은 이곳 누각에서 호수를 바라보며 차를 마시기를 즐겼는데, 특히 연우루烟雨樓는 건륭제가 비 오는 날 물안개를 바라보며 차를 마신 곳으로 유명한 곳이지요."

청의 황제들도 종종 경관을 감상하고 운치를 즐기기도 했던 모양이었다. 유목민족 출신에다, 거대한 나라를 이끌고 있는 황제들에게 그런 심적 여유가 있었다는 게 쉽게 납득이 되지는 않았지만 말이다.

북쪽으로 향하니 차츰 초원지대와 빽빽한 숲이 나타났다. 한창 푸르러진 초원은 마치 커다란 녹색 융단을 깔아 놓은 듯했고, 잘 가꾸어진 숲은 성채처럼 펼쳐져 있었다. 나는 풍경에 취해 잠시 행보를 멈추고 초원과 산림들을 연이어 살펴보다 다시금 호수 지역을 돌아보았다. 그야말로 생전 처음 보는 별천지였다.

그러나 이 지역도 산장이 들어서기 전까지는 그리 특별할 게 없는 황량한 산야 지대였을 것이다. 그러다 사람의 힘에 의해 낙원과 같은 모습으로 변모되었을 것이다. 자연은 물론 원초적인 아름다움을 간직하고 있다, 그러나 사람의 힘에 의해 훨씬 더 아름다워질 수 있고, 그 품격도 고양될 수 있다.

일반적으로 동물이나 식물은 주어진 여건에 맞춰가면서 살아간다. 그러나 인간은 적응에 만족하지 않고 태생적인 여건을 바꾸면서 살아갈 수 있다. 바로 추측할 수 있고 변통할 수 있기 때문이다. 또한 조형 능력이 있기 때문이기도 하다…

우리는 몽골의 파오가 즐비하게 늘어선 말 경기장을 지나 삼림 지역으로 들어섰다. 삼림은 주로 빽빽한 소나무 숲으로 이루어져 있었으며, 숲 안으로 들어서자 대낮에도 컴컴했다. 완만한 경사의 숲길을 따라 계속 올라가니 이윽고 성벽이 나타나 더 이상의 전진은 불가능했고, 돌아서자 장대한 경관이 발아래 펼쳐져 있었다.

북서쪽으로는 이른바 외팔묘外八廟라는 티베트식 불교 사찰들이 반원형으로 늘어서 있었다. 황실에서 라마교를 숭상하여 성대하게 지은 것이라고 하지만, 몽골의 파오처럼 이민족에 대한 포용정책이 느껴지는 건물들이었다.

우리는 8개 묘 중 가장 크고 화려한, 건륭제가 모친 황태후의 80세 생일을 축하하기 위해 지었다는 보타종승지묘普陀宗乘之廟의 내부를 구경하고, 마지막으로 봉추산棒搥山에 올라 거대한 남자의 물건처럼 생긴 경추봉磬錐峰을 살펴본 후 숙소로 돌아왔다.

나는 어젯밤의 일들을 의도적으로 떠올리지 않기 위해 내내 경관 감상하는 데만 집중했다. 내 처신이 과연 잘한 것이었는지, 인간적 도리에 문제는 없었는지, 묵묵히 입을 다물고 있는 동용은 나를 어떻게 생각할 것인지 등에 대해서는 차차 반추해 보기로 했다.

금척을 얻다

다음 날 미시未時에 우리는 뜻밖에도 황제의 부름을 받았다. 시종한 사람이 오늘 오후에 찾을 것 같다고 미리 알려줘서, 잔뜩 긴장한 채 아침부터 씻고 닦고 대비하고 있었다가 때가 되어 따라나섰다.

우리가 다다른 곳은 사지서옥四知書屋이라는 곳으로, 궁의 주전主殿인 담박경성전澹泊敬誠殿 뒤쪽에 있었다. 다가가면서 처마 밑에 걸린 편액을 보고 어디선가 본 적이 있는 것 같아 곰곰 생각해 보다 문득 연암의 열하일기에서 봤다는 생각이 떠올랐다.

연암과 조선 사신이 열하에 와서 황제를 알현했다는 곳, 황제가 공적인 업무가 아닌 사적인 일들을 처리하고 사람들을 사사로이 만나는 곳이라 했다. 나는 입구에 들어가기 전에 잠시 멈춰 서서 시종에게 말을 꺼냈다. 다시금 연암의 열하일기 장면이 떠올랐기 때문이다.

"혹시 황제를 뵐 때 삼배구고두례(三拜九叩頭禮: 3번 절하고 9번 이마를 바닥에 두드리는 방식)를 해야 하는 것 아닙니까?"

"그 예법은 공식적인 자리에서 하는 것입니다. 여기서는 그저 무릎 꿇고 공손하게 절만 하면 됩니다."

입구에 들어서서 우리는 근위병들에게 신체 점검과 함께 다시 한 번 황제를 알현하는 격식에 대해 지도를 받았고, 이윽고 안으로 안내되었다.

황제는 의자에 앉아 시종 한 사람과 담소를 나누고 있다 우리들을 맞았다. 우리가 가까이 다가가 무릎을 꿇고 절을 하고는 그대로 무릎을 세우고 있자 면례免禮라 하며 시종을 시켜 일어서게 했다. 우리는 일어서서 두 손을 앞으로 몰아 쥔 채 공손한 자세를 취했다.

얼핏 본 황제의 인상은 생각보다 평범하다는 것이었다. 인상도 순박한 보통 사람의 그것이었고, 옷차림도 누런색만 띠었을 뿐 길거리에서 흔히 볼 수 있는 치파오 같은 것을 입고 있었다. 후에야 나는 그러한 차림이 그의 통치 방침에서 비롯된 것임을 알게 되었다.

"그래, 이번에 반도들의 변란을 방지하는 데 공을 세우셨다고?"

"그저 사태가 번지는 것을 방지했을 뿐입니다. 그들은 변란을 일으키려는 게 아니고 물건을 훔치려 한 도둑들이었습니다."

"도둑들이라 할지라도 위기에 처하면 반도가 되기 마련이다. 황궁의 근위병과 맞닥뜨리면 살기 위해 무슨 짓인들 못 하겠느냐. 더구나 황궁의 보배를 훔친다는 것은 황제에게 도전하겠다는 것이니 반역이 아니고 무엇이냐?"

"그들은 실상 평범한 서민에 불과합니다. 생활고에 시달리는 그들의 불만을 교주라는 자가 교묘한 화술로 사기를 친 것이지요. 마치 금척만 가지면 새로운 세상이 올 것처럼 세뇌를 시킨 것입니다. 배운 게 없는 데다 절박한 처지의 그들은 쉽게 사기극에 넘어가 교주가 시키는 대로 했을 뿐입니다."

"음…"

"그래서 그들에게는 큰 죄를 묻지 않는 게 좋을 것 같습니다. 그저 교주에게만 책임을 묻는 게 옳을 것 같습니다."

"나도 일을 크게 벌이는 것을 원하지는 않는다. 대략 30년 전에도 이른바 천리교도라는 것들의 자금성 습격 사건이란 게 있었다. 흔히들 계유사변癸酉事變이라 일컬으며 천하를 놀라게 했다. 이번 일도 외부에 알려지게 되면 또다시 민심이 어떻게 요동칠지 모른다. 그러면서 조정에 대한 불신은 더욱 깊어질 것이다. 내 그대의 제언을 고려하여 사태를 현명하게 처리하는 방안을 생각해 보겠다. 그건 그렇고, 그대는 왜 통역에 의지하는가. 중국 사람이 아닌가?"

"신은 사실은 조선에서 온 선비입니다. 소싯적부터 학문을 좀 하여 한자漢字는 좀 알지만, 중국말은 잘하지 못합니다."

"그래? 뜻밖이군. 그런데 열하까지 무슨 일로 왔는가?"

"신은 과거시험 초시에 합격하였으나 학문 연구로 방향을 바꾼 서생입니다. 북경에는 책과 관련된 일로 왔습니다. 조선에서는 더 이상 읽을 책이 없어 새로운 책도 구입하고, 제 책도 출간하고, 대국의 새로운 문물도 살필 겸 해서입니다. 그러면서 웅장한 자금성도 구경하고, 내친김에 천하 걸작이라는 황실의 피서산장도 살펴보러 오던 길에 백양 교도들에게 납치된 것입니다."

"그랬군. 그러면서 우리에게 공을 세웠군. 아무튼 반갑네. 젊은 나이에 고달픈 선비의 길을 택한 것도 가상하지만, 배움을 넓히겠다고 불원천리 북경까지 온 것도 대단해. 그래서 조선에 인재가 많다고 하는가 보군. 어쨌든 우리에게 공을 세웠으니 내 그대 청을 한 가지는 들어주겠다. 원하는 것 있으면 말해 보아라.”

나는 잠시 망설여졌다. 그러다 문득 한 생각이 번개처럼 스쳤다.

“혹시 금척이라는 사물을 구경할 수 있겠는지요? 어떻게 생긴 사물인지, 그들이 왜 그렇게 탐을 냈는지 한번 살펴보고 싶습니다.”

그러자 황제는 시선을 외면한 채 한참 침묵을 지켰다. 그러다 이윽고 입을 열었다.

“그건 곤란하다. 선대부터 금척은 황실 자손들만 볼 수 있도록 했기 때문이다. 그러나 짐이 약속을 했고 하니 금척을 본떠 만든 기물을 하나 선물하겠다. 원래는 나라에 큰 공을 세운 인물들에게 하나씩 내리던 것이었지만 그대도 공을 세웠고, 멀리서 온 과객이라 하니 선물을 받을 자격이 있을 것 같다.”

순간 등줄기를 타고 흐르는 세찬 전율을 느꼈다. 그러나 좀 더 파고들어 보기로 했다.

“소인이 듣기로는 금척은 왕조 창업에 대한 천명의 계시를 나타내는 신물이라 들었습니다. 그런데 금척을 본떠 만든 기물이라니요? 그리고 그것을 왜 신하에게 선물한단 말씀입니까?”

그러자 황제는 한동안 묵묵히 나를 바라보았다. 그리고는 빙긋 웃었다.

“책 권 좀 읽었다더니 아직 부족하군. 우리 청나라가 건국된 게 금척이나 옥새 때문이라고 보나? 이전의 명나라나 송나라도 하늘의 계시로 건국되었나? 나라를 건국하는 건 결국 힘일세. 청나라는 만주에 위치한 소국이었지만, 부패하고 분열된 명나라와 달리 민족이 지도자를 정점으로 일치단결하고 있었네. 게다가 천우신조로 오삼계라는 인물을 만났기 때문에 중국을 차지할 수 있었네."

오삼계吳三桂에 대해서는 언젠가 중국 사서에서 본적이 있었다. 명나라 말기 이자성李自成이라는 인물이 농민 반란을 주도하여 북경까지 점령하자, 그의 세력을 타도하기 위해 산해관의 성문을 열어 여진족을 불러들였다던… 그 사건은 결국 청이 중원을 차지하는데 직접적인 계기가 되었다.

"그렇다면 금척이나 옥새는 하나의 상징물이었군요. 왕권의 정당성을 하늘로 부여받았다는 것을 나타내는… 청국은 더욱 이런 상징물이 필요했겠군요. 자존심 강하고 배타적인 한족들을 설득시키는데 적절한 수단이었을 것 같습니다. 그런데 왜 금척을 본뜬 기물을 만들어 신하들에게 선물하십니까?"

그러자 황제는 묵묵히 건너다보다 이윽고 말을 꺼냈다.

"금척은 단순한 기물이 아닐세. 그 안에 모든 이치를 담고 있다는 보배로운 기물이야. 또한 병든 자를 낫게 하고, 죽은 사람도 되살릴 수 있다는 등 여러 신통력을 가졌다고도 알려져 있어. 이런 신물을 황실에서만 향유하고 있어서 되겠는가. 그래서 나라에 공을 세우거나, 황실에 충성을 바치는 인물들에게 선물용으로 만든 것을 하나씩 하사하고 있지. 진리도, 보배도 공유해야 더욱 빛을 발한다네. 이게 유목민족의 지혜일세."

황제의 말은 마치 선생이 학생의 물음에 대답하는 것처럼 정연했다. 그러면서 한편 좀 이상한 생각이 들었다. 왜 황제는 이처럼 또박 또박 답변하는 것일까. 더구나 외국의 일개 서생한테…

그리고 내가 다소 공을 세웠다고 거대한 중국의 황제가 사사로운 개인에게 이처럼 시간을 할애한다는 게 가능한 일일까?

"그대 부친은 무얼 하는 사람인가?"

"무과 과거에 급제하시어 종 3품 당하관을 지내셨습니다."

"음, 내력이 있는 가문이군."

황제는 아래를 바라보며 잠시 침묵을 지키다가 이윽고 자리에서 일어섰다. 입구 쪽에 있던 근위병들이 황급히 다가왔다.

"조선까지 몸조심 하며 무사히 가고, 곧 우리 시종이 선물을 가지고 올 것이네."

우리는 근위병들을 따라 내오문內午門 쪽으로 향했다. 내오문은 궁전들이 몰려 있는 궁전구宮殿區의 정문이다. 황제가 얘기했던 선물은 고동색의 나무 상자에 담겨 동용의 손아귀에 단단히 붙들어 매져 있었다.

곧 우리는 황제가 정무를 보는 주전主殿이라는 담박경성전澹泊敬誠殿에 다다랐다. 이름이 특이해서 무슨 뜻이냐고 물었더니 근위병 하나가 친절하게 대답해 준다.

"담박과 경성이 합쳐진 이름이지요. 담박은 물욕을 버리는 평안한 심정을 의미하고, 경성은 성실한 자세로 백성을 섬긴다는 뜻이지요. 중심 궁전답지 않게 소박하게 지은 것도 그 때문입니다. 지금 황제 폐하께서 가장 좋아하는 이름이기도 합니다. 폐하는 서민들도 깜짝 놀랄 만큼 검소하시지요. 관복도 새것으로 입는 법이 없고, 음식도 반찬

가지 수가 얼마 되지 않습니다. 그래서 대신들이 따르기에 아주 애를 먹습니다. 그런데 문제는 이런 근검절약이 그저 황실과 조정 내에서만 이루어진다는 것입니다.

바깥세상에서는 모르고 있어요. 게다가 관가고 어디고 조정의 말이 먹히지가 않고 있습니다. 경항대운하도 통행하는데 부정부패가 날로 심해 언젠가는 폐쇄될 거라고 한답니다. 그러나 바다는 풍랑도 있고, 해적들도 출몰하여 더 위험합니다. 원래 바다를 이용하지 않으려고 경항운하를 건설한 것인데, 도리어 운하를 버리고 바다 쪽을 택하려 하니 도대체 이게 무슨 꼴입니까?"

근위병은 서슴없이 내뱉었고, 또 다른 근위병도 동감하기 때문인지 묵묵히 듣고만 있었다. 여기가 궁중 안이고, 그가 황제를 바로 가까이에서 모시는 근위병인 점을 감안하면 쉽게 납득이 되지 않았다. 젊은 나이 탓일까, 아니면 내가 외국인이라 부담이 없어서일까.

우리는 담박경성전을 외부에서만 한 바퀴 둘러본 뒤 여정문麗正門으로 향했다. 여정문은 피서산장의 정문이다. 밖으로 나와 돌아보자, 석판으로 된 편액에 한자로 새겨진 이름 양옆에는 처음 보는 문자들도 새겨져 있었다. 그 문자들은 각각 여정문을 만주어, 몽골어, 티베트어, 위구르어로 나타낸 것이라고 했다. 산장을 중국만이 아니라 이민족들과도 함께 하겠다는 의도가 느껴졌다.

우리는 말에서 내려 근위병들에게 고삐를 건네며 공손하게 말을 꺼냈다.

"이제 우리가 알아서 가겠습니다. 그만 돌아가셔도 됩니다."

그러자 그들은 깜짝 놀라며 정색을 했다.

"아닙니다. 우리는 두 분을 베이징까지 모셔다드리라는 지시를 받았습니다."

"그럴 필요까지 없습니다. 올 때도 둘이 왔는데, 갈 때라고 못가겠습니까?"

"안됩니다. 폐하의 지시여서 어떤 일이 있더라도 거역할 수 없습니다."

별수 없이 우리는 다시 말에 올라 대로 쪽으로 향했다. 해가 기울고 있었고, 많은 사람들로 길거리는 북적거리고 있었다.

"오늘 저녁은 여기서 묵고 내일 아침에 출발해야 할 것입니다. 저희들이 잘 아는 숙소가 있으니 그쪽으로 가십시다."

그들이 앞장서자 동용은 다급하게 말을 꺼냈다.

"우리 짐을 찾아야 하지 않습니까?"

"일단 저녁을 먹고 출발하기로 하세. 여기에서 그리 먼 거리도 아닐 테고, 짐을 찾는 것도 어두워진 뒤에 하는 게 좋을 것 같네."

그러자 동용은 나를 빤히 바라보며 목소리를 낮췄다.

"그냥 이대로 가시는 겁니까? 금척은 어떻게 하실 겁니까. 그래도 괜찮겠습니까?"

나는 말문이 막혔다. 그러나 가까스로 답변을 생각해 냈다.

"지금 근위병들도 있고 하니, 숙소를 잡은 후 상의해 보세."

사실 두 근위병은 큰 부담이었다. 그들을 따라 꼼짝없이 북경까지 가야 하게 생겼기 때문이다. 그러다 보면 기껏 장난감과 같은 금척을 가지고 조선으로 돌아갈 수밖에 없게 된다. 도대체 왜 황제는 근위병에게 우리를 북경까지 호송하라고 했을까?

황실에 공을 세웠다고 치켜세우면서 금척 모사품까지 선물로 주지 않았는가. 그것만으로는 부족하다고 할 만큼 우리가 공을 세웠는가? 생각에 생각을 거듭해도 납득하기 쉽지 않았다.

이윽고 어느 골목길로 들어서서 근위병들은 우리를 한 숙소로 안내 했다. 대문 앞에는 커다랗게 北京大酒店이라 쓰여 있었으나 막상 안으로 들어가 보니 일반 여관이나 별반 다를 게 없는 곳이었다. 중국은 왠지 여관을 주점이라 불렀다. 근위병들과 우리는 주인으로부터 방들을 배정받고 저녁을 먹을 때까지 잠시 쉬기로 했다. 나는 방에 들어서자마자 동용이 움켜쥐고 온 상자부터 풀어헤쳤다.

상자 안에는 황금색 비단 보자기로 곱게 싸여진 물품이 있었고, 그 아래에 노란빛이 감도는 하나의 봉서가 있었다. 뭔가 심상치 않아 조심스럽게 봉서를 열자 뜻밖에도 황제의 친서였다. 말미에 황제의 것으로 보이는 인장까지 찍혀져 있었기 때문이다.

나는 등줄기에 전율을 느끼며 곧바로 읽어 내려갔다.

첫머리는 다음과 같이 쓰여 있었다.

"敎旨- 讀後一直廢棄 (읽은 후 바로 폐기할 것)"

반도들의 불순 행위를 차단시킨 그대의 공에 보답하기 위하여 하사한 이 사물은 모사품이 아니다. 황실에서 대대로 보관해 왔던 진품 금척이다. 그대는 이 신물을 소중히 보관했다가 귀국해서 그대의 임금에게 헌납하라. 그대 부친이 관가에 몸담고 있었다니 부친과 상의하면 될 것이다.

짐이 금척을 조선으로 보내는 이유는, 먼저 한족漢族에게 넘어갈 우려가 있기 때문이며 또한 원래 조선의 것이기 때문이다. 머지않아 청국은 멸망하게 될 것이다. 조야朝野 어디건 간에 부정부패와 기강해이가 어찌해 볼 수 없는 지경에 이르렀고, 내적으로는 반도세력들이, 외적으로는 양이 세력들이 호시탐탐 조정을 노리고 있다. 한족들은 이기회를 틈타 나라를 뒤집어엎으려 할 것이다.

원래 만주족과 조선족은 같은 민족이었다. 그러나 만주족은 유목생활을 하면서 흩어져 살았고, 조선은 농경 생활을 하면서 국가의 전통을 이어왔을 뿐이다. 선대의 태종 숭덕제崇德帝께서는 왕권을 확립하고 중국을 차지하기 위해 부득이 조선에게서 금척을 가져올 수밖에 없었다. 따라서 금척은 정통성을 이어가고 있는 조선으로 가는 게 맞는 것이며, 영원히 단군 자손들의 표상이 되어야 할 것이다. 짐의 말을 명심하고 근위병의 지시를 따라 무사히 귀국하여 임금에게 헌납하라.

서신을 다시 봉투에 넣고 나는 충격을 가눌 길 없어 한동안 멍한 상태로 있어야만 했다. 황제의 깊은 뜻을 비로소 모두 알 수 있을 것 같았기 때문이다.

금척의 모사품이라는 게 애초 핑계였다. 다만 황제가 주위 사람들을 호도하기 위하여 꾸며낸 얘기였을 뿐이다. 또한 구태여 근위병들을 보낸 건 우리를 위해서가 아니라 바로 금척 때문이었다… 옆에서 어깨너머로 바라보고 있던 동용도 마찬가지였는지 한동안 침묵을 지키고 있다가 이윽고 입을 열었다.

"그러면 왜 두 사람만 보냈을까요? 여러 사람을 보내면 오히려 더 안전하지 않겠습니까?"

"남들의 눈길을 피하기 위해서였겠지. 이 수상한 시절에 병사들이 몰려다니면 오히려 더 사람들의 눈길을 끌어 뭔가 있지 않나 하는 의심을 사지 않겠나?"

"그렇겠군요. 하기야 저 두 사람은 보통 사람들이 아닙니다. 우리 무예를 하는 사람들은 기氣에 민감하게 되지요. 어떤 사람을 맞닥뜨리면 이 사람의 내공이 어느 정도인지 느낌으로 알게 됩니다. 그래서 내가 대적할 사람인가 아닌가 하는 것을 판단할 수 있습니다. 저 두 사람들을 처음 봤을 때 저는 이상하게 생각했습니다. 기가 대단한 사람들인데, 왜 저런 사람들이 왔을까 하고요. 이제 보니 이유가 있었습니다. 저 두 사람은 능히 몇십 명이라도 상대할 수 있는 사람들입니다. 그나저나 보자기를 한번 풀어보시지요."

나는 다소 마음이 가라앉아 황금빛 보자기를 천천히 풀고, 상자를 열어보았다. 전체적으로 금빛이 도는 재질의 조형물로, 위쪽에는 둥근 구球 같은 게 있었고, 그 아래에 사각형의 판이 있었으며, 맨 아래쪽에는 원형 판에 삼각뿔 같은 형태가 솟아있었다. 전체적으로 하나의 두툼한 장대로 연결되어 있었으며 사각형 판에는 이상한 글씨와 기호들이 새겨져 있었다. 그러나 오래된 탓인지 아니면 생전 처음 보는 것이기 때문인지 판독하기가 쉽지 않았다.

원형으로 된 바닥은 가장자리에 많은 눈금이 새겨져 있었으나 일정한 간격으로 봐서 별다른 의미를 가진 것은 아닌 듯했다. 아마도 자[尺]라는 것을 나타내기 위한 것인지도 모른다. 그런데 원형판의 한쪽에는 역시 기호들이 나열되어 있었다. 특이하게도 기호들은 가로 5개, 세로 5개씩 사각형으로 배치되어 있었는데, 군데군데 마모되어 판독하기가 쉽지 않았다.

"복잡하군요. 왜 이렇게 만들어져 있을까요?"

"연구해 봐야겠지. 아무튼 우리가 흔히 알고 있는 자와는 완전히 다른 모습이군. 그리고 생각보다 평범한 사물이야. 그래도 많은 사연들을 담고 있는 것을 보면 아마도 금척의 비밀은 사각형 판과 원형 판에 새겨진 문자와 기호들에 있을 것 같네."

"저 문자와 기호들을 다 풀면 도깨비 방망이같은 신통력을 얻게 되는 것일까요?"

"그러고 보니 그럴 것 같군. 머리 회전하는 것은 나보다 나은걸."

우리는 모처럼 한바탕 웃고, 기물을 다시 곱게 싸서 상자 속에 집어넣었다.

"아무튼 이 사물은 우리 목숨을 걸고 지켜야 하네. 그리고 어차피 마을 주변의 숲속에 숨겨놓은 우리 짐을 찾아야 출발할 수 있으니, 근위병들과 저녁을 먹으면서 상의해 보세."

어둠이 깔리면서 우리는 근위병들과 함께 숙소를 나섰다. 산장이 여름에만 운용되는 탓인지 북경과는 달리 밤 거리는 단조로웠고, 사람들도 북적거리지 않아 좋았다. 우리는 근위병들과 상의 끝에 화과火鍋를 먹기로 하고 식당을 찾았다. 식사를 하는 동안 우리는 몇 차례 의견 교환 끝에 동용과 근위병 1명은 짐을 찾으러 출발하고, 나와 또 다른 근위병은 숙소에 남아 상자를 지키기로 했다. 물론 금척에 관한 얘기들은 추호도 꺼내지 않고 상자는 그저 황제가 선물로 준 것이라고만 했다.

다음 날, 우리는 북경을 향해 출발했다. 날씨는 구름이 끼고 흐렸으나, 오히려 한낮의 더위를 면할 수 있을 것 같아 반가웠다. 잠도 푹 자고, 아침도 든든히 먹고, 천만뜻밖에도 금척도 얻은 데다, 근위병까지 대동한 완벽한 행차였다.

어젯밤, 해시亥時가 되어서야 동용과 근위병은 돌아왔다. 동용이 원래 길눈이 밝은 데다 근위병까지 대동했기에 큰 걱정은 하지 않았지만, 그래도 짐에다가 말들까지 고스란히 챙겨 돌아오자 가슴을 쓸어내렸다.

숙소에서 또 한 사람의 근위병과 시간을 때우기 위해 바둑을 두면서도 내심 불안감이 가시지 않는 것은 어쩔 수 없었다. 우리 짐을 숨겨놓은 장소가 마을에서 그리 멀지 않은 곳에 있었기 때문이다.

근위병들은 우리를 북경 자금성의 예부禮部에 인계하도록 지시를 받았다고 했다. 어차피 외국인이 본국으로 귀환하려면 예부를 거쳐야겠지만, 문제는 시일이었다. 거저 조선으로 보내지는 않고, 조선에서 사신이 오거나, 청국에서 공무로 조선 쪽으로 갈 일이 있을 경우에 한해 동반하여 귀국을 허락하겠다는 것이었다.

물론 금척을 보호하기 위한 조치이겠지만, 그 시기가 언제나 될지 막막한 느낌이 들었다. 우리가 애초 중국에 올 때 시한을 정해놓진 않았다. 그래도 낯선 고장에서 많은 나날들을 긴장을 거듭하며 보내다 보니 심신이 모두 지치기도 한데다, 한양에서 노심초사하며 기다리고 있을 부모, 친지들을 생각하니 하루라도 빨리 돌아가고만 싶었던 것이다. 그러나 그렇다고 해서 이 먼 이역 지대에서 어떻게 하랴. 그저 운명에 맡긴다는 심정으로 북경으로의 길을 재촉할 수밖에 없었다.

나룻배의 화재 사고

우리는 다소 눈에 익은 길을 따라가다 어느덧 난하灤河에 도착했다. 올 때와는 달리 물이 불어 있고 붉은색을 띠었으나 나루터에는 여전히 사람들이 붐비고 있었다. 근위병들은 곧 도선渡船의 책임자로 보이는 사람에게 다가가 얘기를 나누었다. 아마도 공무公務 등의 이유를 대며 먼저 건너게 해달라는 것 같았다. 얘기가 잘 되었는지 곧 우리는 순서를 무시하고 먼저 배를 얻어 탈 수 있었다. 뒤쪽에서 기다리던 사람들의 구시렁거리는 소리가 들려왔으나 우리는 못 들은 척하고 말들과 함께 배에 올랐다.

짐을 실은 4마리의 말과 4명의 사람이 올라타자 좁은 배는 금세 차버렸는데, 갑자기 한 청년이 다급하게 다가왔다. 작은 키에 덥수룩한 머리를 한 청년은 난평灤平 쪽에 긴급한 병자가 있어 가봐야 한다며 같이 좀 가게 해달라는 것이었다. 그는 보자기로 싼 짐을 가리키며 간절한 목소리로 사정사정했다.

"이 안에 약이 있습니다. 이 약을 먹지 못하면 한 사람이 죽습니다."

그러자 노를 젓는 사공들은 근위병들을 바라보았다. 두 근위병은 잠시 얘기를 나누더니 손짓으로 올라타라고 했다. 청년은 반색을 하며 짐을 들고 올라탔다. 곧 배는 나루터에서 벗어나 건너편으로 향했다. 붉은빛의 강물은 물살도 세진 탓에 사공들이 노를 저으며 힘들어했다.

"어젯밤 이쪽은 가랑비가 흩뿌리고 말았지만 내몽골 쪽은 비가 많이 온 것 같습니다. 아마도 상류 쪽 섬전하閃電河는 유역으로 범람하기도 했을 것입니다."

청년은 손을 비비며 말문을 트려 하는 모습이었다. 그러더니 한쪽에 놓아둔 짐을 뒤적거려 뭔가를 꺼냈다. 곧 그의 손에 2개의 막대 같은 것이 들려 나왔는데, 자세히 보니 그리 길지 않은 곰방대였다. 그는 대통에 담배까지 채운 후 근위병들과 우리에게 각각 하나씩 건넸다.

"저는 담배 장사꾼입니다. 한번 피워 보시지요. 맛이 기가 막힙니다."

그는 곰방대를 각각 입에 물려준 후 부싯돌을 쳐서 불까지 붙여 주었다. 그의 얘기 때문인지 어떤지 정말 맛이 다른 것 같았다. 나도, 근위병 한 사람도 몇 번씩 빤 후 옆으로 곰방대를 돌렸다. 이러느라 우리는 청년이 무엇을 하는지를 모르고 있었다.

갑자기 연기 냄새가 훅 끼쳤다. 그리고 사공들의 비명 소리가 들렸다. 엉겁결에 둘러보니 고물 쪽 둥근 차양막에 불길이 솟아오르고 있었다. 바닥에는 어느 틈에 기름이 번져 있었다. 문제였다. 사공이 일어나 달려왔다.

모두 당황하며 갈팡질팡하는 사이 사공들이 식수통을 들어 강으로 던졌다. 동용이 재빨리 다가가 같이 줄을 잡고 들어 올려 고물 쪽에 퍼부었으나 불길을 잡기에는 역부족이었다. 통도 그것 하나뿐 다른 것들은 그저 바가지 수준이어서 어찌해 볼 도리가 없었다. 갑자기 배 뒤쪽 강물에서 커다란 웃음소리가 들려왔다.

"하하하, 혼 좀 나봐라. 네 이놈들, 그게 바로 백양교를 배신한 대가다. 나는 진작부터 네놈들을 기다리고 있었고, 어젯밤에 네놈들 뒤를 밟았다. 배신자는 죽어야 한다."

그는 손에 부여잡고 있던 배의 노櫓들을 멀리 힘껏 던져버렸다. 그리고는 능숙하게 건너편으로 헤엄쳐 갔다. 불길이 번져오자 놀란 말들이 소란을 피우기 시작했다. 나루터에서는 작은 배들이 출발하고 있었으나 물살도 있고 해서 우리 배까지 쉽게 다다르지는 못할 것이었다. 곧 한 마리 말이 히힝거리며 펄펄 뛰다가 강으로 뛰어들자 이어서 다른 말들도 뛰어들었다. 어쩔 줄을 몰라 당황하다가 나는 동용과 눈짓을 교환해 같이 강으로 뛰어들었다.

"고삐를 단단히 붙잡으십시오. 말은 헤엄을 잘 치니까 고삐만 잡고 있으면 죽진 않을 겁니다."

나는 타는 말은 버리기로 하고 짐말을 찾아 왼손으로 고삐를 잡고 오른손으로 안장을 움켜쥔 채로 말에게 몸을 맡겼다. 말은 머리를 휘저으며 민첩하게 움직였다. 문득 돌아보니 배는 불길에 휩싸여 있었고, 갑판에는 아무도 없었다. 그러나 작은 배들이 다가가고 있어 누가 죽거나 하지는 않을 것 같았다.

우리는 엉겁결에 강물을 타고 막무가내로 내려갔다. 동용과는 얘기를 나눌 수도 없이 그저 모습만 확인할 뿐이어서 두려움은 한층 더했다. 이러다 기진맥진하여 물고기 밥이 되거나, 아예 바다까지 떠내려가버릴지도 모른다는 공포감도 엄습했다. 나는 자신도 모르게 누군가에게 빌고 또 빌었다. 죽지 않게만 해달라고. 여기서 살게 되면 남들을 위해, 세상을 위해 한 몸 다 바치겠다고…

떠내려가는 와중에도 고삐를 당겨 말을 기슭 쪽으로 유도해 보려했으나 쉽게 되지 않았다. 말이 등에 짐을 싣고 있는 데다가 나까지 떠맡고 있어 운신이 쉽지 않은 모양이었다. 동용과는 계속 눈짓만 교환했다.

얼마나 흘렀을까. 문득 멀리 아래쪽을 보니 왼쪽 강기슭에 구릉 같은 게 보였다. 좀 더 가까이 다가가니 구릉이 아니고 커다란 바위가 강으로 뻗어 있었고, 그 아래서 몇 사람들이 낚시질을 하고 있었다. 그들은 우리를 알아보고 소리를 지르며 팔을 흔들었고, 우리도 손을 흔들며 화답했다.

우리가 다가가자 곧 그들 중 한 사람은 커다란 밧줄을 던졌고, 이어 또 한 사람은 그물을 던졌다. 나는 끝에 갈쿠리가 달린 밧줄을 잡았고, 동용은 그물을 붙잡았다. 그들은 모두 달려들어 잡아당겼다. 나는 왼손으로는 밧줄을 잡고, 오른손으로는 고삐를 죽을힘을 다해 움켜쥐었다. 말도 바쁘게 다리를 휘저으며 안간힘을 썼다.

이윽고 나와 동용은 가까스로 바위 밑에 다다랐다. 바위는 강에서 보던 때와는 달리 완만하고 펑퍼짐해서 말들은 어렵지 않게 오를 수 있었다. 우리는 바위 위에 올라서자마자 진이 빠져 그대로 누워버렸고, 말들은 세차게 흔들며 물들을 털어냈다. 우리 주위를 사람들이 에 위썄다.

"어디에서 오신 분들이요?"

"열하에서 왔습니다. 북경까지 가려고 난하를 건너다 배가 뒤집어지는 바람에 물살에 휩쓸리게 됐습니다."

동용의 통역을 듣고는 한 사람이 조선말로 물었다.

"보아하니 조선 분들인 듯한데, 어찌 열하까지 다 가셨소."

갑자기 조선 말을 들으니 놀랍고 반가웠다.

"북경에 일이 있어 왔다가, 내친김에 열하의 피서산장을 둘러보고 오던 길입니다."

"대단하군요. 조선에서 북경까지 왔다가 다시 열하까지 가다니. 우리는 여기 살아도 한번 마음먹기가 쉽지 않은데."

"아무튼 이렇게 구해주셔서 뭐라 감사의 말씀 드려야 할지 모르겠습니다."

"난하에서는 큰비가 오면 가끔 뭐가 잘 떠내려오지요. 그래서 비가 오고 나면 우리는 건지기도 할 겸, 풍성해진 물고기도 잡을 겸 해서 갈쿠리나 그물들을 가지고 나옵니다."

"소나 양들이 떠내려왔으면 좋았을 것을, 저희들 때문에 실망하셨겠습니다."

동용이 재치 있게 받자 웃음이 터졌다.

"조금 실망은 했지만, 두 사람이나 구했으니 빈손보다는 훨씬 낫지 않습니까? 여기서 좀 더 내려가면 여울이 있고 물살이 급하여 목숨을 장담 못 합니다. 그러니 우리한테 목숨값을 주셔야 합니다."

이번에는 더 큰 웃음이 터졌다. 그들은 어디에서 가져왔는지 나뭇

가지들을 모아 불을 피우기 시작했다. 동용과 나는 옷들을 벗어 물기를 쥐어짠 다음 불길에 말리기 시작했다. 그들은 불 위에 쇠막대를 걸고 거무튀튀한 냄비 같은 것을 매달아 물을 끓이기 시작했다. 그러자 둘러서 있던 사람들이 이미 손질한 물고기와 채소 등을 집어넣었다.

불은 확실히 좋은 것이었다. 몸의 물기가 마르고 열기까지 더해지자 금세 힘이 솟는 것만 같았다. 우리는 대충 말려진 옷을 챙겨 입고, 행장을 수습하여 그들에게 성의를 표시할 선물을 챙겼다. 우리가 홍삼과 북경에서 구입한 청심환 등을 들고 다가가자 그들은 도리어 의아한 표정으로 바라보았다.

"어딜 가시려 하오? 우리가 이 자리서 어탕을 끓이는 건 그대들을 위해서라오."

"우리 목숨까지 살려주셨는데, 자꾸 신세 지기 싫습니다."

"신세는 무슨. 실은 우리도 조선족이요. 같은 동족끼리 체면 차릴 게 뭐 있소. 그리고 여기는 시골 촌락이 아니오. 벌판 한가운데요. 어딜 가서 저녁을 보낸단 말이오? 여기에서 우리와 함께 있다가, 오늘 저녁은 우리 마을에서 보내고 내일 아침 일찍 떠나는 게 좋을 것이요. 우리도 모처럼 외지 사람들을 만나 얘기도 좀 나누고, 세상 돌아가는 형편 좀 알고 싶소."

"이역만리에서 동족을 만나다니 반갑기만 하군요. 말씀대로 따르겠습니다."

우리는 불을 가운데 두고 둘러앉았다. 햇볕과 바람에 찌들어 거무튀튀하고 거친 피부의 얼굴들이었으나 눈매들은 선량했고, 얘기들도 거침이 없었다. 그러나 나는 왜 이 외진 곳에 조선족이 사는지 궁금하기만 했다.

어탕은 강에서 바로 잡은 고기들로 끓인 것이라 그런지 싸한 맛과 함께 입에서 살살 녹았다. 여기에 술까지 한잔 곁들이자 금세 흥겨운 기분이 되었다.

"그래, 북경에는 무슨 일로 오셨습니까?"

"북경 유리창 거리에서 책을 좀 구입하러 왔습니다. 원래 책벌레인데, 조선에는 볼만한 책이 많지도 않고, 모처럼 북경도 유람할 겸 해서 큰맘 먹고 왔습니다. 그쪽은 조선족이라 하셨는데, 어떻게 이 먼 곳까지 오게 되셨습니까?"

"그에 대해 얘기하자면 길고, 자리도 적합하지 않은 것 같소. 마을로 가서 자리 잡고 차분하게 들어야 할 얘기들입니다."

그러자 또 한 사람이 끼어들었다.

"우리는 이주민이지만, 원래 이 땅도 조선 땅이었습니다. 우리 마을에 가면 단군 할아버지를 모신 사당도 있지요. 그러니 딴생각 말고, 여기서 있다가 우리 동네로 가십시다. 가서 얘기나 좀 나누도록 하십시다."

내게는 상당한 충격이었다. 이 땅이 조선 땅이었다고? 이 먼 곳에 단군을 모신 사당이 있다니… 그러나 이 자리에서 더 이상 얘기를 꺼내는 것은 맞지 않을 것 같았다. 얼마 후 우리는 자리를 털고 일어섰다. 동용은 재빨리 말 있는 곳으로 향했다.

널따란 바위 위로 올라서자 끝없이 펼쳐진 벌판이 나타났다. 해는 이미 지평선 너머로 떨어졌고, 군데군데 피어오르는 저녁 안개 속에서 자그마한 마을들이 점점이 뿌려져 있었다. 가까운 들판에서는 말과 양들이 한가롭게 풀을 뜯고 있는 모습이 마치 한 폭의 그림 같기만 했다. 나는 황혼을 배경으로 망망하게 펼쳐진 정경에 한동안 넋을 잃고 쳐다보고만 있다가 동용의 부추김으로 가까스로 발걸음을 옮겼다.

마을은 대략 30여 가구가 살고 있었다. 길바닥은 거칠었고 벽돌로 지어진 집들은 오래되어 퇴색하긴 했으나, 조선족이라는 선입견 때문인지 정겹게만 느껴지는 것이었다. 우리는 겉보기에는 허름했지만 내부는 비교적 단정한 방을 숙소를 얻을 수 있었고, 하루 동안 너무 많은 일들을 겪은 탓인지 저녁을 먹자마자 곧바로 잠에 곯아떨어졌다.

조선족 도인을 만나다

다음 날 아침, 느지막하게 일어나 아침을 먹고 나자 마당 쪽에서 수선거리는 소리가 들렸다. 문틈으로 내다보니 머리와 수염이 백설처럼 하얘서 도인의 풍모인 노인이 집주인과 얘기를 나누고 있었다. 주인은 어제 강변에서 우리와 함께 있던 사람이었는데, 우리 쪽을 흘끔흘끔 바라보는 것으로 봐서 우리 얘기들을 하고 있는 것 같았다.

주인은 곧 우리 쪽으로 다가왔다.

"손님이 찾아왔는데요."

우리는 문을 활짝 열어젖혔다.

"우리 마을 고로古老십니다. 조선에서 왔다는 얘기를 듣고 반가워서 오신 것 같습니다."

우리는 재빨리 밖으로 나와 두 손을 맞잡고 공손하게 머리를 숙였다.

"안녕하십니까. 뵙게 되어 반갑습니다."

"멀리서 귀한 손님이 오셨단 얘기를 듣고 찾아왔소."

주인은 노인을 한쪽으로 모셨다.

"이쪽으로 오시지요. 곧 차를 준비해 올리겠습니다."

우리도 곧 옷차림을 갖추고 그쪽으로 향했다. 어제 강변에서도 그랬지만, 중국에 온 이후 사람들과 조선말로만 얘기를 나누니 뭐라 형언할 수 없는 기분이었다. 노인과 마주 앉은 방은 사랑방 같은 곳으로, 허름하기는 했으나 한쪽에는 격자창도 있고 벽에는 수묵화도 걸려 있었다. 자리를 잡고 바라보니 노인은 한 마디로 도인 그 자체였다.

"그래, 무슨 일로 이 먼 곳까지 오셨소."

나는 생각 해둔 대로 그동안의 경위를 설명했다. 특히 새로 나온 책들을 구하러 왔다는 얘기를 강조했고, 북경에서 내 책을 출간했다는 얘기까지 했다.

"우리 마을에 모처럼 귀한 손님이 오셨구만. 그래, 지금 조선은 형편이 좀 어떻다고 생각하오? 이씨 왕조가 상당히 오래 지속되어진 것으로 아는데?"

"청나라와 크게 다르지 않습니다. 왕조 말기 증상을 보이고 있어 걱정입니다."

"그래, 서생은 그 원인이 어디 있다고 보시오?"

"400년이 넘게 지속되어 오래되기도 했지만, 근본적으로는 선비들이 허학虛學이나 매달리고, 조정에서는 당파 싸움이나 일삼고 있기 때문이라고 생각합니다."

"허학이라니?"

"생산적인 학문이 아니고, 공리공론에만 치우쳐 실제 생활에 별 도움이 안 되는 학문을 말하지요. 인구는 늘고, 세상은 복잡해져 가는데, 여전히 성리학의 고답적인 이론에서 벗어나지 못하고 있으니 나라 살림이 뭐가 되겠습니까. 자연히 편 가르기가 심해지고, 밥그릇 싸움이나 부정부패가 횡행할 수밖에 없지 않겠습니까?"

"흐흠. 맞는 말이군."

"공자, 맹자 이후, 송나라의 주자가 유교를 도통道統으로 하여 인간 사회에 명분론적 질서를 만들고, 윤리 도덕을 지나치게 강조한 게 문제였다고 생각합니다. 이 같은 질서가 관료적 사회와 통치에는 도움이 되었겠지만, 세상을 재단하는 절대적 기준이 되어 도리어 많은 폐해를 끼치게 되었지요. 조금만 어긋나도 이단異端이라 치부되며, 제도에 대한 해석상의 문제를 둘러싸고 편이 갈라지고, 상대편을 꺾어 누르고 제거하는데 유효한 방편이 되기도 했습니다. 그러면서 자꾸 현실과 멀어지게 된 것입니다. 법과 제도가 현실을 등한시하게 되면 민생과 나라 안전이 위협받게 되지요. 나라 꼴이 우습게 되어버리는 겁니다."

"그랬군요. 그러나 그런 과오들을 반드시 주자에게 책임을 돌리는 것도 문제는 있습니다. 주자의 이론이 잘못된 것이라면 왜 정주이학程朱理學이니, 성리학이니 하는 명칭으로 확고하게 자리를 잡아 여러 나라에 받아들여졌겠소. 그리고 어떻게 멀리 조선 조정에까지 전파되어졌겠습니까? 학문도 일반적으로 시대의 필요성 때문에 생겨나지만, 세상은 변하기 마련이고, 어떤 사상도 오랫동안 사람들을 붙잡고 있을 수는 없지요. 천변만화, 생성과 소멸은 자연의 당연한 속성입니다."

나는 노인의 얘기가 평소 내 생각과 일치하는 듯하여 내심 반가웠다. 뭔가 크게 통할 것만 같은 느낌이 드는 것이었다.

그렇지만 이 먼 곳에, 그것도 허름한 시골 촌락에 와서 노인에게 이런 얘기를 듣게 될 줄이야… 이때 문득 한 가지 방안이 떠올랐다. 모처럼 도인을 만났다고 생각하며 초면 불구하고 그냥 발설해 보기로 했다.

"아무튼 성리학은 조선에서 더 이상 생명력을 이어가기는 힘들 것 같습니다. 그렇다면 다음에는 어떤 진리를 찾아야 할까요? 한때 최고의 진리라던 불교도 얼마나 많은 폐해를 끼쳤습니까? 당나라 시대에는 회창폐불會昌廢佛 사태를 일으켰고, 조선에서도 이전의 고려라는 나라에서 나라를 망치게 하는 요인의 하나로 지목되었습니다. 그 때문에 조선이 개국하면서 사찰들을 모두 산속으로 내쫓았고, 중들을 백정처럼 취급하여 대낮에는 제대로 나다니지도 못하게 만들었습니다. 유교도 아니고, 불교도 아니면 이제 어디에서 대안을 찾아야 할까요? 모든 사람들에게 공감과 행복을 주는 사상, 그래서 백성들이 태평성대를 구가할 수 있는 사회란 과연 불가능한 것일까요?"

그러자 노인은 나를 빤히 바라보았다. 그의 눈빛이 무엇을 의미하는지 가늠하기가 쉽지 않았다. 나의 어리석음을 탓하는 것인지, 혹은 자신이 평생을 걸려 터득한 것을 그저 쉽게 얘기해 주기 곤란하다는 것인지…

"완전한 사회는 아마도 없을 것입니다. 인간 자체가 원래 불완전한 존재이기 때문이지요. 어떤 생물보다도 상도常道에 역행하고, 탐욕스럽고, 자신의 생존을 이유로 주위에 가장 피해를 끼치는 존재가 바로 인간입니다. 그러나 이상적인 사회를 향해 나아갈 수는 있을 것입니다. 인간에게는 옳고 그름을 판별할 줄 알고 개선하려는 의지가 있기 때문이지요. 그리고 경험들을 계속 축적하여 정신적 자산으로 삼을 수 있기 때문입니다.

유교도 아니고 불교도 아니다, 그러면 인간은 어디에서 활로를 찾아야 할까요? 원래 유교나 불교도 모두 사람이 만든 이념들이었습니다. 그러나 이념이란 보통 당대의 시대적 상황이나 지역적 기반의 영향을 받을 수밖에 없습니다. 때문에 상대적이고 부분적인 성격을 가질 수밖에 없었습니다. 그래서 이렇게 생각해 보면 어떨까요? 세상에서 변치 않는 게 있고, 그 존재가 가지고 있는 이치를 절대적인 진리로 받아들인다면요.”

“그런 존재라면 하늘이나 상제上帝밖에 더 있겠습니까?”

“상제 또한 인간이 만든 존재이고, 흔히 하늘天이라 하면 멀리 위에 있는 절대적인 힘이나 가치로만 생각하는데 모두 인간 상상력의 결실일 뿐입니다. 인간이 생겨나기 전에도 상제니 하늘 등이 있었겠습니까? 그들이 과연 누구를 위해 있었겠습니까?

고대로부터 변하지 않는 것은 바로 천지자연이지요. 기氣에 의해서 생겨나고, 스스로 질서를 만들어 운화하는 자연 말입니다. 그래서 옛사람들은 그 자연의 법칙을 천도天道라 하기도 했습니다.

원래 자연은 인간들을 위해 존재하는 게 아닙니다. 자연은 저 스스로 이유를 가지고 존재하는 것이고, 인간은 거기에 끼여 사는 한갓 미물에 불과할 뿐입니다. 따라서 생각하는 것이든, 행동하는 것이든, 어울려 사는 것이든 모든 기준을 자연에 두고 그에 따라야 할 것입니다.

그런데 인간들은 스스로 상제니, 부처니, 성인 등을 신격神格으로 숭배하고 추종해 왔습니다. 이는 인간들 스스로 기준을 만들거나 기대려는 심정에서 비롯된 것일 수 있습니다. 하지만 문제는 믿음이 지나쳐서 흔히 그들을 절대적인 기준으로 삼는다는 것입니다. 그래서 그들에 종속되고, 인간 삶은 그들에 의해 좌지우지되는 것으로 알게 된다는 것입니다. 내가 들은 바로는 서양에서도 오랫동안 천주天主라는 존재가 세상을 지배해서, 그 교리에서 벗어나는 인간 삶이란 생각할 수 없었다고 합니다. 그러나 그 모양은 무대를 만들어 놓고, 그 무대 위에서 불을 켜놓고 살고 있는 셈이라 할까요. 그 무대가 어떤 무대인지, 무대 밖에는 무엇이 있는지 생각조차 하지 않으려 한다는 것입니다."

"갑자기 눈앞이 환해지는 느낌입니다. 사람들은 그동안 왜 이런 생각들을 못 했을까요?"

"못한 게 아닙니다. 우리 옛 고조선 설화를 보면 환웅 선조가 천부인天符印 三개를 가지고 인간 세상에 내려왔다고 합니다. 이 천부인은 단순한 물건이 아닐 것입니다. 왜냐면 그는 인간 세상을 다스리러 왔다는데, 물건 3개가 아무리 신통력이 있다 해도 그것들로 세상을 다스릴 수는 없기 때문이지요.

이 천부인의 천, 즉 하늘은 자연을 의미할 것입니다. 고대인들은 종종 하늘과 자연을 동일하게 생각했기 때문이지요. 또한 印이란 신분 확인을 나타내기 위한 것입니다. 따라서 천부인 3개란 천, 지, 인을 나타낼 가능성이 큽니다. 즉 고대인들이 우주를 구성하는 삼재三才로 생각했던 하늘과, 땅과, 인간의 실체를 말하는 것으로 보입니다. 고조선이 대략 이천 년 동안 지속되었다는데, 햇수로만 따져도 이제까지의 역사에서 가장 오래되고, 가장 이상적인 국가라고 할 수 있지요. 그 이유는 천, 지, 인 즉 자연을 기준으로 삼고 그에 맞는 삶을 택했기 때문일 것입니다.”

“그러고 보니 언젠가 노자의 도덕경 25장에서 그런 구절을 읽었던 기억이 납니다. 人法地라 하여 사람은 땅을 법으로, 地法天이라 하여 땅은 하늘을 법으로, 天法道라 하여 하늘은 도를 법으로, 道法自然이라 하여 도는 자연을 법으로 한다는 것입니다. 결국 모든 근원지는 바로 자연이라는 얘기가 아니겠습니까? 이를 인간 측면에서 생각하면 개개인의 삶이라든지, 사람들이 모여 사는 사회라든지, 나라를 운영하는 정치라든지 모두 같은 원리에 의해 움직이고, 그 원리는 자연의 이치에 의거해야 한다는 것 같습니다.”

“바로 보셨습니다. 그래서 일찍이 주역에서도 그랬지요. 인간이 천명天命을 실현한다는 것은 천지일월과 사계절의 변화를 본받는 것보다 더 큰 기준은 없다고 말입니다. 하하, 모처럼 얘기가 통하는 분을 만나니 반갑기 그지없군요. 자, 우리 좀 걸으면서 얘기합시다. 마을 뒷산에 보여 드리고 싶은 것이 있습니다.”

우리는 밖으로 나왔다. 불어 제치는 바람 때문만은 아니었다. 뭔가가 청명하게 가슴에 스며드는 것 같았는데, 마치 우주의 비밀을 엿본 듯한 느낌이었다.

문득 조선에 있을 때 경주 금척리 갔던 일이 생각났다. 생각해 보면 그 묘지기는 참 대단한 사람이었다. 그때 그도 자연의 이치에 대해 얘기하고, 천지인에 대해 얘기하고, 고조선에 대해 얘기했었다.

마을 뒷산은 그리 높지는 않았으나 정상 부분이 고색창연한 바위들로 이루어져 있어 그런대로 수려한 경관을 이루고 있었다. 노인은 나이답지 않게 앞장서서 풀숲 길을 헤치며 잘도 올라갔다. 이윽고 암벽 아랫부분에 평평한 땅이 나타났는데, 특이하게도 석판들이 널따랗게 깔려 있었다. 잠시 숨을 고른 후 바라보니 석판들은 거저 깔려진 게 아니고 어떤 도형을 나타내고 있었다. 바로 원과 사각형과 삼각형이었다.

"원, 방 각이라… 천, 지, 인을 나타내는 것입니까?"

"그렇습니다. 여기가 바로 우리 제단입니다. 천지인은 우리의 도道이고 종교지요. 매년 제사를 지내며 가르침을 되새기고, 그에 맞게 실천하려 노력하고 있지요. 자연을 천지인으로 나타내는 것은 흔히 體一用三이라 합니다. 몸체는 하나이나 셋으로 작용한다는 뜻이지요."

이때 문득 한쪽을 보니 특이한 석조물 하나가 눈에 띄었다. 성인 남자의 키와 비슷한 높이였고, 얼핏 보면 자연석처럼 생겼지만 찬찬히 보니 만들어진 것이었다. 문득 사람의 형상 같은 느낌도 들었다. 그러나 세련된 솜씨도 아니었고, 탑도 아니었다.

"이게 뭡니까?"

"아, 이것은 금척이라는 것을 나타내는 석조물이지요. 금척이란 금으로 된 자로, 단군이 세상을 다스리는 지침으로 삼기 위해 만든 것이라 합니다."

순간 나는 등골에 한기가 스쳐 가는 느낌이 들었다. 그러고 보니 황제로부터 선물로 받은 금척과 닮은 것 같은 느낌도 들었다. 단지 전체적으로 조야하고, 고색창연하여 알아보기 힘들게 되어있을 뿐이었다.

"그렇지만 이건 그저 돌을 빚어 만들어진 조각품 아닙니까? 이렇게 생긴 것에 어떻게 세상을 다스리는 지침을 담을 수 있단 말입니까?"

"하하, 이것은 금척의 상징물입니다. 기원의 대상으로 만들어진 것이고, 금척에 관한 근본적인 내용은 숫자와 문자로 표시되어 있습니다."

생각해 보니 경주 금척리의 묘지기도 금척이 천지인과 밀접한 관련이 있다고 했었다. 재질은 쑥돌이었으나 세월의 흔적인 검누른 색채가 배어 있었다. 퇴색된 석질 때문에 얼핏 잘 보이지 않았으나, 무릎을 구부리고 앉아 자세히 보자 과연 흐릿하게 뭔가가 새겨져 있었다.

"무엇을 나타냈는지 저는 도통 알아보기 힘든데요."

"그것들은 고대의 숫자와 문자입니다. 고대의 은나라, 주나라 시대에 물체를 본떠 만들었다는 상형문자와는 또 다른 문자이지요. 초기 문자이니 알아보기 힘든 것은 당연합니다. 위쪽에 새겨진 내용은 천부경天符經이라는 경전입니다."

"천부경이라… 들어보긴 한 것 같은데요."

"천부경은 하늘과 부합하는 경전… 즉 자연의 생성과 성장과 소멸의 이치를 나타내는 경전이라는 뜻입니다. 그러나 여기에 대해서는 많은 설명이 필요하니 이 자리에서 얘기할 것은 못 되고, 잠시 후 내려가서 자리 잡고 앉아 차분하게 얘기를 나누도록 합시다."

천부경이라… 어느 책에서 봤는지 가물가물했으나, 바짝 구미가 당겨서 이 자리에서 밤을 새서라도 다 듣고만 싶었다. 그러나 나는 이 마을의 손님에 불과한데다가 상대는 노인이어서 내 고집만 피울 수는 없었다. 다만 이것 한 가지는 짚고 가고 싶었다.

"그런데 왜 금척의 조형물에 천부경을 새겨 놓았을까요?"

"금척이 바로 천부경의 이치를 근본으로 하고 있기 때문입니다."

노인은 마치 지나가는 바람에 얘기하듯 앞만 바라보고 얘기했다. 그러나 나는 또 한 번 거센 충격을 받을 수밖에 없었다. 노인은 잠시 두리번거리다가 곧 벌판이 내려다보이는 곳에 자리를 잡고 앉았다. 동용과 나도 그 옆쪽에 앉았다.

끝없이 펼쳐진 벌판에는 따가운 햇살이 쏟아지고 있었다. 그러나 가슴이 터질 것만 같은 광막함도, 진초록의 벌판의 색채도 나를 흔들지는 못했다. 노인의 얘기가 준 충격에서 헤어나지 못했기 때문이었다.

노인은 한동안 감회 어린 얼굴로 멀리 시선을 던지고 있다가 이윽고 말문을 열었다.

"우리 선조는 원래 신라라는 나라 사람이었습니다."

"그게 정말입니까? 그런데 신라인이 어떻게 이 먼 곳까지…?"

"신라의 마의태자麻衣太子 덕분이지요. 흔히 알려진 바대로 마의태자는 금강산에 들어가 베옷을 입고 일생을 마친 게 아니었습니다. 사실은 고려 왕건에 끝까지 항복을 거부하고, 일부 왕족과 충성하는 신하들을 데리고 강원도 인제麟蹄 지역으로 피신했습니다. 인제에는 당시의 사정을 드러내는 설화와 지명地名들이 전해지고 있지요.

마의태자는 인제 산악지대에서 둥지를 틀고 최후의 항전을 벌이다가 그나마 무산되어 버리고 말았는데, 아들 김준金俊은 그래도 끝까지 굴하지 않았다고 합니다. 그래서 자신을 따르는 일부 사람들과 함께 동해안으로 나가 배를 타고 만주로 향했다고 합니다.

문득 조선에 있을 때 부친도 비슷한 얘기를 했던 게 생각났다.

우리 선조도 고려에의 항복을 거부했지만, 김준과 방향은 달리했지요. 동해로 향하지 않고 뗏목을 타고 한강을 내려와 한양을 거쳐 제물포로 향했다 합니다. 거기에서 서해바다를 거쳐 요동반도로 향했답니다.

왜 그랬는지 자세한 이유는 모르겠습니다. 우리 선조들의 성씨가 박 씨인데, 성씨가 다른 탓인 듯도 하고, 북만주 쪽이 싫어서 그랬는지도 모르겠습니다. 아무튼 소수 인원들과 함께 요동으로 향해 발해만 쪽에 자리를 잡았습니다. 거기서 한동안 살다가 점차 서쪽으로 이동하여 여기까지 오게 된 것이지요. 선조들은 이 마을에 터를 잡고 아까 봤던 제단부터 만들었습니다.

우리는 소수여서 별다른 세력을 형성하지는 못했지만, 북만주로 향한 김씨 일파들은 여진족과 동화되어 살다가 뛰어난 지식과 통솔력으로 신망을 얻어 지도층이 되었다고 합니다. 소문에는 청 태조 누르하치가 그의 후손이라는 얘기도 있습니다. 청조 왕들이 성이 애신각라愛新覺羅였는데, 원래는 누르하치의 부족 이름이었습니다."

"애신각라라… 신라를 사랑하고 각성한다라는 의미인가요?"

"하하, 얼핏 그렇게 생각할 수 있겠지만 실제로는 애신은 만주어로 금을 뜻한다 합니다. 또한 각라는 우리 말 성씨에 해당한다고 합니다. 그래서 우리 말로 풀이하자면 김가金家나 김씨에 해당합니다."

"희한한 어휘군요. 신라를 의미하는 듯하면서 실제로는 김씨라는 뜻이라니… 하지만 누르하치가 신라 왕족의 후손이라는 얘기는 나도 어디에선가 읽은 것 같습니다. 아마도 조선의 안정복安鼎福이라는 학자의 동사강목東史綱目이라는 책이었던 것 같습니다. 여진족의 첫 국가 이름이 금金이었던 것도 김씨 성에서 비롯되었다는 얘기가 있습니다."

"하하, 그런 소문이 있긴 합니다. 그러나 그건 말 만들기 좋아하는 사람들 얘기고, 실제 가능성은 희박합니다. 역대 어느 왕조를 보더라도 시조의 성으로 나라 이름을 삼은 예는 없기 때문입니다. 더구나 신라 김씨들은 만주 토박이도 아니고 외래인들인데, 자기들 성으로 나라 이름을 삼으면 당연히 본토박이들의 반발을 불러일으킬 것 아닙니까? 그보다는 원래 유목민족들이 금을 최고로 여겨 좋아했기 때문에 붙여진 이름일 것입니다."

"금은 누구나 다 좋아하는 것 아닙니까? 유목민족들만 특별히 금을 좋아했다는 이유가 어디 있겠습니까?"

"유목민들은 생활 여건이 나은 곳을 찾아 늘 옮겨 다니면서 살지요. 그래서 그들 사이에서는 '머무르면 죽고 이동하면 산다'는 속담이 생겨나기도 했습니다. 그런데 금은 가벼운 데다 비싼 물품이고, 언제 어디서나 무엇과도 바꿀 수가 있기 때문에 유목민들이 가장 선호하는 것이었습니다"

나는 자신도 모르게 고개가 끄덕여졌다.

"참, 천부경이라는 경전에 대해서 좀 말씀해 주시겠습니까?"

"일단 여기에서 내려가십시다. 거기에 대해서는 많은 얘기가 필요하니 따로 자리를 마련하여야 할 것 같습니다. 마을로 내려가서 저녁 식사를 한 후에 우리 집으로 와 주시겠습니까?"

우리는 자리에서 일어났다.

마을에 온 우리는 곧바로 뒷산 언덕에서 봤었던 금척의 모형을 한지에다 그대로 모사해 보았다. 동용도 큰 관심을 갖고 지켜본 듯 내게 부족한 부분을 보충해 주기도 했다. 그러면서 황제에게서 받은 상자를 열어 실제 금척과 비교해 보기도 했다.

그런 다음 저녁을 먹고 곧바로 노인을 찾아가기 위해 집을 나섰다.

천부경과 숫자들

노인이 살고 있는 곳은 마을에서 좀 벗어난 독채였는데, 지붕 위로 커다란 소나무가 드리워져 있는 인상적인 집이었다. 노인은 반가워하며 우리를 거실의 탁자로 안내했다. 거실 벽에는 여기저기 수묵화며 족자 등이 걸려 있었고, 구석에는 도자기, 수석壽石 등이 놓여있어 고아한 취미를 엿보게 했다.

집에서 혼자 살고 있는 듯했으나, 그 이유에 대해서는 직접 이야기하기 전에는 묻지 않기로 했다. 우리와 저녁 식사를 함께 하지 않은 것도 혼자 사는 것과 관련이 있는 듯했다. 노인은 곧 차를 내왔고, 우리는 준비해 온 약간의 홍삼을 내놓았다.

"뭘 이런 걸 다…"

그러나 반가워하는 기색이 역력했고, 홍삼 두어 개를 꺼내 유심히 살펴보았다. 좋아하는 것을 보니 일단 안심이 되었다. 그에게서 충분히 얘기를 들을 수 있을 것만 같았다. 노인은 홍삼을 들고 안방으로 향하더니 곧 한 장의 허름한 종이를 꺼내왔다. 가로 한 자[尺], 세로가 두 자 길이로 된 종이에는 한자와 숫자들이 빽빽이 쓰여 있었다.

"이게 뭡니까?"

"오후에 언덕 위에서 봤던 석조물에 새겨진 숫자와 문자입니다. 고대 문자로 된 것을 내가 많은 연구 끝에 한자로 옮긴 것입니다. 상형문자로 된 천부경의 문자를 최초로 해독하여 한자로 옮긴 사람은 신라의 대학자 최치원이라는 얘기가 있습니다. 그러나 그 기록이 어디 있는지 평민들은 알 수가 없습니다. 다행히도 이곳 석조물에는 천부경의 자취가 남아있어 접할 수 있었습니다. 석조물은 오래되어 글씨들을 제대로 알아볼 수 없습니다. 그래서 이렇게 별도로 써서 필요한 사람들에게 하나씩 나누어주고 있지요."

얼핏 보기에 위쪽은 천부경인 듯했고, 아래쪽은 숫자로만 되어있었다.

나는 찬찬히 훑어보았다.

一始無始一
析三極無盡本
天一一地一二人一三
一積十鉅無櫃化三
天二三地二三人二三
大三合六生七八九
運三四成環五七
一妙衍萬往萬來用變不動本
本心本太陽昂明
人中天地一

一終無終一

十一 四 二十四 七 十二　(11 4 24 7 12)

十七 十五 二十五 二十　(17 10 5 25 20)

二十三 十八 十三 八 三　(23 18 13 8 3)

一 六 二十一 十六 九　(1 6 21 16 9)

十四 二十二 十九 二 十五 (14 22 19 2 15)

　숫자들은 가로 五개, 세로 五개로 나열해 놓기만 했지만, 천부경이
라는 글은 얼핏 보기에도 보통 글이 아니었다. 주로 천지인과 간단한
숫자로 이루어져 있지만, 의미심장함이 느껴졌고 자연과 인간의 깊은
이치를 설파하고 있다는 것을 금세 알 수 있었다.
　"굉장히 심오한 내용이군요. 그런데 이런 글이 왜 조선에서는 전해
지지 않았을까요?"
　"아마도 극비리에 전해지고는 있었을 것입니다. 가령 왕족이나 도
인들 같은 최고의 신분들 사이에서 말입니다. 그러나 그들은 일종의
특권의식 때문에 그러한 비밀스런 이치들을 자신들만 향유하려고 했
겠지요. 또한 힘 좀 쓰는 유학자들이 자신들의 사상과 배치된다 하여
널리 알려지는 것을 꺼려 했을 수도 있습니다,
　이런 비밀 유지 방식은 서민들도 마찬가지였습니다. 그들도 지배
층이나 조정에 알려져 피해를 입을만한 사실들은 미리 방어하고 보존
하기 위해 자신들의 영역이나 비밀을 지키려 했습니다. 그랬기 때문
에 어떤 역사적 사실이나 유적들의 실체를 나타내는 상징적인 설화들
이 만들어지기도 했을 것입니다. 이러한 설화들은 자기들끼리만 통용

하는 은어隱語 같은 것을 수도 있고, 상대측에서 추측한 내용일 수도 있을 것입니다.

천부경은 환인 천제의 뜻을 받들어 환웅이 태백산 신단수神檀樹 아래에 내려오면서 천부인을 가지고 왔다는 설화에서 비롯된 것으로 보입니다. 환웅은 이를 바탕으로 한 교화敎化의 내용을 사관史官인 신지神誌 혁덕赫德에게 기록하게 했다고 합니다. 따라서 조선 민족의 최고의 경전으로 알려져 있지요.

당시에는 한자가 상형문자 수준이었을 것이므로 녹도문鹿圖文 같은 것으로 기록되었을 것입니다. 사슴의 발자국을 본떠 만든 문자라는 뜻입니다. 그런데 후에 한자 시대가 되면서 최치원이 한자로 번역해서 일반화했다는 것이지요. 일설에는 번역한 것을 조선의 평안도 묘향산 석벽에 새겨놓았다고도 합니다. 그러나 그 내용은 신라 초기에도 상류층에서 알려져 있었을 것입니다."

"왜 그렇게 생각하십니까?"

"신라의 시조 박혁거세가 꿈속에서 하늘의 신인으로부터 금척을 받았다고 하기 때문입니다. 금척은 천부경을 바탕으로 만들어진 것이라고 하지요. 또한 신라는 고조선의 후예들이 건국했다고 하기 때문입니다. 게다가 신라는 고구려나 백제와 달리 중국과 접하고 있지 않아 유교나 불교 등의 영향을 받지 않고 조선 고유의 사상이 그대로 보존되어 있었던 지역이기도 합니다. 조선의 전통 사상은 주로 천부경을 바탕으로 하고 있습니다.

그러나 법흥왕 때 이차돈이라는 인물이 죽음으로 불교를 수호한 덕에 신라는 불교 국가가 되고 말았지요. 불교는 법흥왕의 통치와 왕권

강화에 많은 도움을 주었지만, 그 덕분에 민족 고유 사상의 마지막 맥도 흐릿해진 것이니 그 과過도 없다 할 수 없을 것입니다.

선대의 지도자들이 금척을 바탕으로 고조선과 전기 신라를 다스리던 사상은 그 후로 빛을 보지 못하고 말았지요. 그저 왕실에서만 은밀히, 또한 한낱 무속 신앙의 처지로 전락하여 근근이 명맥을 유지하게 되었습니다."

"그런데 금척이라는 사물이 왜 천부경을 바탕으로 하고 있다는 겁니까?"

"우리 영해 박 씨 행장에 나오는 얘기입니다. 백결선생百結先生으로 잘 알려진 박문량朴文良은 신라 충신 박제상의 막내아들이었지요. 백결선생은 집안 대대로 내려오는 금척과 관련된 일들을 바탕으로 금척지金尺誌라는 책을 저술했습니다. 그 책에서 금척은 천부경을 근본으로 해서 만들어졌다고 했다 합니다."

"그렇다면 어른께서도 영해 박씨 후손입니까?"

"하하. 그렇습니다. 하지만 인물이 변변치 못하여 선조들의 맥을 잇지 못하고 있습니다."

나는 자신도 모르게 숨이 멈추어졌다. 노인의 첫인상이 도인 같았던 것, 척박한 시골에 살면서도 거침없이 나오는 해박한 지식 등은 가문의 영향이 컸던 것이다… 내 침묵이 이어지자 노인은 다시 말을 꺼냈다.

"우리 고대의 지혜를 논하자면 천부경을 빼고 이야기할 수는 없겠지요. 우리 민족의 최초이자 가장 근본적인 경전이라 하니까요. 이런 이유로도 금척과 천부경의 관련성을 추정해 볼 수도 있습니다."

"그렇지만 천부경은 숫자가 많은 부분을 차지하고 있는데요."

"고대인들은 숫자를 특히 중시했습니다. 그래서 천지 만물의 변화나 운화, 생성과 소멸의 원칙, 인간만사의 이치 등도 숫자로 나타낼 수 있다고 생각한 것 같습니다. 또한 그들을 관통하는 법칙이 있다고 생각했던 것 같습니다. 고대인들에게 자연은 신앙 그 자체였고, 믿고 따라야 할 규범이었습니다. 가장 원초적이었지만, 대경대법大經大法이기도 했을 것입니다."

"태호太昊 복희伏羲 씨 얘기도 그러한 뜻인 것 같습니다. 위로는 하늘을 보고 아래로는 땅을 살펴, 가까이는 자기 몸에서 취하고, 멀리는 사물에서 구하여 우주를 통달할 것이라고 하지 않았습니까?"

"그러나 인간은 이후 불교와 같은 종교를 믿고, 주자학 같은 윤리 학문에 심취하면서 자연의 이치와 현실에서 멀어지게 되었지요. 또한 그러면서 종교나 학문의 이념 속에 점차 갇히게 되기도 했습니다."

잠시 침묵이 이어졌다. 그러나 내게는 한 가지 의문이 남아있었는데, 쉽게 떠오르지 않다가 가까스로 떠올랐다.

"전해지는 얘기에 따르면 금척은 통치 수단 외에도 여러 가지 기능을 가지고 있다고 합니다. 가령 질병 치유나 기사회생의 효능 같은 것 말입니다. 그렇다면 그 기능들이 어디에서 나오는 것일까요? 실제 물건은 별로 복잡하게 생기지도 않았고, 그저 숫자들을 나열하고 천부경을 새겨 사상을 표현한 것이라면 도깨비방망이 같은 기이한 사물도 아니지 않습니까?"

그러자 노인은 말없이 빙긋이 웃음만 띠고 있었다. 이에 대해서는 경주의 금척리 묘지기에게서 들었던 얘기이긴 하지만 금척의 실체를 파악하기 위해 다시금 확인을 받고 싶었다. 한동안 침묵을 지키던 그는 이윽고 헛기침을 하며 목소리를 가다듬었다.

"사실 그 문제는 내게도 커다란 숙제였습니다. 그래서 많은 생각을 거듭했는데, 그 결과 나름대로의 결론에 다다를 수 있었습니다. 내 추측이 맞겠는지 한번 들어보기 바랍니다.

우리가 아는 돌덩이나 쇠붙이 중에는 특별한 기氣를 발산하는 게 있습니다. 가령 중국의 본초강목本草綱目이나 신농본초神農本草에 보면 옥玉은 만병의 근원을 퇴치하고, 몸의 기를 보충해 준다고 되어 있습니다. 또한 우리 동의보감에도 옥은 몸속의 노폐물을 배출하고, 오장육부를 윤택하고 튼튼하게 해준다고 했습니다.

그래서 임금이 앉는 자리를 옥으로 만들었다 해서 옥좌玉座라고 했으며, 팔찌, 반지 등 여러 장신구를 옥으로 만들기도 했습니다. 또한 사람을 매장할 때 환생을 바라는 의미에서 옥을 관속에 넣어주기도 했지요. 선조들이 그저 옥이 색깔이 곱다거나 결이 고와서 좋아했던 것으로 알지만, 그 속에는 이런 효능을 알고 있기 때문이었습니다.

또한 자수정紫水晶이나 어떤 운모雲母 중에도 사람에게 유익한 기를 발산한다고 합니다. 그래서 한방韓方에서도 그 돌들을 중시한다고 하지요.

그런데 우리가 아는 돌이나 쇠붙이들은 실상 삼라만상에서 극히 일부분에 불과합니다. 우리가 모르는 광물 중에는 극히 신비한 효능을 가진 것들도 있을 수 있다는 얘기입니다. 아마도 그런 지식은 도인道人 급 인물들 사이에서 비전秘傳되어 왔을 수 있습니다. 만약에 금척이 그런 광물로 만들어진 데다, 겉에만 금박을 입힌 것이라면 특별한 효능을 충분히 가졌을 수 있지요. 어떤 물건이 신성한 사물로 대접받기 위해서는 먼저 약간의 신비한 효능은 필요한 법입니다. 그래야 사람들의 신뢰를 얻을 수 있으니까요. 옛적에 흔히 도인들은 몇 가지 마술 정도는 꿰뚫고 있었지요. 뭔가 신묘한 능력을 보여야만 사람들에게 도를 펼치기 쉬웠기 때문입니다. 그런 이유로도 선조들이 특별한 광물을 사용했을 가능성은 충분히 있습니다."

경주의 금척리에서 만났던 묘지기와 다를 바 없는 얘기들이었다. 너무 멀리 나와 까마득하게만 느껴졌지만, 그때 나눈 얘기들은 선명하게 떠올랐다. 묘지기의 추측이 새삼 놀랍기만 했다.

"그런데 왜 금척이라는 이름을 붙였을까요? 단지 금으로 포장만 했다고 해서 금척이라 했을까요? 사람들에게 귀중한 느낌을 불러일으키기 위해서요?"

"하하, 그 이유 역시 내가 많이 생각했던 것 중의 하나입니다. 그러나 사람들에게 과시하기 위해서만 금척이라 한 것은 아닌 것 같습니다. 왜냐면 금척은 사람 사는 세상에서 통용되는 일상적인 용품이 아니고, 극히 일부에게만 알려져 있던 신성하고 비밀스러운 사물이기 때문입니다. 원래 金이라는 한자는 황금이나 쇠, 또는 돈 등을 나타내는 문자였지요. 쇠도 옛적에는 희귀하고 소중한 광물이었기에 금이라고 한 것 같습니다.

그런데 金 자가 형성된 과정을 알아보면 흥미로운 게 있습니다. 즉 金 자는 土 와 수 자가 합해져서 된 문자라는 것입니다. 흙이나 땅을 나타내는 土와 지금이라는 뜻을 가진 수으로 이루어져 있습니다. 왜 土와 수으로 金 자를 만들었을까요? 거기에 과연 깊은 뜻이 있는 것일까요?

흙이나 땅을 사람 사는 현장으로 해석해 본다면 金의 의미는 '지금 현장'을 나타냅니다. 즉, 흔히 우리가 가장 소중한 것으로 알고 있는 金은 바로 현재 몸담고 있는 현장이라는 뜻도 가지고 있는 것입니다.

흔히 사람들은 현재는 모순되고 부당한 시대로만 알아 이상적인 상고시대로의 회귀를 꿈꾸었습니다. 또한 현실은 고통과 번뇌의 연속이므로 등한시하고 벗어나는 것을 이상적으로 생각하기도 했습니다. 그러나 금척이 나타내려는 것은 그런 게 아닌 것 같습니다. 현실을 중시하고 기준으로 삼아, 현장에서 이상을 구현하라는 것 같습니다. 고조선의 건국이념 중의 하나였던 재세이화在世理化도 유사한 뜻이 아니겠습니까?"

나는 번져오는 충격 속에서 할 말을 잊고 있었다. 노인의 얘기가 맞고 안 맞고 간에 그리 복잡해 보이지도 않는 사물에서 이처럼 깊은 뜻을 추측해 내는 노인의 상상력이 놀라울 따름이었다.

"그렇다면 아래쪽에 사각의 형태의 숫자들은 왜 쓰여 있는 것일까요? 一에서 二十五까지 배치되어 있던데, 무슨 특별한 의미를 가지고 있는 것일까요?"

"그 숫자들의 의미를 밝히는 것은 우리 후손들의 임무인 것 같습니다. 금척지라는 책에는 풀이가 되어있겠지만 전해지지 않고 있습니다. 영해 박씨 가문에서 어디엔가 깊이 감추어 두고 세상에 드러내지 않고 있기 때문이지요. 추측건대 숫자들은 이를테면 중국의 낙서洛書와 같은 것이라 생각하면 됩니다."

"중국 낙수洛水라는 강에서 나왔다는 거북 등에 새겨진 무늬의 숫자들…"

"하하, 아는군요. 중국 하夏나라 우禹왕이 제왕의 치도治道를 위해 만들었다는 홍범 九주는 낙서에서 비롯되었다고 하지 않습니까? 낙수의 거북이 등에 새겨진 무늬들은 一에서 九까지의 숫자를 행과 열에 각각 3개씩 배치하여 합이 十五가 되게 만든 것이지요. 어디를 더해도 같은 수가 되기 때문에 흔히 마방진魔方陣이라 합니다. 그러나 여기 숫자들은 마방진 형태는 아닙니다."

잠깐 종이 위를 훑어보니 실제로 가로, 세로, 대각선의 수의 합이 달랐다.

"숫자의 조합으로 뭔가를 나타내려 했던 것은 분명한데, 아직 깨우치지 못했습니다."

"그런데 왜 석조물 아래쪽에 이런 숫자들을 새겨놓았을까요?"

"홍범 九주는 임금의 정치, 도의道義 등에 대해 얘기한 것이지요. 여기 숫자들도 그와 유사한 것으로 보입니다. 위쪽의 천부경은 대략적인 질서와 이치 등에 대해 설파했고, 아래 숫자들은 보다 구체적으로 세상의 이치나 통치에 관한 내용들을 나타낸 듯합니다."

우리 얘기는 늦게까지 이어졌고, 노인은 마침내 술까지 가져와 분위기를 돋우기도 했다. 자시子時가 넘은 듯해 동용과 나는 눈짓을 주고받으며 일어설 채비를 했다. 더구나 상대는 칠순 노인이어서 너무 늦게까지 앉아 있다는 것도 실례가 될 것 같아서였다.

나는 마음먹고 있었던 마지막 질문을 꺼냈다.

"그나저나 천부경이나 숫자 등을 받기는 했지만 그저 막막하기만 합니다. 이 난해한 의미들을 어떻게 풀이할 수 있을지요?"

그러자 노인은 잠시 시선을 깔고 생각에 잠겼다가 곧 자리에서 일어서더니 안방으로 향했다. 잠시 후 돌아온 노인의 손에는 한 권의 책이 들려 있었다. 표지는 마치 낙엽처럼 진한 갈색에다 모서리가 여기저기 해져있었다.

"그게 무슨 책입니까?"

"대조선사라는 책입니다."

나는 또다시 터져 나오려는 신음을 가까스로 삼켰다. 대조선사라는 책이 있었다니… 자세히 바라보니 과연 색 바랜 글씨로 '大朝鮮史'라는 한자가 쓰여 있었다. 나는 또다시 전신에 한기가 스치는 것을 느꼈다.

"처음 들어보는 책입니다. 어디에서 구하셨습니까?"

"우리 고조선의 역사서입니다. 내가 우리 고대의 역사와 문화에 빠져들어 여기저기 답사하고 다닐 때 적봉(赤峰: 내몽골 자치구의 지명) 부근의 한 암자에서 스님으로부터 받았습니다. 언제 누구에 의해 쓰여진 책인지도 나와 있지 않습니다. 따라서 그 내용도 사실에 근거한 것인지 아닌지도 분명치 않습니다.

그러나 이 책에는 엄청난 내용들이 실려 있지요. 옛적 조선이라는 나라가 만주 일대뿐만 아니라 중국의 화북華北 지역과 산둥반도 일대까지 펼쳐져 있었다는 것입니다. 그리고 그 민족의 명칭도 조선족이라 했습니다. 중국 사람들은 비하하기 위해 흔히 우리 민족을 동이족東夷族이라 했지만 정식 명칭은 아닙니다. 대조선사에는 고대조선의 역사, 정치, 문화, 신앙 등에 관한 여러 내용들이 풍성하게 수록되어 있습니다. 그런데 특기할만한 사실은 고대 조선에 고유의 문자가 있었다는 것입니다."

"문자가 있었다고요?"

나는 엉겁결에 소리쳤다.

"그렇습니다. 나도 처음에는 반신반의했는데, 그 뒤 중국 측 역사에도 기록이 나와 있어 그 실체를 인정하게 되었습니다."

"어떻게 나와 있었는데요?"

"고대 중국의 갈홍葛洪이라는 학자가 쓴 포박자抱朴子라는 책에는 다음과 같은 기록이 있습니다.

> '하(夏)나라를 건국한 황제가 청구(青丘)에 도착하여 풍산(風山)을 지나다가 자부(紫膚) 선생을 만나 삼황내문(三皇內文)을 받아왔다.'

여기에서 청구란 조선의 또 다른 이름을 말하며, 삼황이란 '환인, 환웅, 단군'을 가리킨다고 합니다. 자부 선생은 치우천황蚩尤天皇의 스승으로 흔히 신선 급 인물이라고 하지요. 따라서 여기서 내문은 조선의 문자가 있었다는 것을 나타내고 있습니다.

또한 송宋 나라 때 간행된 고대의 첩책 '순화각첩淳化閣帖'에는 한자와는 다른 문자로 새겨진 비문碑文 28자를 수록했는데, 이 문자 명칭이 창힐문자蒼頡文字라고 했습니다. 따라서 고대에 한자와 다른 문자가 분명히 존재했다는 것을 드러내고 있습니다.

고대 중국에서는 창힐 문자를 신지神誌 문자라고도 했는데, 신지는 고조선의 사관이자, 사슴 발자국을 보고 문자를 처음 창안한 인물로 알려져 있습니다.

또한 고대 조선이 2000년가량 지속되었다는데, 문자가 없이 그처럼 긴 역사를 이어간다는 것은 어불성설이지요. 그리고 조선 문화는 중국 문화와는 다른 문화였습니다."

"그런데 왜 조선 문자는 사라져 버리고 한자만 사용하게 되었을까요.?"

"고조선이 한 나라에 의해 멸망되면서 문화도 흡수되어 발전하지 못한 것 같습니다. 강압적으로 사용하지 못하게 했는지도 모르지요. 그러나 맥이 끊기지는 않았습니다. 말로 이어지고 있었기 때문이지요. 지금 우리가 이렇게 의사소통을 할 수 있는 것은 사실 고조선의 문자와 말 덕분입니다. 또한 서민들의 생활용어나 비문碑文 등에서는 고대 문자가 간간이 사용되고 있었다고 합니다.

조선의 세종 임금이 훈민정음이라는 한글 문자를 창안하셨다고 들었습니다. 그러나 한글이 숫제 무無에서 탄생된 게 아니고, 옛 조선의 문자와 말이 근본이 되었기 때문일 것입니다. 그래서 쉽게 받아들여지고 널리 배포될 수 있었을 것입니다."

나는 연이은 충격 때문에 할 말을 잊고 있었다. 내가 알고 있었던 것은 과연 무엇이었는가. 그리고 내가 몸담고 있었던 세상은 과연 제대로 된 세상이었는가 하는 생각에 무슨 말을 떠올릴 수가 없었다.

잠시 후, 노인의 얘기는 이어졌다.

"나는 이미 나이도 든 데다, 바깥세상에 나갈 일도 없어 이 대조선사 책에 수록된 내용이나 진실들을 모두 밝히고 활용할 기회가 없습니다. 그래서 그대에게 드리는 바이니, 잘 깨우쳐서 부디 세상에 도움이 될 수 있도록 하기 바랍니다."

"제가 그 책을 받을 자격이 있겠습니까?"

"오늘 밤 많은 얘기 나누지 않았습니까? 내가 보기에는 자격이 충분하다고 생각합니다. 지금 이곳에는 이 책의 진가를 터득하거나, 그 가치를 활용할만한 사람이 없습니다. 너무 오랫동안 세상과 동떨어져 지냈기 때문이지요. 그래서 나는 내심 책을 전수할 사람을 기다리고 있기도 했습니다

또한 이 책 속에는 내 나름대로 천부경을 연구한 결과가 들어있습니다. 그러나 스스로 부족함을 느끼고 있습니다. 그러니 숫자들을 연구하면서 천부경도 함께 연구하여 보다 완성을 기해 주기 바랍니다."

우리는 노인의 배웅을 받으며 집을 나섰다. 상현달은 지평선 가까이에서 커다랗게 부푼 채 떠오르고 있었고, 하늘에는 온갖 별들이 화려한 수繡를 놓고 있었다.

나는 걸으면서 커다란 충만감과 함께 일말의 허탈감도 동시에 밀려오는 것을 느꼈다. 노인은 금척의 몇 가지 신이한 효능이 특수한 광물 때문일 것이라 했다. 물론 경주의 묘지기와도 비슷한 얘기들을 나눴고, 그때 이미 나는 금척은 신물이 아닐 것이라는 결론을 내렸었다. 문득 열하에서 황제가 하던 얘기도 떠올랐다. 청국이 명나라를 무너뜨린 것은 금척이나 옥새의 도움이 아니라 바로 단합된 힘이었다고.

그렇다면 금척의 실체는 과연 무엇인가. 하늘의 의도와는 아무 관련 없는 인간의 사물에 불과한 것인가. 단지 문자와 숫자들로 뭔가 의미심장한 내용을 담고 있는… 그렇다면 이대로 조선에 가져가 봐야 무슨 소용이 있겠는가.

물론 내게 주어진 임무는 금척을 왕실에 무사히 전달하는 것뿐이다. 그러나 왕실에서 오직 앞이 캄캄했으면 금척이라는 사물을 생각

해 내고, 청국까지 사람을 보내 되찾으려 했겠는가. 그런데도 아무 효용이 없다면 왕실은 얼마나 실망할 것이며, 조선은 또 어찌될 것인가…

다음 날, 우리는 여러 마을 사람들의 방문을 받았다. 벌판에서 떨어져 살다보니 외지 사람들에 대한 호감은 천성이 되어버리다시피 한 듯했다. 그러나 어제는 마을 어른과 함께 있다는 얘기를 듣고 찾아오는 것을 미룬 듯했다.

우리는 그들과 조선과 바깥세상의 많은 얘기들을 나누며 나름대로 즐거운 시간을 보냈다.

제4부
조선과 금척의 운명

해로를 통해 귀국하다

　3일째 되는 날, 숙소에서 동용과 나는 밤늦게까지 많은 얘기를 나눈 끝에 귀국하는 데는 바다를 이용하기로 했다. 이곳에서 배를 타고 난하灤河를 내려가 발해만渤海灣에 다다른다. 다음 발해만을 가로질러 요동반도의 끝 대련大連에 다다른다. 대련에서 배를 빌려 타고 계속 연안沿岸을 바라보며 조선으로 향하다 보면 압록강 하구의 신의주에 다다를 수 있을 것이기 때문이다…

　우리가 바다를 택하기로 한 이유는 육지보다 빨라 일정을 단축시킬 수 있기 때문이기도 했지만, 무엇보다 금척을 보다 안전하게 가져갈 수 있기 때문이었다. 육로를 택하면 먼저 요령성遙寧城으로 나가는 관문인 산해관山海館을 통해야 하고, 다음에는 조선 사신들이 오고 갔던 사행使行 길을 따라 조선으로 향해야 할 것이다. 그 길은 바닷길보다는 안전하겠지만, 거리가 먼데다가 사사로운 개인들이 가기에는 버거운 길이라 생각되었기 때문이다.

먼저 도처에 청국의 검문소가 있어, 입국하게 된 경위를 따져 묻고 짐을 검사하기도 할 것이다. 또한 우리 사신들과도 마주칠 수도 있는데, 그들은 조정의 중신들이라 명령을 내리면 일단 따를 수밖에 없다. 그 외에도 광막한 만주 벌판에서 마적馬賊을 만날 수도 있는 등 뜻밖의 위험에 처할 수도 있기 때문에 차라리 바닷길을 택하는 게 낫겠다고 판단한 것이다…

그러나 처음부터 곧바로 바다행을 결정한 것은 아니었다. 난하 하구河口에서 발해만을 가로질러 대련까지 가는 노선이 문제였기 때문이다. 대련에서 신의주로 향하는 노선은 멀리 육지를 바라보며 항해할 수도 있고, 원래 배들이 많이 다니는 노선이어서 비교적 수월하게 갈 수 있을 것이었다. 그러나 발해만을 가로지르는 노선은 그야말로 개성에서 산둥반도를 건너는 정도의 위험을 각오해야만 한다. 심한 풍랑을 만나 또다시 중국 땅으로 떠밀려 간다면 그나마 다행이겠지만, 그대로 뒤집어져 고기밥이 되면 그동안의 노고들이 한순간에 물거품이 될 것이기 때문이다. 어쨌든 바다는 육지보다 한층 더 위험할 수밖에 없는 것이다.

쉽게 결정을 못 내리고 있을 때 동용이 한 가지 제안을 했다. 엽전점을 쳐보는 게 어떻겠냐는 것이었다. 나는 웃음이 터져 나왔으나 그는 호주머니에서 실제로 엽전 3개를 꺼냈다.

"점쟁이나 무당들 사이에서는 흔히 척전擲錢점이라 하지요. 엽전을 던져 운수를 보는 것인데, 뭔가 효험이 있으니 없어지지 않고 이어져 내려오는 게 아니겠어요? 안변에 있을 때 장마당 패들 어깨너머로 익혀 두었습니다. 중국을 오갈 때 서너 번 써먹기도 했고요."

그러나 효과가 있었는지는 얘기하지 않았다. 아무튼 우리 마지막 운명이 달려 있는 중요한 결정을 해야만 하는 순간이어서, 안정되지 않는 마음을 잠시나마 달래 줄 수는 있을 것 같았다. 동용은 짐보따리를 뒤져 벼루와 붓, 그리고 종이를 꺼내왔다.

"종이 두 장을 똑같이 잘라서 한쪽에는 陸이라고 쓰고, 또 한쪽에는 海라고 쓰시지요. 저는 밖에 나가 잠시 세수를 하고 오겠습니다."

세수를 하겠다니… 목욕재계를 대신하겠다는 것인가? 제법 격식을 갖추려는 모양이어서 또다시 웃음이 나왔다. 잠시 후 그는 깨끗해진 얼굴로 들어왔다. 손에는 가느다란 나뭇가지들이 들려 있었다. 그는 등불을 북쪽 벽으로 옮겨 심지를 키우고, 그 아래 자기 장검長劍을 가로 놓은 뒤 나뭇가지들에 불을 붙였다. 불이 붙은 나뭇가지들을 입으로 불어 꺼서 연기가 나게 만든 뒤 장검 위에 하나씩 걸쳐 놓기 시작했다.

모두 7개였는데, 얼핏 보기에 연기가 나게 만든 것은 향좀을 피우는 것을, 7개로 한 것은 북두칠성을 의미하려는 듯했다. 그 앞에 내가 쓴 陸 자는 오른쪽에, 海 자는 왼쪽에 배치하였다. 그리고는 호주머니에서 엽전 3개를 꺼냈다.

"이 엽전들 한쪽에는 常平通寶라고 쓰여 있고, 다른 쪽에는 禁二라고 쓰여져 있습니다. 금이禁二란 이전二錢 짜리 돈을 금위영禁衛營이라는 관청에서 만들었다는 것을 말한다고 들었습니다. 자, 여기 상평통보 쪽을 양陽으로, 금이 쪽을 음陰으로 하여 6번 점을 칩니다. 양이 많이 나오면 육지로 가는 거고, 음이 많이 나오면 바다로 가는 것으로 하는 겁니다. 어떻습니까?"

"동수로 나오면 어떻게 하나?"

"그때는 다시 6번 점을 칩니다."

"일단 결과가 나오는 대로 해보겠네. 해보시게."

그러자 동용은 먼저 등불을 향해 무릎을 꿇고 양 손바닥을 비비며 기도를 하기 시작했다.

"비나이다, 비나이다. 칠성님께 비나이다. 생원님과 나는 중국에서 길고 험난한 과업을 마치고 이제 조선으로 돌아가려 하나이다…"

나는 원래 점괘니 무당이니 하는 무속 행위들을 쓸데없는 미신으로 여겨 가까이하지 않았었다. 그런데 언젠가 어느 야사집野史集에서 조선의 태종 임금이 엽전 점을 쳐 한양 천도를 결정했다는 얘기를 읽은 적이 있다.

태조께서 무학대사의 천거에 따라 한양으로 천도를 감행했으나, 2대 임금 정종이 두 차례의 왕자의 난을 겪은 후 한양에 환멸을 느껴 다시 개성으로 환궁해 버렸다 한다. 그러나 태종은 종묘사직이 한양에 있어 제례祭禮 때마다 한양을 오가야 하는 등 불편한 점들이 많자, 신하들을 상대로 다시 천도 여부를 논의한다. 그러나 신하들의 의견이 개성 잔류와, 한양 서북쪽의 무악, 한양의 경복궁 등으로 나뉘어 분분하자 급기야 엽전 점을 쳐 결정하기로 한다. 그 결과 경복궁이 제일 길한 쪽으로 점괘가 나와 다시 경복궁으로 환궁했다 한다.

태종은 임금으로서도 드물게 합리적이고 현실적인 성품의 소유자로 알려져 있다. 그 단적인 예가 시중에 떠돌던 각종 도참서圖讖書 등을 요망하고 허황된 책들이라 하여 수거해 불태워 버리게 한 것이다. 또한 한 신하가 벼락 맞은 것은 천벌의 징조라고 하자, 옛적 나라를 훔친 사람도 천수를 다하고 잘만 살았다며 액운을 만난 것뿐이라고 하기도 했다.

이러했던 태종이, 비록 야사지만 천도遷都와 같은 막중한 국가 대사를 엽전 점을 결정했다는 얘기가 홍미롭기만 하다. 그때 만약 점괘가 다르게 나왔더라면 지금 한양은 어떻게 되었을까? 조선의 수도에서 탈락하여 한적한 지방 도읍지로 남아있었을까? 상상하기마저도 쉽지 않다.

기도를 다 마친 동용은 양손으로 엽전을 감싸 안은 채로 흔들어대더니 방바닥에 내던졌다. 상평통보 쪽이 2개가 있어 양陽 우세였다. 이런 식으로 6번을 다 마치자 결과는 양과 음이 2대 4로, 음陰이 2배나 더 우세였다. 바다 쪽으로 점괘가 나온 것이다.

"어떻습니까? 결과를 받아들이시겠습니까?"

"영험하신 칠성님께서 지도하신 것이니 받아들여야지."

"저도 내심 바다 쪽이 나오길 바랐습니다. 왠지 모르지만 그냥 감으로 바다 쪽이 나을 것 같다는 생각이 드는 것이었습니다."

다음 날, 우리는 마을 사람들에게 하직을 고했다.

우리에게는 그야말로 생명의 은인인 데다 동족이기도 해서 한껏 베풀고 싶었으나, 가진 게 한계가 있고 앞길이 창창하여 그럴 수 없는 게 아쉽기만 했다. 그래서 생각다 못해 우리 말들을 두고 가기로 했다. 우리는 어차피 해로를 통해 귀국하기로 해서 말은 더 이상 필요 없다는 이유를 내세우면서… 주민들은 한사코 사양했으나 우리 뜻이 분명한 것을 알고 결국 받아들였다.

노인은 우리가 뱃길로 대련까지 가겠다고 하자, 난하가 종점에 이르러 바다와 만나는 지점에 있는 난하구灤河口까지 우리를 싣고 갈 배를 물색해 주기까지 했다. 내가 많은 가르침만 받고 그냥 가게 되어 몸 둘 바를 모르겠다고 하자 내 손을 감싸 쥐며, 자기 생전에 꼭 다시 한 번 보게 되기를 바란다며 눈물을 글썽거리기까지 했다.

우리는 긴 강을 따라 이틀 만에 난하구에 다다랐다. 난하구는 규모가 큰 어촌은 아니었으나, 바다와 만나는 지점이기 때문인지 사람들이 북적거렸고 활기가 넘쳤다. 동용은 한 바퀴 둘러보고 난 뒤 얘기를 꺼냈다.

"제가 생각한 대로군요. 이런 데일수록 돈이면 다 통하기 마련이지요. 대련 가는 배를 구하기는 그리 어렵지 않을 겁니다."

우리는 시장에 들러 중국인들이 점심點心이라 부르는 간식용 식품류와 비상용 환약丸藥을 구입하는 등 승선 준비를 하기 시작했다. 그리고 우리를 대련까지 실어다 줄 어선을 찾아 협상을 벌이기 시작했다.

난하구에서 발해만을 건너 대련까지 가는 뱃길은 이전의 황해를 건너 산둥반도로 가던 길에 비해 한결 순조로운 편이었다. 처음 우리의 걱정이 기우였음을 깨닫는 데는 그리 오래 걸리지 않았다. 무엇보다 바다가 안쪽으로 한껏 들어와 해류나 풍랑이 덜한 탓이었다. 게다가 운도 어느 정도 따른 것 같았다. 한 차례의 풍랑이 있었으나 우리가 이전에 겪었던 해난에 비하면 어린 애들의 장난 같은 수준이었다.

우리는 대련에서 몰래 수소문해서 밀수선을 얻어 탈 수 있었다. 대련은 커다란 항구여서 온갖 배들이 드나들고 있었는데, 밀수선도 인삼에서부터 도자기, 무기까지 취급하는 등 다양하다는 것이었다. 우리는 이미 한 차례의 경험이 있었던지라 조선 사정에 익숙한 인삼 밀수선과 접선할 수 있었고, 그들 덕택에 무사히 압록강 하구의 신의주新義州에 다다를 수 있었다.

부친과 모친은 우리를 죽은 자식 살아 돌아온 듯 반겨주었다. 게다가 빈손으로 온 게 아니고 말씀하신 대로 왕실의 보물 금척까지 가져왔다고 하자, 뛸 듯이 기뻐하시며 이제 아무 걱정 없이 편안히 눈 감을 수 있게 되었다고 하시는 것이었다.

나는 개성의 벽란도를 출발하여 금척을 얻고 돌아오기까지의 약 4개월간의 여정을 간략하게 정리하여 금척과 함께 보여드렸다. 이 같은 자료는 금척이 가짜가 아님을 보증하는 역할을 위해서라도 꼭 필요하다고 생각했기 때문이다.

또한 금척은 한번 왕실로 들어가면 다시는 볼 수 없을 것이라는 생각에서, 그 형태와 치수, 문자와 숫자 등을 다시 세세하게 살펴서 모두 기록해 두었다. 난하 강변 마을에서 뜻밖에 얻게 된 대조선사라는 책과 함께 언제 시간을 내어 본격적으로 연구해 보기 위해서였다.

금척은 그 자체로도 흥미로운 사물이었지만, 그 안에 담고 있는 사상은 차후 내가 취해야 할 학문의 방향을 정립하는데 커다란 지침이 될 것만 같았던 것이다.

곧 부친은 왕실 쪽에 기별을 넣어 누군가를 만났고, 금척 거래를 무난히 성사시킨 모양이었다. 어느 날 밤 말이 끄는 수레가 집 앞에 당도했는데, 수레 포장을 벗기자 나무 상자가 가득 실려 있었다. 은괴였다. 동용과 내가 집안 창고 안쪽 으슥한 것으로 모두 옮겨 놓자 부친은 화단 한쪽으로 내 손을 잡아끌었다.

"이 정도면 네가 평생 밥걱정 없이 학문을 할 수 있을 것이다. 그러니 딴생각 하지 말고, 사람도 많이 만나지 말고, 선현들의 보배로운 책들을 섭렵한 후에 네가 세상을 위해 할 수 있는 것들에 파고들어라."

금척의 실체

　그 후 나는 집안에 칩거해 있으면서 주로 금척과 관련된 연구에 많은 시간을 쏟았다. 내게 커다란 과제로 던져진 천부경과 숫자들 때문이었다.

　비록 중국 요령성의 한 노인에게서 대조선사라는 책을 받기는 했지만, 복잡하고 광범위한 책의 내용에도 불구하고 선조들이 남긴 수수께끼 같은 숫자와 문자들을 완전히 해독하기는 쉬운 노릇이 아니었다. 그러나 이러한 어려움은 도리어 내게 흥미를 배가시켰고, 더욱더 집념을 불태우게 만들었다. 일종의 승부욕이랄까. 나는 누가 이기나 보자라는 심정으로 선조들의 내밀한 의도를 탐색하고 파고들었다.

　나는 책을 좋아하고, 세상의 진리를 추구하겠다는 명색 선비인 것이다. 따라서 금척의 자취를 추적하는 과정에서 겪었던 많은 소중한 경험들도 거저 날릴 수도 없거니와, 금척이라는 사물을 알게 된 이상 그 속에 담긴 비밀을 외면할 수도 없는 것이다.

더구나 차후 어떤 형태로든 내 사상의 방향을 설정하는 데나, 세상에 도움이 되는 책들을 저술할 때도 금척의 내막을 파악하는 것은 커다란 자산이 될 것만 같았다.

아무튼 나는 각고의 노력 끝에 금척에 새겨진 천부경과 숫자들에 대해 나름대로 해독해 볼 수 있었다. 나름대로라는 표현을 쓴 것은 완벽한 해석이라는 자신감이 없기 때문이다.

연구를 거듭할수록 천부경의 문자나 숫자들은 다양한 해석의 소지를 안고 있어서, 완전한 정답은 실제 만든 사람 외에는 알기 힘들 것이라는 생각이 드는 것이었다. 그러나 해독을 위한 그동안의 내 노력도 소중한 것이고, 비록 세부에서 차이는 있을지 모르나 금척으로 나타내려는 뜻은 어느 정도 깨우쳤다고 생각되었기에, 그 내막을 살펴볼 수 있는 대강을 서술해 보고자 한다.

天符經

一始無始一
析三極無盡本
天一一地一二人一三
一積十鉅無櫃化三
天二三地二三人二三
大三合六生七八九
運三四成環五七
一妙衍萬往萬來用變不動本
本心本太陽昂明
人中天地一
一終無終一

하나로 시작되고, 무에서 시작되는 하나이다.
- 하나는 모든 존재와 가치의 근원이 되는 태극을 의미하는
   듯 하다.

삼극(천,지,인)으로 나누어져 다함이 없는 근본이 된다.

처음에 천(天)은 1이었고, 지(地)는 2였으며, 인(人)은 3이
었다.
- 천지인의 생성 순서를 의미하는 듯 하다.

하나가 쌓여 10으로 되면 틀이(막힘이) 없는 3으로 된다.
다음에는 하늘도 3이고, 땅도 3이며, 사람도 3이다.
- 천1,1, 지 1,2, 인1,3의 합은 9이다. 여기에 어떤 외력이 가
   해져 활동운화하는 3이 된다는 것을 의미하는 듯하다.

큰 수 3은 합하여 6이 되고, 여기서 7,8,9가 생성된다.
- 사마천 사기 율서에는 6율은 모든 일의 근본이라 했다. 흔
   히 근본수, 평형수로 불린다.
   7,8,9 는 만물이 탄생하여 발전하는 과정을 의미하는 듯
하다.

3과 4가 운화하여 순환하며 5와 7이 되니
- 천지인과 일월성신이 활동운화하여 체계를 이루고 완성에
   다다른다는 것을 의미하는 듯하다.

하나(태극)가 묘하게 움직여 수없이 변화하고, 쓰임새가 변
하여도 근본은 변하지 않는다.

마음의 근본은 태양의 근본처럼 밝고 환한 것이니

사람 속에 하늘과 땅이 하나이다.

하나(태극)로 끝나니, 무로 끝나는 것은 하나이다.

천부경은 단순한 문자와 숫자들로 천지만물의 생성과 변화, 운화 등을 나타내고 있다. 또한 그 수리적數理的 질서는 만고불변의 이치라 는 것을 상정하고 있다.

고대인들은 천지의 운화, 만물의 생멸, 이세소장理世消長의 원칙, 인간 만사 등이 모두 깊게 연관되어 있고, 그들을 관통하는 법칙을 숫 자로 나타낼 수 있다고 생각했던 것 같다.

또한 일정한 이치들로 시작도 끝도 없이 순환하면서 생성, 변화하 기 때문에, 인간 삶도 그를 본받아 조화, 즉 천인일치天人一致를 이루 어야 한다는 것을 나타내려는 것 같다.

인간은 어차피 자연의 산물이다. 기가 모여 이루어진 만물의 일부 분이기 때문에 자연의 이치에 따라 살아야 하고, 자연의 질서나 원리 를 밝혀서 그에 맞게 인간의 질서를 세워야 한다.

인간 세상에는 수많은 나라들이 나타났다 사라져 갔다. 사라지는 것은 나라가 망했기 때문이다. 왜 인간이 세운 나라는 흥망과 성쇠를 반복하는가. 자연처럼 영원히 존재하는 나라는 있을 수 없는 것인가.

인간 세상이 같은 실패를 반복하는 이유는 바로 인간이 만든 법칙 에 따른 삶을 살기 때문일 것이다. 그리고 그나마 그 법칙마저 제대로 따르지 않기 때문일 것이다.

일례를 들자면, 하찮은 동물들도 자기 생존에 필요한 경우에만 다른 동물에 위해를 가한다. 또한 동면冬眠 등으로 생존에 필요한 만큼만 저장한다.

그러나 인간 세상은 어떤가. 자기와 이념이 맞지 않다고 해서, 혹은 탐욕 때문에 살상을 가하고, 때로는 대규모 학살을 자행하기도 한다. 또한 다 처리하지 못해 썩어서 버리는 한이 있더라도 끝없이 저장하기도 한다. 그것도 남의 것을 탈취하면서까지…

자연의 도를 깨우치고, 그 질서 속에서 인간의 질서도 확립해야 한다. 그게 바로 천인합일의 길이다. 그 길은 순응이고, 조화이며, 상생의 길이다.

천부경은 비록 난해한 문구와 숫자들로 이루어져 있지만, 자료가 명시되어 있기 때문에 해석을 진행해 나가는 데는 비교적 수월한 편이었다. 그러나 아래쪽의 숫자들은 무엇을 나타내려 했는지 도무지 감을 잡을 수 없었다.

중국 하나라 우왕禹王의 홍범 9주도 물론 숫자로 시작되었다. 그러나 그 숫자들은 내용, 즉 제왕의 치도治道와 직접적인 관련은 없는 것이다. 원래 얘기하려는 통치의 원리나 도의는 따로 있었고, 그것들을 1에서 9까지의 순서대로 배치했을 뿐인 것이다. 그래서 홍범의 조항들에서 숫자는 그저 안내판 같은 역할에 그치고 있다.

원래 고대로부터 숫자의 의미가 있기는 한 것 같다. 가령 1은 창조의 수, 2는 음양의 수, 3은 통합의 수, 5는 중앙의 수, 6은 조화의 수, 7

은 완전의 수 등이다. 그러나 이러한 수의 풀이도 1에서 10까지에 한정된 것이다. 그리고 숫자와 의미가 완전히 일치하는 것도 아니다. 시대와 지역에 따라 조금씩 달라지기도 했기 때문이다.

따라서 무려 25까지로 되어있는 금척의 숫자에서는 개개의 의미에서 어떤 맥락을 찾을 수는 없다고 생각되었다. 그렇다면 그 해법을 어떻게 찾아야 할 것인가.

옛말에 '사지사지思之思之 귀신통지鬼神通知'라고 했던가. 생각하고 생각하다 보면 귀신과도 통할 수 있다라는 뜻일 것이다. 어느 때 나는 문득 중국에서 가져온 대조선사 책의 한 부분이 떠올랐다. 그 부분의 내용은 내게 책을 줬던 노인과 나눴던 얘기와 일치하는 것이었는데, 바로 고대의 조선에 문자가 있었다는 것이었다.

나는 황급히 책을 찾아 그 장을 펼쳐 보았다. 그리고 장에 쓰여진 한자들을 다시금 하나하나 새기듯 읽어 내려갔다. 그 내용은 고대의 조선에서 문자가 만들어지게 된 배경, 문자가 통용되게 된 과정, 문자가 고대 사회에 미치게 된 영향, 문자로 쓰여진 문서들 등에 대해 간략하게 서술해 놓고 있었다.

그리고 마지막에는 문자들을 구성하는 요소들을 세로로 배치해 놓았는데, 자세히 보니 일관된 형태가 아니었다. 즉 형태가 서로 다른 요소들이 줄만 달리하여 같이 배치되어 있는 것이었다. 나는 곧 두 형태의 차이가 바로 자음子音과 모음母音이라는 것을 알아차렸다. 우리 훈민정음처럼, 두 요소들이 자음과 모음 역할을 하여 고대 문자를 이루고 있다는 것을 알게 된 것이다.

나는 곧바로 문자의 수를 세어 보았다. 자음은 13자, 모음은 12자였고, 합해서 25자였다. 25라… 금척의 아랫부분 숫자들도 1에서 25까지로 이루어지지 않았던가? 그리고 숫자도 양수와 음수로 이루어져 있다. 이게 과연 우연이었을까? 나는 등줄기를 휘감는 한기를 느끼며 한동안 멍한 상태로 앉아 있었다.

숫자들은 각각 고대문자의 일정한 자음과 모음을 가리키는 것이고, 그 조합으로 어떤 의미들을 나타내는 게 아니었을까… 나는 곧 양수를 자음, 음수를 모음에 연결시켜 보았다. 뭔가 배치에 질서가 있는 듯도 한데, 찾아내기는 좀처럼 쉽지 않았다.

그러나 모색에 모색을 거듭해 본 결과 몇몇 어휘들이 모습을 드러내기 시작했다. 물론 이 어휘들을 사용하여 문장을 만들었다. 그러나 문장 전체를 찾아내기는 너무 지난한 작업이어서 나는 일단 드러나는 어휘들만 정리해 보았다.

민생, 자율, 평등, 홍익, 인본(人本), 성쇠(盛衰), 대동(大同), 금세(今世), 공존, 변통, 상벌(賞罰), 실용, 상생, 조화, 합일, 대도(大道)

물론 새롭거나 어려운 내용들은 아니다. 그러나 우리가 이처럼 생각하는 것은 현재에 살고 있기 때문이다. 많은 역사를 겪고, 문물이 발전하고, 지식이 풍부해진 현재여서 이런 어휘들의 의미가 심오함이나 중량감을 가지지 못하는 것이다. 멀고 먼 고대에 자연에 대한 이해로,

그리고 인간 세상의 도의와 전진의 지침으로 삼기 위해 이 같은 내용들을 설파했다는 것은 놀랄만한 일인 것이다.

나는 언젠가는 숫자의 조합과 연결 방식을 전부 발견하고, 천부경도 보다 완전하게 해독하여 한 권의 책으로 펴낼 생각이다. 그러나 일단 드러난 항목의 내용도 소중하다고 생각해서 그 의미를 밝혀보려 한다.

어휘들의 의미를 모두 해석한다는 것은 췌사贅辭가 될 것 같기에 몇 가지만, 대조선사 책의 내용과 나의 추측을 바탕으로 몇 가지만 풀이해 보겠다.

금세

'지금 세상에서'라는 뜻으로, 몸담고 있는 현실을 바탕으로 일이 이루어져야 한다는 것이다. 과거는 흘러간 물이요, 미래는 오지 않은 꿈일 뿐이다. 과거나 미래의 일들을 현재에 맞출 수는 없으므로 참고만 해야 한다. 기준도 현실에서 찾고, 해결책도 현장에서 찾아야 한다.

변통

세상사에 고정되어 있는 것은 없다. 모든 것은 반복되며, 순환하고, 변화한다.

그러나 인간은 경험을 통해 깨우치고, 이를 축적할 수 있기 때문에 변통變通을 가져올 수 있다. 이로우면 끌어오고 해로우면 버린다. 시세에 맞게 대처하고, 기회를 잘 살린다. 끊임없는 변통으로 새로움을 추구하고, 조율과 활용으로 인간 세상의 발전을 도모한다.

대도

만물은 일정한 법칙에 따라 운행하여 힘을 얻고, 작용하며, 화합하고, 흩어진다. 자연의 운행은 스스로의 질서와 관계에 의한 것이며, 가장 완전하고 이상적인 운화이다. 자연의 도와 인간세상의 도는 일맥상통한다. 인간은 자연의 일부이기 때문이다. 따라서 인간의 도리를 자연에서 찾고 이상으로 삼아야 한다.

실용

현장에서 활용할 수 있는 지식을 중시해야 한다. 지식은 반드시 서원이나 경전經典에만 있는 것은 아니다. 실제 생활에 유용한 지식은 시간을 절약하고, 부富를 쌓게 하며, 사람들의 삶을 바꾼다. 나아가 고을의 살림을 넉넉하게 하고 나라를 부강하게 한다.

경험과 견문을 나누고 모아서 실용적인 지식들을 생산해야 한다. 이 지식들을 축적하고 발전시켜 후손들에게 전승해야 한다.

대동

세상은 점차 통합을 향해 나아간다. 씨족에서 부족으로, 집단에서 나라로, 소국小國들은 통합하여 대국大國으로 되어 간다. 그 과정에서 예禮가 필요하게 되고, 법이 갖춰져야 하며, 전쟁을 불사하게 되기도 한다.

문물이 발달함에 따라 이동과 상호 영향도 증가하게 된다. 그러나 진정한 도道가 행해지고 모두 함께 평화와 번영을 구가하는 대동사회大同社會의 도래는 요원하다. 인간이 가진 고집과 이기심 때문이다.

진정한 대동사회를 이루려면 인간 스스로를 버리고 벗어나야 한다. 그리고 자연에서 배워야 한다. 천지간에 인간의 자리와 역할을 깨우치고 찾아야 한다.

나는 숫자들의 의미를 부분적으로나마 해독하면서 나름대로의 결론을 내릴 수 있었다.

그것은 금척이 흔히 알려진 바와 같이 신성한 사물도 아니고, 무슨 커다란 비밀을 간직한 사물도 아니라는 것이다. 또한 금척만이 간직한 천고의 진리 같은 것도 없다는 것이다.

금척이 나타내고 있는 것은 바로 보편적이며, 현실적이고, 인본적人本的인 사상 바로 그것이었다. 얼핏 평범해 보이지만, 우리 선조들은 그 진리의 위력을 일찌감치 터득하고 있었던 것 같다.

또한 태조 임금이 꿈속에서 본대로 지시하여 금척이 만들어졌다는 풍문도 그대로 받아들이기 힘들었다. 왜냐면 금척에는 내포한 사상을 나타내기 위해 상고시대의 문양이나 숫자가 새겨져 있는데, 그것들까지 어떻게 다 기억하겠는가.

여러모로 봐서 금척의 실물은 무학대사에 의해 제공되어졌을 가능성이 높다. 무학대사는 본명이 박자초朴自超인데다 경상도 합천 출신으로 영해 박 씨 가문일 가능성이 있다. 따라서 가문에 전해지는 금척을 몰래 소유하고 있었거나, 아니면 금척지金尺誌 등의 책을 접하고 은밀하게 만들어 두었을 가능성도 있다. 그는 고려를 대체할 새로운 국가와 이성계 장군에게 많은 집착을 보였기 때문이다.

무학은 고조선을 이상적인 국가로 삼은 것으로 보이지만, 그렇다고 해서 경세파들처럼 왕도 정치로의 회귀를 꿈꾸었던 것은 아니었던 것 같다. 그가 통치의 표상으로 삼은 것은 금척이었기 때문이다. 자연의 이치를 근간으로 한 이념으로 2천여 년간 고조선을 지배했던 사상, 그러나 불교, 유교 등의 외래 사상에 묻혀 내내 잊혀져있었던 우리 고유의 사상을 되살려, 백성이 평온한 삶을 살고 도의와 법도가 엄격하게 지켜지던 고조선같은 나라를 건국하는 게 그의 꿈이었던 것 같다.

그런데 왜일까. 금척에 내포된 사상을 연구하고 모색해 가면서 반계 유형원의 주장들이 다시 떠오르는 것은. 내내 중국의 경서에만 빠져 지내다가 여러 권으로 된 반계수록磻溪隧錄을 읽고 큰 충격을 받았던 일들은 지금도 생생한 기억으로 남아있다. 그런데 금척에 대해 연구하면서 그 저서의 내용들이 조금씩 되살아나는 것이었다.

그는 자신의 많은 시책들과 사상을 전개하면서 유달리 천리天理를 강조했었다. 기존의 수구사상守舊思想에서 비롯된 법제들을 과감하게 천리에 바탕을 둔 법제로 바꿔야 한다고 했으며, 천리가 구현되도록 하는 사회가 가장 이상적인 사회라고 주장하기도 했다. 이 사실은 내내 잊고 있었다가, 조선에서 반계 선생의 사당을 찾았을 때 후손의 설명으로 떠올리게 되었다.

그가 금척의 사상에 대해 알고 있었는지 여부는 분명치 않다. 그러나 그의 저서들의 바탕에 깔려 있는 안민安民, 평등, 인본, 실용 사상 등은 확실히 금척의 사상과 맞닿아 있다. 원초적이고, 상식적이며, 실제적이어서 대경대법으로 불리며 우리 고조선을 지배했던 사상들… 썩어빠진 현실을 개혁하고 재조再造하려 하면서 자신도 모르게 우리

민족의 근원적이고 무실적務實的 인 사상에 닿게 됐는지도 모른다. 그런데 그 사상은 바로 금척의 사상과 상통하고 있었던 것이다.

아무튼 그의 사상과 시책들은 이후의 성호 이익, 다산 정약용 등의 실사구시파 선비들에게 큰 영향을 미쳤다. 관념과 허학의 허울을 벗고, 현실과 인간에 바짝 다가서서 자연 그대로의 삶을 추구하려는 자세는 많은 학자들을 각성시키고 분발하게 했다. 또한 우리 문화나 역사의 가치를 새롭게 인식시켜 안정복의 동사강목東史綱目 같은 역사서 편찬에도 자극을 주었다고 한다.

문득 새삼스레 정조 임금이 떠올랐다. 사실 이 모든 과정의 단초를 만들어 주신 분이기 때문이다.

정조 임금이 청나라에 가 있는 금척에까지 생각이 미쳤던 것은 왕권 강화를 위해서만은 아니었다. 그때까지만 해도 왕권이 위협을 받았던 것 같지는 않기 때문이다. 중신들은 서로 상대방을 꺾고 누르려는 당쟁에 열중하면서 왕권을 무시하기는 해도 넘보려는 경지에 이른 것 같지는 않아 보인다.

따라서 정조의 의도는 다른 데 있었던 것 같다. 그가 행궁行宮을 목적으로 수원에 화성華城을 축조하였던 것, 부친 사도세자 능행陵幸을 빌미로 자주 수원에 행차했던 것은 아예 수원으로 천도遷都하여 새로운 나라를 꿈꾸었던 것 같다.

정조는 소싯적부터 당쟁이나 일삼던 보수적인 권신들에게서 진절머리를 냈는지도 모른다. 더구나 그 과정에서 부친 사도세자까지 잃은 그인 것이다. 그래서 그들에게서 더 이상의 희망이 없다고 생각하고, 아예 수원으로 왕궁을 옮겨 새로운 세력을 주축으로 평소 자신이 꿈꾸던 개혁과 이상 정치를 펴나가려 했던 게 아니었을까.

이러한 정조에게 금척은 세상을 바꿀 비장의 무기 같은 것으로 대두되었는지도 모른다. 오랜 세월을 이어온 성리학의 유산은 침체와 좌절뿐이었다. 이제 벗어날 때가 된 것이다. 그래서 금척의 이념을 조선이라는 나라에 뭔가 새로운 빛을 던져 줄 수 있는 사상, 민중들에게 꿈을 심어주고 희망을 갖게 하여 힘차게 끌고 갈 수 있는 전기를 마련할 사상으로 채택하려 했던 게 아니었을까.

비록 오래전의 사상이었지만 가장 근본적이고, 자연 친화적이고, 인간 삶의 도리와 발전에 직접적으로 연관되어 언제, 어느 사회나 이상으로 삼을만한 충분한 가치가 있는 사상…

그 내막이야 정조 자신만 아는 것이겠지만, 아무튼 그해 정조는 갑작스러운 죽음을 맞았고 우리 역사는 또다시 깊은 질곡 속으로 빠져들고 말았다.

송동용의 행로

동용과는 이별을 할 시간이 되었다. 생각 같아서는 평생 곁에 붙잡아 두고 인물이었으나 그도 자기 인생이 있고, 나도 그를 거둘만한 사회적 역량이 안돼 결국 그를 떠나보내기로 한 것이다.

나는 내심 그의 뛰어난 무예와 충성심을 높이 사 줄을 좀 대서 훈련도감 같은 데 보내볼 생각이었다. 부친이 오랫동안 쌓아둔 인맥도 있고, 내 자신도 조 대비로부터 받은 두둑한 은자도 있어 그다지 어렵지는 않을 것 같았다. 그래서 은근히 심중을 떠보았더니 그는 한사코 거절하는 것이었다.

먼저 자신은 관가로 출퇴근하는 틀에 잡힌 생활이 맞지 않은 데다, 한양이 마음에 들지 않는다는 것이었다. 사람들이 너무 많아 복잡하고, 왠지 나날이 불안정하고 살벌하게만 느껴져 마음이 놓이지 않는다는 것이었다. 아마도 그의 촉감이 맞을지도 모른다. 나야 늘 몸담고 사는 곳이어서 그저 그러려니 하고 지내지만, 내내 지방에서만 살다 올라와 한양을 접한 그는 오히려 제대로 보고 있는지도 모르는 것이다.

그러면서 그는 개성으로 가서 장사에 뛰어들기로 생각을 굳혔다고 했다. 취급 품목이 인삼이 됐든 다른 무엇이 됐든 적당한 것을 찾아 한 번 크게 키워보겠다는 것이었다. 그가 의주 쪽으로 가지 않고 가까운 개성으로 가겠다는 게 그나마 다행이었다.

나는 그의 결심이 잘못된 것이 아니기를 바라고, 많은 부를 쌓아 뭔가 남이 하지 못했던 일을 벌여보라고 당부했다. 그리고 조 대비로부터 받은 은자를 반으로 나누어 주겠다고 제의했다.

동용은 말도 안 되는 일이라며 펄쩍 뛰었다. 자기는 그저 하라는 대로만 했을 뿐인데, 어찌 감히 나와 같은 자격으로 은자를 나눌 수 있겠냐고 했다. 그러면서 자기는 아직 나이도 젊고 홀몸이니 그저 심부름 값 정도면 족하다고 하기도 했다.

그러나 나는 그대가 없었으면 금척의 회수는 물론, 청국행 자체가 불가능했을 것이라고 설득하며 내 고집을 꺾지 않았다. 그래도 끝내 응하지 않으려는 그에게 장사는 빈손으로 하는 게 아니고, 든든한 종 잣돈이 있으면 그만큼 빨리 일어설 수 있다고 강조하기도 했다. 그리고 후에 많은 돈을 벌게 되거든 그때 나를 도와달라고 조건을 달기도 하여 간신히 그의 승낙을 받아냈다.

사실 약 4개월 동안을 같이 지내면서 그를 만나게 된 게 천우신조라고 느꼈던 게 한두 번이 아니었다. 뛰어난 무예와 별 지장이 없는 중국어 말솜씨 외에도 그는 세상사를 보는 눈이 밝았고, 상황 판단도 빨랐다. 비록 나와 나이 차이는 났지만, 일찍부터 사람들 사이에 뛰어들어 함께 부대끼며 살아온 그의 안목은 골방에서 그저 책장이나 뒤적이며 지내온 나보다 오히려 몇 수 위였던 것이다. 게다가 그는 내 말이라면 절대복종하는 것이었다. 아닌 말로 비 오는 날 속옷만 입고 마당에 나가 앉아 있으라면 그대로 따를 사람이었다.

물론 그와 내가 이른바 신분 차이라는 것이 있기는 했다. 그러나 그것도 조선이라는 사회 속에 있을 때 말이지, 머나먼 이역에서 갖은 우여곡절을 함께 겪으면서 무슨 소용이란 말인가. 그가 힘들고 귀찮다고 눈을 부라리고 달려들어도 나로서는 어떻게 해볼 수 없는 처지였던 것이다.

그러나 그는 끝내 내게 상전의 예우를 다했고, 충성을 다 바쳤다. 덕분에 나는 내내 든든한 심정으로 하루하루를 소화할 수 있었다. 동용과 함께라면 그야말로 무간지옥無間地獄이라도 함께 갈 수 있을 것만 같았다.

그러나 내가 동용에게 입은 혜택은 이뿐만이 아니었다. 먼저 그는 시간 나는 대로 내게 중국어를 가르쳤다. 덕분에 일상적인 중국어는 웬만큼 구사할 수 있게 되었다. 그러나 그에게서 실제 받은 혜택은 따로 있었다. 사실 함께 지내는 내내 그는 내게 관찰의 대상이었다. 나와는 전혀 다른 세상에서 살아온 그, 그저 세상에 내던져진 채 제대로 배우지도 못하고 대우받지도 못하며 지내온 그가 어떻게 한 인간으로서 성장을 하게 될 수 있었는지가 커다란 흥밋거리였던 것이다.

그가 의식을 가지게 된 건 책이나 누구의 가르침이 아니었다. 아마도 그럴 시간도 없었을 것이다. 그러나 그는 웬만한 젊은이들 못지않게 사고하고 판단했다. 또한 판단한 것을 신속하게 행동으로 옮겼다. 사고방식은 단순하고 직선적인 편이었지만, 생각한 것을 바로 실천으로 옮기는 순발력과 추진력의 소유자였다.

한마디로 세상살이를 영위하는 데 있어 부족함이 없는 사람이었다. 이러한 소양은 바로 그의 의지에서 비롯된 듯했다. 비록 별도로 쌓은 지식은 없어도, 나날이 지내면서 보고 들은 것을 잊지 않고 기억하고, 그를 바탕으로 헤아리고 판단하며 자신을 구축해 왔던 것이다. 그에게 있어 세상과 경험은 바로 책이었고 가르침이었다. 그는 이들을 외면하거나 등한시하지 않고 맞닥뜨리고 받아들여 자신의 것으로 소화했다.

그의 의식은 이렇게 형성된 것이었다.

동용에게서는 자신의 처지에 대한 비관이나 좌절은 찾아볼 수 없었다. 그저 성실하게 자신의 한계를 극복하고 진전시키려는 의지만이 보일 뿐이었다. 그래서인지 그에게서는 늘 기가 느껴지고, 진취감이 느껴지며, 뭔가 함께 도모해 보고 싶은 욕구가 느껴지는 것이었다. 한마디로 늘 곁에 두고 싶은 사람이었다.

내내 그를 관찰하고 생각해 보면서 나는 평소의 내 판단을 굳힐 수 있었다. 사람은 타고 나는 게 아니고 만들어지는 것이다. 이를테면 원래 뜻 없는 밀가루 반죽 같은 것으로 태어나는 게 사람이다. 그러다 반죽이 빵도 되고, 국수도 되며, 전煎도되는 것처럼 사람도 각양각색으로 형성된다.

밀가루 반죽이 형태를 갖추는 것은 사람의 선택에 의해 결정되지만, 사람은 의지와 보고 들은 경험에 의해 자신을 형성해 가는 것이다. 물론 집안의 내력 등 주위의 여건도 무시할 수 없는 변수겠지만, 본질적으로 사람이 한 인간으로 성장하는데 가장 중요한 것은 바로 의지와 경험인 것이다.

금척의 운명

다음 해 5월, 부친은 마침내 운명을 다하셔서 하늘나라로 떠나셨다. 드물게도 78세까지 사실만큼 타고 난 강골이었지만 세월 앞에 장사 없다고, 인간의 몸으로 자연의 섭리를 어찌 막으랴. 내내 무관武官의 삶을 사셨으면서도 웬만한 문사 못지않게 음률이나 금석문金石文, 서첩에도 조예가 있었고, 문집까지 따로 내실만큼 다재다능한 분이셨다. 또한 오늘의 내가 있게 한 장본인이시기도 했다. 당신 집으로 나를 데려오지 않았다면 나는 일찍 홀로 되신 친모를 모시고 집안을 이끌어가느라 운명이 어떻게 달라졌을지 모른다.

그런데 10월에는 친모까지 세상을 하직하시고 말았다. 청주 한韓씨 집안에서 부모들의 주선으로 변변히 재산도 없는 우리 최 씨 집안으로 시집와 고생만 하시던 어머니. 그나마 유일한 자식인 나를 종숙집에 내보내고, 내가 10살 되던 해에는 남편마저 떠나보낸 후 내내 외로움과 싸우며 지내시던 어머니는 환갑도 못 맞은 채로 저세상으로 가시고 말았다. 자식은 부모 돌아가시면 후회하기 마련이라지만, 왜 좀 더 많이 찾아뵙고 따뜻하게 대해드리지 못했는지 아쉽기만 할 따름이었다.

화불단행禍不單行이라더니 혼자서 주관하여 연이은 상을 치르느라 정신없이 지내야만 했다. 그러나 장례를 치른 후에는 시속時俗에 따라 외출을 삼가고, 외부인들도 방문을 자제하기 때문에 책 보고 연구하는 데는 도움이 되었다. 그러면서 내 자신의 진로에 대한 결심을 분명히 굳힐 수 있었다.

젊은 나이의 사내라면 일반적으로 관가로 나가 떵떵거리며 살고 싶고, 조정의 대소사에 관여하여 크고 가시적인 업적을 남기고도 싶을 것이다. 나도 그런 욕구가 없는 것은 아니었다. 그러나 몇 개월 동안의 상상하지도 못했던 여러 일들을 겪으면서 나는 내가 할 일을 분명히 깨달았다. 바로 한눈팔지 않고 학문에 매진하겠다는 것이다.

누군가는 학문 탐구와 저술 작업을 '태양이 떠올라 사해를 밝게 비추고, 단비가 대지를 적셔 만물을 소생시키는 것과 같다'고 하기도 했다. 내가 가진 정신적 자산은 그에 비할 수가 없겠지만, 이번 기회를 통해 내가 진정으로 추구해야 할 게 무엇인가, 세상을 위해 할 수 있는 일이 무엇인가를 분명히 알게 된 것이다.

부친도 안 계시고, 내 능력으로 궁중 안의 금척이 어떤 운명을 맞고 있는지 알 방법도 없어 오랫동안 궁금하게만 지냈다. 그런데 후에 홍선興宣 대원군의 측근에게서 금척에 행방에 대한 내밀한 얘기들을 들을 수 있었다.

나는 대원군과 직접적인 교분은 없었지만, 그가 나에 대해서는 알고 있었다고 한다. 내가 서양 지식을 바탕으로 한 여러 책들을 출간하고, 외국에 문호를 개방하여 선진화된 문물을 적극적으로 받아들여야 한다고 강하게 주장했기 때문이다.

그러나 조선에 외국 문물은 필요 없고, 우리 것만 잘 지키고 살면 된다며 굳게 쇄국을 고집했던 그는 내 이야기를 전해 듣고 내내 불쾌한 감정을 가지고 있었다고 한다.

그렇지만 후에는 내게 사람을 보내 안부를 묻기도 하고, 명절 때는 간소한 선물을 보내기도 했다. 아마도 누군가로부터 내가 청나라까지 가서 금척을 회수해 왔다는 것을 알게 되었는지도 모른다. 그게 아니라면 그동안 내내 고집해 오던 생각이 변하여 내 문호 개방의 주장에 공감하게 되었는지도 모른다. 그러나 어찌 됐건 직접적인 만남은 이루어지지 않았다.

나는 본시 조정의 일들에 대해서는 관심이 없었다. 처음부터 관가의 일들은 그저 멀리서 소 닭 보듯 하고 지냈고, 과거시험에 대해서도 별다른 욕심도 없었기 때문이다. 게다가 시중에 떠도는 한심하고 답답한 소문들은 내 의지와는 상관없이 귀에 날아들어 체증만 가중시킬 뿐이었다.

그러나 중국까지 가서 여러 우여곡절을 거쳐 가져온 금척을 가져온 뒤로는 자연히 관심을 가질 수밖에 없었다. 그 사물이 과연 제대로 왕실의 임금에게 전달이 되는가, 전달이 되어 어떤 결과를 초래하게 되는가 하는데 신경이 쓰일 수밖에 없었기 때문이다. 그러다 후에 대원군의 측근에게서 들은 얘기들은 대략 다음과 같다.

신정왕후−조 대비趙大妃는 금척을 자신만이 아는 비밀 장소에 몰래 보관했다가 문응 임금(文應: 헌종憲宗)이 20세 되는 해에 꺼내 놓으려 했던 모양이었다. 그때나 되어야 사리판단에 대한 틀이 잡히고, 금척을 지킬 수 있다고 생각하시는 듯했다. 내가 금척을 전달한 때는 겨우 10세에 불과하셔서 순원왕후의 수렴청정을 받고 있는 데다, 안동 김씨 세력들이 신진 세력인 풍양 조씨와 각축을 벌이고 있으니, 섣불리 내놓았다가 도리어 안동 김씨들 손에 넘어가기 십상이라 여기는 듯했다.

조 대비는 임금의 모친이시고, 친지인 풍양 조씨들이 조정에 세력을 가지고 있으면서도 자중자애하고 대왕대비 순원왕후를 잘 모시고 있었다 한다. 인내심도 있고 주도면밀한 성격이신 듯하다. 흔히 이런 사람들이 후에 큰일을 저지른다.

순원왕후는 임금이 15세 되던 해에 마침내 수렴청정을 거두었다. 임금은 친정親政을 선포하였으나 어린 나이에다, 안동 김씨 세력을 몰아낸 풍양 조씨의 세도정치에 휘둘려 여전히 힘을 발휘하지 못하고 있었다. 게다가 삼정三政의 문란, 거의 매년이다시피 이어지는 수재水災, 각종 비리로 점철된 관가의 행태 등으로 국정 혼란은 계속되었다.

헌종 임금 나이 20세 때가 되자 그나마 조정은 다시 안동 김씨 수중으로 떨어졌다.

풍양 조씨 내부에서도 알력이 생겨 분열이 된 데다, 조 대비의 부친이자 풍양 조씨 좌장으로 세도의 발판을 만든 조만영이 병사病死하자, 안동 김씨 세력들은 기회를 틈타 반격을 개시하여 결국 다시 권세를 틀어쥐고 만 것이다.

게다가 임금마저도 희망이 보이지 않았다. 세상을 다 가진 듯한 권신들의 농단과 혼란한 국정, 계속되는 수재水災와 민란民亂의 소문 등으로 그만 정치에 환멸을 느껴버렸는지 여색女色에 깊이 빠져든 것이다.

어느덧 궁중 내에서는 임금의 손길을 거치지 않은 궁녀는 찾아보기 힘들 정도라는 소문이 돌았고, 그렇게 보아서 그런지 눈빛이고 몸이고 차츰 흐물거려졌다. 조 대비는 그도 역시 오래 살지 못할 것을 알았다고 한다.

불과 18세의 나이에 부친 순조純祖의 대리청정으로 왕권을 행사했던 부군夫君, 안동 김씨의 세도에 맞서며 과감한 정책을 펴나가던 익종翼宗의 뒤를 이어줄 것을 기대하며, 멀리 중국까지 사람을 보내 금척을 되찾았던 조 대비의 심정이 어떻겠는가.

더구나 다시 조정을 틀어쥔 안동 김씨 세력들의 왕실에 대한 감시와 견제도 한층 더 심해졌다. 그들에게는 이미 왕족이고 임금이고 없었다. 임금도 그저 한낱 광대나 허수아비로 만들어 버리려 갖은 수단과 방안을 다 강구하고 있었던 것이다.

저간의 이러한 사정들 때문에 조 대비의 임금에 대한 금척 전달은 끝내 불발된 듯하다. 마침내 헌종은 23세를 넘기지 못하고 저세상으로 떠났다.

헌종이 승하하자 미리 대비하고 있었던 순원왕후는 미리 짜둔 대로 발 빠르게 움직였다. 재빨리 옥새를 확보하고 창덕궁 희정당熙政堂에 대신들을 소집했다. 그 자리에서 왕후는 헌종의 대를 이을 왕족이 멀리 강화도 출신의 이원범李元範이라는 인물임을 공표했다. 그리고 그가 배운 것 없이 장작이나 패서 먹고 살던 인물임을 내세워 또다시 당분간 수렴청정을 선포했다.

헌종이 몸져누워있을 때 대신들 사이에서는 이하전李夏銓이라는 왕족이 다음 임금 계승권자로 물망에 올랐었다. 그가 기개가 있고, 왕족 서열에 맞는 데다, 나이도 22세여서 가장 적합한 인물이라고 여겨졌기 때문이다.

그러나 안동 김씨 세력들 중에는 그가 옥좌에 앉으면 자신들의 입지가 위태로워질 거라고 염려하는 사람들이 있었다. 자고로 권세가들은 주위에 똑똑한 사람들을 두지 않는다고 했던가. 결국 가장 무난한 인물로 찾아낸 게 멀리 섬에서 문맹文盲으로 세상을 등지고 살던 19세의 총각이었다.

안동 김씨들은 수확한 시골 사람을 끌고 와 왕좌를 내주고 김문근의 여식을 왕비로 들어 앉혔다. 그리고는 인사권, 군권軍權 등 조정의 모든 권한을 틀어쥐었다. 그들의 눈 밖에 나면 아무것도 할 수 없었고, 툭하면 유배였고 죽음이었다. 삼정의 문란은 더욱 심해지고 민생의 도탄은 가속화되었다.

조 대비는 가까이에서 조정의 돌아가는 꼴들을 보면서 어떻게 지냈을까. 그저 절망적인 심정에서 죽을 날만 기다리고 있었던 것은 아니었던 것 같다. 마지막 희망으로 금척만 부여잡고 버티고 있었는지도 모른다. 선대의 혜경궁 홍씨의 한限보다는 못하겠지만, 궁중에 들어와 부군을 잃고, 자식마저 잃은 채 안동 김씨의 그늘 속에서 하루하루를 연명해야 했던 비婢에게 과연 무엇이 생명을 연장하게 하는 희망이었을까.

철종哲宗은 결국 33세에 승하하고 말았다. 안동 김씨가 마련해 놓은 무대 위에서 그저 광대처럼 지내다가, 선대의 헌종처럼 여색에 빠진 채 짧은 인생을 마감하고 만 것이다. 그가 강화도의 청정한 자연 속에서 농사나 짓고 장작을 패며 지냈더라면 천수를 누렸을 것이다. 권력은 그저 소박한 행복을 누리며 지내던 사람을 왕실로 끌고 와서 이용 해먹고, 정신적 고통을 안겨 결국 제 명을 못살게 만들고 만 것이다.

그런데 철종이 승하하자 이제까지 궁중 한구석에서 없는 듯이 지내고 있던 조 대비가 돌연 몸을 일으켰다. 재빨리 옥새를 손에 넣고, 어전회의에서 언문교서諺文敎書를 통해 흥선군 이하응의 둘째 아들 이재황李載晃을 철종의 후사로 삼는다고 공표한 것이다. 이미 순원왕후가 작고한 뒤여서 조 대비는 대왕대비大王大妃가 되어있었으나, 안동 김씨 세력들이 어떤 방식으로 치고 나올지 예측할 수 없는 상황이었다.

왕후는 또한 이재황을 자신의 양자로 삼는다고 밝히고 익성군翼成君이라는 작호를 내렸다. 그리고 서둘러 보위에 오르게 했는데, 이러한 일들이 불과 5일 내에 이루어졌다.

조 대비趙大妃가 이처럼 전격적으로 후사를 발표하고 익성군을 보위에 올린 것은 흥선군興宣君과 내통이 있었기 때문이었다. 흥선군은 평소 궁중 의례 등으로 궁중에 출입하면서 안면이 있는 데다, 체구는 작지만 총명하고 안동 김씨들로부터 많은 핍박을 받기도 한 인물이라는 것을 잘 알고 있었던 듯하다. 그래서 철종의 암담한 앞날을 내다보고, 후사 결정 문제 등을 몰래 치밀하게 모의했던 것 같다. 여기에는 조성하趙成夏라는 인물이 가교 역할을 했던 것으로 알려져 있다.

아무튼 즉위 당시 익성군의 나이 불과 12세여서 조 대비는 수렴청정을 실시했고, 옥새와 금척을 거머쥔 채 왕실로 나가 오래전 부군 익종의 꿈을 하나하나 실현해 나갔던 것 같다. 먼저 안동 김씨 세력을 박멸하기 위해 핵심 기반이었던 비변사備邊司를 혁파하고, 오랜 세도정치로 인해 누적된 사회폐단들을 척결해 나갔다. 왕실 강화와 왕권의 위엄을 드러내기 위해 부군 익종이 계획했던 경복궁 중건을 대원군에게 맡겨 추진하게 하기도 했다. 조 대비로서는 일단 금척을 되찾은 목적을 달성한 셈이다.

그러나 대비는 4년 만에 수렴청정을 거두고 일선에서 물러난다. 아무튼 노령의 대비는 소기의 책임을 다하고 홍선대원군에게 권한을 물려주면서, 오랜 세도정치의 종언을 고하게 하고 종전과는 전혀 다른 새로운 정치를 당부했던 것 같다.

대원군은 권한을 움켜쥔 후로 과감하고 강단 있게 개혁정치를 펼쳐 나갔다. 오랜 인고의 세월을 거친 그가 이처럼 스스럼없이 추진해 나갔던 데에는 원래 성격 탓이 컸을 것이다. 그러나 임금의 위에 있던 데다, 금척까지 확보하고 있어 세상 아무것도 거리낄 게 없다고 생각했던 것도 커다란 요인이 아니었을까.

이 사실은 그가 금척의 실체에 대해 몰랐거나, 알려고도 하지 않았다는 의도의 반증일 수도 있다. 그의 성격에, 금척의 내막에 대해 관심을 가졌더라면 나를 찾지 않을 리가 없기 때문이다. 이러한 무관심이 오히려 금척의 신성성을 굳게 믿게 하고, 과감하게 정책들을 밀고 나가게 한 동력이 되지는 않았을까.

내 자신도 내가 터득한 금척의 실체에 대해 누구에게도 발설하고 싶은 생각은 없었다. 왕실에 충격을 주거나 실망에 빠지게 하고 싶지 않았기 때문이다.

그 후로 왕권은 무려 7년간이나 대원군에게 장악되어 있었다가 임금이 22세가 되어서야 겨우 서무친재庶務親裁의 명을 내려 되찾을 수 있었다.

그러나 친정親政이 시작되어도 왕권은 그에게서 멀리 있었다. 왕후 민비閔妃 일가들이 심약한 임금을 제쳐두고 정권을 장악하여 사실상 전권을 행사한 것이다. 안동 김씨들에 이어 또 다른 세도정치나 다름없었다.

민비와 그의 일가들이 금척의 실체를 알고 있었는지는 확실치 않다. 다만 분명한 것은 우려했던 대로 금척이 진정한 왕권의 회복에는 도움이 되지 않았다는 것이다. 이러한 세태의 추이를 풍문으로 들으면서 나는 답답한 심정을 금할 수 없었다.

물론 나는 금척의 실체에 대해 익히 알고 있고, 그의 효능에 대해서도 짐작하고 있었다. 그러나 왕실에서는 모르고, 알려고도 하지 않은 만큼 왕권의 회복에는 기여할 줄 알았다. 조 대비가 심사숙고를 거듭하고, 커다란 물적 손실을 안으면서 구태여 사람을 중국까지 보냈던 것은 그런 목적이었을 것이기 때문이다. 금척이 왕실에 확고히 자리를 잡아, 왕권을 중심으로 조정이 움직여나가기를 희구했을 대비가 살아계셔서 이런 모습들을 접했다면 어떤 생각들을 하게 될까.

그저 금척이 전해오던 얘기들처럼 어떤 신비스런 효능을 갖는다는 것은 오래전 옛적 사고방식이고, 내재해 있는 이념 또한 현재의 판세에 맞지 않는다는 것을 인정하고 받아들일까.

그러나 왕실의 마지막 보루로 인식되었던 금척마저 왕권 수호와 통치의 변화에 도움이 되지 못한다면 차후 조선 왕실의 앞날은 어찌 될 것인가. 그리고 조선이라는 나라는 또 어찌 될 것인가…

최한기의 금척 회수와 관련된 짧지 않은 기록은 여기까지다. 그는 1877년에 75세를 일기로 사망했다. 이후 정치적 격변과 외세의 각축 속에서 왕권은 땅에 떨어지고, 금척의 존재는 먼지처럼 가벼워지기 이전에 세상을 떠난 게 그나마 다행이었다.

대한제국과 금척

그 후 필자는 금척의 운명을 살펴보기 위해 여러 사서들을 들춰보며 자취를 추적해 보았다. 다행히도 금척의 존재는 그냥 사라지지 않고 이어지고 있었고, 대한제국 때 마지막 황혼빛처럼 잠깐 불타기도 했다는 것을 알게 되었다.

왕후 민비 척족 정권은 대원군을 물러나게 한 후 그가 고수하던 쇄국정책을 청산하고 개화정책으로 나아갔다. 일본과 강화조약을 체결하고 조선의 문호를 개방한 것이다. 그러자 조선의 유림儒林들은 일본의 침략 의도를 간파하고 들고 일어나 위정척사爲政斥邪를 부르짖었다. 그러나 민씨 정권 측이나 유림 척사파 측이나 우물 안 개구리처럼 시대의 추세를 제대로 보지 못했고, 그저 투쟁에만 열을 올려 결과적으로 조선의 운명을 더욱 종점으로 치닫게 하고 말았다.

1882년에 조선의 관군들은 부당한 대우와 민씨 정권에 대한 불만으로 대규모 폭동을 일으켰다. 이름하여 임오군란壬午軍亂으로, 이 사태는 대원군을 복귀시켰으나 청나라의 개입을 불러왔다. 민비가 정권을 탈환하기 위해 청국에 군대 파견을 요청한 것이다.

또한 관군이 일본 공사관을 공격했다는 구실로 일본도 조선 조정을 압박하여 강제로 '제물포 조약'을 체결시켰다.

조선의 왕권이 힘을 잃어가자 김옥균을 비롯한 젊은 개화파들은 왕권의 회복과 개혁을 꿈꾸며 갑신정변甲申政變을 일으켰다. 그러나 불과 삼일천하로 끝나고, 전라도 농민들의 동학東學 거사를 계기로 일본군까지 진출하자 조선 조정은 그야말로 외세의 각축장이 되어버렸다.

청일전쟁의 승리로 일본의 침탈은 더욱 노골화되다가, 마침내 을미사변乙未事變으로 민비가 시해되는 참변이 일어났다. 그러자 신변의 위협을 느낀 고종은 친러파 대신들의 도움으로 러시아 공사관으로 피신했다. 이른바 아관파천俄館播遷이다.

왕권은 땅에 떨어졌고 조선의 앞날은 한 치 앞을 내다볼 수 없게 되었다. 이러한 때에 고종은 일부 신하들의 건의를 받아들여 중대한 결심을 하게 된다. 조선의 왕권을 되찾고 나라를 지키기 위해 새로운 국가를 설립하고 스스로 황제에 취임하기로 한 것이다. 1897년의 대한제국大韓帝國은 이렇게 해서 탄생되었다.

그런데 고종이 이처럼 결심을 하게 된 것은 단지 신하들의 건의 때문이었을까. 혹시 왕실 한쪽에 고이 모셔져 있던 금척에 마지막 기대를 걸었기 때문은 아니었을까.

우리 역사상 2차례나 왕조 탄생을 가능케 했다는 신비의 사물, 단군시대부터 있었다는 금척에서 구원의 길을 찾았던 것은 아니었을까.

이처럼 추측해 보는 것은 고종의 금척에 대한 집착이 곳곳에서 보이기 때문이다.

먼저 들 수 있는 것은 대한이라는 국호이다. 대한은 진한辰韓, 마한馬韓, 변한弁韓을 통합해서 지어진 명칭이라 한다. 만주 벌판에 처음 터를 잡고 삼한관경제三韓管境制라 하여 나라를 진한, 마한, 변한으로 나누어 다스렸던 단군, 그가 고조선을 통치했던 철학은 바로 금척의 사상과 유사한 것이었다.

이성계가 새 왕조를 창업하며 금척을 계기로 단군에 이어 조선이라 명명했던 것처럼, 고종도 새 제국의 국호를 대한이라 했던 것은 아니었을까. 현재의 대한민국 명칭도 대한제국에서 비롯된 것이다. 다만 황제가 통치하는 나라가 아니고 백성이 통치한다는 의미의 민국民國만이 다를 뿐이다.

또한 대한제국 광무 4년(光武는 연호, 1900년) 4월에는 다음과 같은 칙령 13호를 반포하기도 했다.

〈최고 훈장의 명칭을 금척대훈장으로 하다〉

−훈장규정을 의논하여 정하는데 대한 문제를 이미 작년 여름에 지시하였다. 이제 그 조례를 비로소 비준하여 중앙과 지방에 반포하려 한다. 그런데 훈장의 이름과 뜻을 우선 먼저 아는 것이 마땅하다.

옛날 태조 고황제가 아직 왕위에 오르기 전에 꿈에 금척을 얻었는데, 나라를 세워 왕통을 전하게 된 것이 실로 여기에서 시작되었으므로 천하를 다스린다는 것을 취한 것이다. 그래서 가장 높은 대훈장의 이름을 '금척대훈장金尺大勳章'이라 하였다.

다음을 이화대훈장李花大勳章이라 하였으니 이것은 나라의 꽃에 대한 뜻을 취한 것이다. 그다음 문관의 훈장은 '태극장太極章'이라 하여 8등급으로 나누었으니 이것은 나라의 표식의 뜻을 취한 것이며, 그다음의 군공도 8등급으로 나누고 '자응장紫鷹章'이라 하였으니 이것은 고황제의 빛나는 무훈에 대한 고사에서 취한 것이다.

우리 고황제는 자질이 뛰어나게 거룩하였고 문무를 겸비하였으며, 나라를 일으키는 대업을 열어놓아 만대의 터전을 마련하였다. 나의 몸에 이르기까지 왕통이 계승되었으므로 자나 깨나 조심스러워 혹시나 허물을 끼치지 않을까 걱정된다. 바로 상하가 합심하여 나라를 다스리는데 정성껏 힘써 물려준 훌륭한 법에 보답함으로써 번성하는 큰 운수를 맞이하여야 하겠다.

모든 황족과 신하들은 금척을 얻고 천하를 다스린 방도를 체득하고 매처럼 용맹을 떨친 업적을 본받아, 안으로는 이화의 꽃을 잊지 말고 밖으로는 태극의 표식을 욕되게 하지 않는다면, 어찌 내 한 사람이 너희들의 큰 공적을 칭찬하고 영예를 빛내는 것뿐이겠는가. 역시 하늘의 고황제의 영혼이 기뻐서 복을 내려주게 될 것이니 각각 힘쓸 것이다.

〈훈위(勳位: 공훈의 위계)의 명칭을 정하다〉

대훈위大勳位에는 '금척 정, 부장正, 副章', '이화 정, 부장'이 있고, 훈勳은 1등에서 7등까지 '태극장, 팔괘장八卦章'이 있으며, 공功은 1등에서 7등까지 '자응장紫鷹章'이 있다.

또한 '고종 왕조실록'에는 다음과 같은 내용도 보인다.

〈진안대군의 자손을 등용하라고 지시하다〉

진안대군은 바로 본 왕조의 태백(太白: 큰 맏이라는 뜻)이므로 지극한 덕과 훌륭한 행적이 100대가 지난 지금까지도 사람들의 마음을 감동시키고 있다. 역대의 임금들이 표창을 한 것은 이루 말할 수 없었으나 지금 그 자손들이 한미함을 면치 못한다고 하니 실로 개탄할 노릇이다. 지금 관리를 천거하는 정사가 다가오고 있으니 그 자손의 이름을 물어서 첫 벼슬자리를 만들어서 추천하여 올려보낼 것이다.

진안대군鎭安大君은 태조 이성계의 장남이다. 따라서 왕위 계승에 있어 서열 1위에 해당하는 인물인데 진안이라는 군호君號를 붙였고, 다음 형제들도 영안군永安君, 익안군益安君 등 안자 돌림을 취하고 있다.

전라북도 진안은 태조 이성계가 꿈속에서 하늘로부터 금척을 받았다는 마이산馬耳山이 있는 곳이다. 따라서 왕자의 군호에 동원한 것은 금척이 그에게 가지는 비중을 짐작케 한다.

고종은 오랫동안 잊혀지고 있었던 진안대군을 갑자기 부활시키는 것이다. 이는 진안의 마이산을 강조하여 결과적으로 금척의 가치를 되살리려는 것으로 보인다.

또한 고종은 가문의 본향인 전북 전주의 경기전慶基殿에 봉안되어 있는 태조의 어진御眞을 다시 고쳐 그리게 하기도 하고, 전주의 이목대梨木臺, 오목대梧木臺 등 선조의 자취가 남아있는 곳을 되살리고 기리기 위해 비석을 세우고 단장하기도 했다.

그러나 고종의 마지막 거사에도 불구하고 대한제국은 불과 14년 만에 일제에 의해 종언을 고하고 말았다. 1907년 네덜란드 헤이그에서 열렸던 만국평화회의萬國平和會議에 밀사를 파견했던 사건을 빌미로, 일제는 고종을 자리에서 물러나게 하고 1910년에는 아예 강제로 나라를 병탄해 버렸기 때문이다.

오랜 세월 우리 민족과 함께했던 금척은 아무 힘도 쓰지 못한 채 어디론가 사라져 버리고 말았다. 고종의 마지막 기대도 열강의 무력을 당해내기에는 역부족인 현실이기 때문이었는가. 그것도 아니면 고종이 68세에 갑자기 사망했던 것도 한 원인이 될 수 있을까?

아무튼 금척은 제국의 종말과 함께 왕실에서 종적을 감추었다가, 그 후 상해 임시정부 모 유력자에게 전달되었다는 소문만 전해지고 있을 뿐 더 이상의 소식은 알 길이 없다.

금척과 연관된 것으로 보이는 대한제국이라는 명칭, 대한제국을 이은 대한민국이라는 국호를 보면 아직도 우리 민족의 열망에는 금척의 사상이 자리하고 있는 것인가. 그리고 언젠가는 그 사상이 제대로 된 토양을 만나 화려하게 꽃을 피울 때가 있을 것인가.(끝)

*이 책의 내용 중 금척과 천부경과의 관계, 부도와 부도 복건 등의 용어는 부도지(박제상. 한문화 간. 2002)라는 책을 참조했음을 밝힙니다.